2013 · 61

合订本

I0553229

STORIES

上海故事会文化传媒有限公司　出品

图书在版编目（ＣＩＰ）数据

2013《故事会》合订本．61 ／ 《故事会》编辑部编．－－ 上海 ：上海锦绣文章出版社，2014.3

ISBN 978-7-5452-1428-1

Ⅰ．①2… Ⅱ．①故… Ⅲ．①故事－作品集－中国－当代 Ⅳ．①I247.8

中国版本图书馆CIP数据核字(2013)第207119号

责任编辑：顾　诗
封面设计：王怡斐
责任督印：张　凯

2013故事会合订本61

《故事会》编辑部　编

上海锦绣文章出版社·上海故事会文化传媒有限公司出版

地址：上海绍兴路74号

电子信箱：gushihui@263.net

网址：www.slcm.com

中国图书进出口上海公司发行

地址：上海市广中路88号

电话:36357888

ISBN 978-7-5452-1428-4/I · 555

542

2013
SEMIMONTHLY
上半月刊

9月
STORIES

欢迎登录本刊主办的"故事中国网"（www.storychina.cn）

故事会
-STORIES-

2013年9月
上半月刊·红版

社　长、主　编：何承伟
副社长：夏一鸣
常务副主编（兼绿版负责人）：吴　伦
副主编（兼红版负责人）：姚自豪
本期责任编辑：吕　佳
电子邮箱：lujia411@126.com

红版发稿编辑：
姚自豪　李　丹　石莎莎　丁娴瑶
美术编辑：王怡斐
电脑制作：郭瑾玮
本社办公室电话：021-64375030
上半月刊编辑部电话：021-64335114
下半月刊编辑部电话：021-64336469
（上海市绍兴路74号 邮编：200020）
主管：上海世纪出版集团
主办：上海故事会文化传媒有限公司
出版单位：《故事会》编辑部
发行范围：公开

───────────

出版、发行总监：张　凯
电话：021-64313938
广告业务：上海故事会文化传媒有限公司
广告总监：张　淮
广告业务：021-34010383
广告投诉：021-64333738
广告经营许可证
沪工商广字3100320080016号
发行：中国图书进出口上海公司

表演得不错

公司举办年会，小莉打算表演街舞。为了给舞蹈加上点睛之笔，小莉买了块红绸，在上面写下"祝总经理身体健康、祝公司再创辉煌"十几个大字。

演出当晚，小莉把红绸叠成一小块塞在衣服口袋里。跳完街舞，她掏出红绸，潇洒地一抖。前排的总经理第一个鼓起了掌，随后全场掌声雷动。

主持人请总经理对小莉的表演进行点评，总经理清了清嗓子道："小莉这个魔术表演得很不错，就是前面的铺垫有点多了！"

(于林娜)

(本栏插图：包丰一)

爱的誓言

夫妻俩去海边玩，只见一对对小情侣在沙滩上画着心形图案，还在图案边写上"我爱你"、"不离不弃"等爱情誓言。老公看了就说："老婆，我们也画一个吧。"

两人画好了心形，老公说："老婆，你说我们写点啥合适啊？"

老婆不假思索地说了八个字："顺我者昌，逆我者亡。"

(汪　杰)

完成作业

儿子从幼儿园回来，说老师布置了作业，要大家用纸做个垃圾桶。妈妈正忙着，就随手找出个小纸箱，对儿子说这就是垃圾桶，可是儿子说，垃圾桶应该是圆的。妈妈又拿出个纸杯，儿子说太小。

最后，妈妈默默拿起电话，拨通了一个号码，说："喂，是肯德基外卖吗？我要一个全家桶……"

(陈　新)

简化

有对夫妻在小区里捡到一只漂亮的纯种狗，丈夫写了一则启事，打算贴到小区的"失物招领"栏里，他是这样写的："小狗，雄性，白色，近九个月大，无项圈，发现于石桥路。"

妻子看了说："你写这么多细节，会有人来冒领的。"丈夫问："那怎么写？"妻子说："写得越模糊、越简化越好。"丈夫想了想，就重新写了启事。妻子拿过来一看，顿时哭笑不得，原来丈夫是这样写的："猜猜我捡到了什么？"

（千 寻）

二 合 一

一个导演问编剧："用什么样的台词才能表达这个老人对年轻人的不屑？"

编剧答道："我过的桥比你走的路还多。"

导演说："太老套，换一句。"

编剧说："我吃的盐比你吃的饭还多。"

导演还是不满意，说："也不新，能不能用一句话就表达出这两句的意思？"

编剧想了想说："嗯……我过桥吃的盐比你走路吃的饭还多。"

（史志鹏）

不知所措

作家打开电视，屏幕上正播放美女模特风姿绰约的镜头，作家不由看得两眼发直。作家的老婆在一旁见了，讽刺道："瞧你，眼珠子都快蹦出来了。"作家有些不好意思，于是拿起遥控器，准备换个频道。

老婆说："怎么样，我一说你就心虚吧？"作家只好把遥控器放下。老婆见了又嘲笑道："我就知道你舍不得换台。"

作家恼羞成怒，站起身去了书房。老婆不肯罢休，扔过一串风凉话："去好好写吧，我知道，你一看这些，灵感就来了！"

（极品咖啡）

·笑话·

无德室友

有个男生喜欢早起锻炼，这天，他锻炼完顺便买了一笼小笼包，打算当早餐。他回到宿舍，把小笼包往桌子上一放，就刷牙洗脸去了。可是等他回来一看，小笼包已经被室友们瓜分得一个不剩了！他生气地一摔门，上课去了。

第二天，这个男生又买回了小笼包，然后当着全宿舍所有人的面把包子挨个舔了一遍……

等男生洗漱完回来一看，包子还在，但馅儿全没了。

（丁香清幽）

藏私房钱

一个男青年快结婚了，他老妈教导他："以后结了婚，一定要学会藏私房钱，你看你爸藏了我就找不着。"

男青年的爸爸在一旁听到了，立刻争辩道："我从没藏过私房钱！"

老妈捅了一下男青年，认真地说："这句最重要，记着要经常说！"

（岸芷汀兰）

尴尬一刻

小李下夜班回家，一进小区大门，就看到门卫张大爷正在花坛里撒尿，小李想低下头避开这尴尬一刻，张大爷却突然抬起头看到了他，四目相对，两人分外尴尬。

小李就想打个招呼缓解下气氛，于是他大声说："大爷，这么晚了还浇花呢……"

（汪 杰）

精打细算

一个女的一直没有打耳洞，快要结婚了，她突然对男友说要去打耳洞。男友奇怪地问："你不是怕疼不敢打吗？"女友笑了笑说："我妈说了，不打耳洞的话，结婚的时候少件首饰！"

（圣水泉）

等 飞 机

一个男生拿着手机站在宿舍阳台上好久了，一直呆呆地看着天空。室友问他看什么呢，男生说："我在等飞机。"

室友奇怪了，问："等飞机干吗？你又上不去。"

男生一笑，说："你知道微信可以找到附近的联系人吧？等飞机飞到我头上，我就可以用微信加空姐聊天了。"

（右　依）

诚实的老板

有个职员向老板提出涨工资，老板对他说："我们公司虽小，但人才济济。你看见传达室那个老头了吧，他有个资产上千万的儿子，还在我这里干，工资只有900元；刚才那个拖地的保洁大妈，儿子开的是奔驰，她工资也是900元；这位打字员，她家有三套房子，工资也才1200元。我给你开1500元的工资，不算低了，干得好，可以再涨嘛！"

过了一个月，职员才知道老板没说假话：传达室那个老头是老板的父亲，保洁大妈是他母亲，那个打字员是他老婆。

（罗印熊）

取 名

有一对老外情侣，他们给自己取了中文名字，男的叫"司马当"，女的叫"霍玛伊"。他们对这两个名字感到很得意，到处对朋友说，取名的灵感源于一句中国俗语。朋友不明白，就问是哪句俗语。

老外笑呵呵地说："就是那句……特别乐观的俗语——'死马当活马医'。"

（姜宝龙）

（本栏欢迎来稿，读者、作者可将有新鲜感、有精彩细节的笑话佳作投寄给我们。来稿一经采用，最高稿费为100元。本期责任编辑电子信箱：lujia411@126.com）

根据阿刀田高小说《来访者》改编。阿刀田高（1935— ），日本著名作家，擅写短篇小说，作品在看似平静的叙述中暗流涌动。本篇曾获日本推理作家协会奖。

不速之客

真树子是位大家闺秀，婆家和娘家都很殷实。婚后她和丈夫住进了位于东京市中心的精美住宅，不久，真树子就生下一个可爱的女儿，取名幸惠。

这天早晨，真树子一个人在家照看幸惠，突然门铃响了。真树子开门一看，门外站着一个老妇人，真树子一看是她，顿时感到十分厌烦。这个老妇人叫初江，真树子在医院生幸惠时认识了她。初江是医院的女佣，也许由于真树子多付了小费，初江对真树子特别尽心服侍，简直有呼必应。

一开始真树子还感到挺庆幸，可渐渐地，她就有种不舒服的感觉了：她生下幸惠后，初江似乎对孩子特别喜爱，有时热心过度，竟然指挥起真树子怎么带孩子来。真树子出院后，初江不知从哪打听到了

她的地址，三番两次上门拜访。医院的女佣操心出院后的病人，这真是闻所未闻啊！

初江上门，是想做真树子家的保姆，真树子直截了当地拒绝了她。尽管这样，初江还是隔一段时间就上门一次。这会儿，真树子看到初江又不请自来，不禁有点哭笑不得。

初江似乎看出了真树子的心思，忙赔笑说："您别误会，我没有别的意思，只是刚好路过这里，想到小

幸惠准保更可爱了，才过来看看。"

真树子无可奈何，只好说："那请进来吧。"

初江像是专等着这声邀请，立刻兴冲冲地脱去鞋子。一进屋，她就向幸惠的房间张望，一边问："幸惠睡着啦？"一边笑眯眯地靠近小床。

真树子没办法，只好跟了过去。初江探身盯着床上的婴儿，露出疼爱的神情，不停地感叹："这孩子多可爱啊！"真树子心里烦得要命，暗想：不知这个女人住在什么肮脏地方，她把脸凑得离小幸惠那么近，传染上细菌可就糟了。想着，她忙催促初江："孩子睡着了，你来客厅坐吧。"

初江这才恋恋不舍地离开婴儿房，到客厅坐下。真树子看着坐在自己对面的初江，她衣着寒酸，一双手无比粗糙，从这双手就能看出她吃了一辈子苦。真树子在医院时就听说，初江命运坎坷，她年轻时结过婚，男人去世后留下了孩子，她独自守寡带大孩子……

真树子脸上挂着大家闺秀的微笑，内心却像刺猬般竖起了警戒的刺。要知道，世上有生来享福的人，也有挣扎受苦的人。比如真树子自己吧，这套市中心的婚房就价值近一亿日元，真树子小两口不劳而获地从父母那里继承下来，可是初江那样的女人，就算苦干一辈子，也弄不到这笔产业的十分之一。

真树子觉得，初江那个阶层的人一定对自己满怀羡慕，甚至是一种近乎仇视的羡慕，所以她一直对初江抱有几分疑惧和警惕。这时，见初江沉默不语，真树子为了打破尴尬，只好发问："你来有什么事吗？"

她以为初江又会请求来做保姆，不料初江只是憨憨地笑着说："没什么特别的事，最近要出一次远门，想着可能好久看不到幸惠了，这才过来看看。这孩子真是太可爱了。"

真树子冷淡地答应着，这时婴儿房里突然传来"啊啊"的呼唤声，

小幸惠醒了。真树子忙走到小床边，初江也紧跟过来，伸手就想抱孩子。真树子赶忙侧身阻挡，暗想：这女人真是太没有分寸了。她抱起孩子，便对初江说："一会儿我还有事，要是你没什么事……"

初江恋恋不舍地看着孩子，好一会儿才说："啊，对不起，那我先告辞了。"说完，她突然出人意料地一下伸臂握住幸惠的小手，嘴里说着："小幸惠，再见啦！"真树子顿时感到一阵说不出的厌恶。

初江向真树子点了点头，再次朝幸惠摆摆手，然后才离开。

初江走后，真树子把幸惠哄睡着了，自己坐在沙发上，感到很蹊跷：这个女人到底来干什么？她说是路过拜访，可是早上十点也不是到别人家闲串的时候啊，难道是想借机诱拐孩子吗？她之前一直想来当保姆带孩子，说不定也有什么阴谋吧……

真树子想着想着，不知不觉靠在沙发上睡着了。刚睡了一小会儿，突然，她被一阵门铃声吵醒。开门一看，门外站着一位身穿灰色西装的男子，男子自称是警察。真树子不由一阵心悸，忙问有什么事。

警察问道："是真树子太太吗？您认识初江吗？"

真树子心想，难道是初江干了什么不法的事？就把两人的认识经过说了一遍，还说了上午初江来拜访的事。警察似乎对这次拜访很感兴趣，连声追问："她几点钟来的？呆了多久走的？她有什么失态的地方吗？"

真树子左想右想，想不起初江有什么失态的地方，就说："没什么。只是显得对小幸惠……哦，对我的小孩很喜欢。"

警察忙问："小孩没事吧？"

给警察这么一问，真树子吓得心跳都要停了，忙慌里慌张地跑到小床旁去查看。还好，幸惠和刚才一样安睡着，摸摸脸蛋也是暖和的。真树子这才回到警察跟前说："孩子没什么啊，睡着了。"

接着警察又问了一些问题，比

如初江穿了什么衣服、有没有向真树子借钱等等。真树子一一回答后，忍不住问："初江到底犯了什么罪，方便说吗？"

警察冷静地说："杀人嫌疑。"

真树子吓了一大跳，问："杀、杀谁？"

警察说："初江在丈夫死后一直守寡，她有一个女儿，那女儿是个轻佻的女人，到处同男人乱搞，然后又被抛弃。现在我们怀疑，初江杀死了她女儿的孩子。她女儿因为其他案子被捕后供认说，妈妈杀死了婴儿。在初江住所的院角，挖出了装进塑料袋的婴儿骸骨。初江前一天知道女儿被捕，就外逃了。她来拜访你，可能是想借点逃亡的钱，但觉得不好开口就没借。"

真树子听完警察的话，顿时感到心里充满了恐惧，那个杀过婴儿的女人，刚才还摸了幸惠！

警察也挺感慨，继续说："初江的女儿在医院生下了没有父亲的婴儿，第二天就离开医院走掉了，把孩子扔给了初江。初江既无力抚养，又无法安置，所以才杀死了婴儿吧。真是可恨又可怜啊，这是去年秋天的事了。"

真树子听到这里，心里"咯噔"一下，一个可怕的念头出现在脑海里，她的脸色顿时变得苍白。警察看出来不对劲，忙问怎么了。真树子结结巴巴地说："没、没什么。"她不敢向警察多问，可过了一会儿，还是忍不住颤抖着问了一个问题："那个被害的婴儿，是男孩？"

警察摇摇头说："不，是女孩。"

真树子觉得浑身发冷，又问道："您说是去年秋天……"

警察答道："嗯，是啊，调查下来，婴儿遇害的具体日期应该是去年十月八日。"

真树子顿时感到天旋地转。警察客气地说："那么，我先告辞了。万一初江又转回来，请跟我联系。"

警察刚走，真树子就迫不及待地赶回婴儿房。她仔细盯着幸惠的脸看，越看越觉得，幸惠的相貌竟与初江有种说不清的相似。这样一切都好解释了：难怪初江三番两次恳求来照顾孩子，难怪她在逃亡的危险关头还跑到这里来厚着脸皮探望孩子……

幸惠的生日是十月七日。初江在医院有无数机会接触新生婴儿并掉包。在初江住处挖出的骸骨，不正是真树子的亲生骨肉吗？真树子越想越陷入了绝望。

婴儿床上，恣意享受着优裕环境的"不速之客"，仍然口含拇指安睡着……

（推荐者：奕　青）

（题图、插图：安玉民　梁　丽）

爱不是要人记着

有个男人向朋友诉苦，说他父亲患了老年痴呆，连他这个做儿子的也不认识了。男人说，就算他再爱父亲，对父亲再好，父亲也不知道，这样的爱，又有什么意义呢？

这天，男人和这个朋友一起去看父亲。男人削了一个苹果给父亲吃。朋友见老人吃得津津有味，便问："苹果甜吗？"老人点点头，说："甜。"

朋友指着男人，又问："你知道这个给你苹果吃的人是谁吗？"老人摇摇头，说不知道。男人听了，难过地低下头。这时，老人突然抬头看着男人，痴痴地看了许久，说道："但我知道，他是对我好的人。"

老人一说完，男人的泪水便夺眶而出。虽然父亲叫不出他的名字，也不知道他是谁，但只要父亲还能感觉到，在这个世界上有人对他好，有人爱着他，这就足够了。

爱，不是要人记着，而是让你爱的人更快乐、更幸福。

（作者：黄小平；推荐者：圣水泉）

玲珑心

一次模特大赛中，一个半路出家的大龄选手和其他四位年轻貌美的女孩一同闯入决赛。选手们水平都不差，几个回合下来难分伯仲。进入到最后一个环节，情况有了突变。主持决赛的老男人出人意料地对其中一位女孩说："你真漂亮，我可以吻你一下吗？"女孩大惊失色，慌乱地逃离。事情还没有结束，主持人固执地一个个问了下去，有的选手愤然离去，有的甚至怒斥着被工作人员劝离。场上只剩下大龄选手一个人站在那里。

这时，主持人又向她走来，问道："你真漂亮，我可以吻你吗？"

大龄选手微微一笑，接着优雅地抬起了手。主持人把头低下，在她的手背上轻轻一吻，赞叹说："你是我见过的最聪明的天使。"场下掌声四起。

事后人们才知道，"我可以吻你

吗"是决赛中精心设计的一题，只有大龄选手轻松化解了突如其来的尴尬。勤奋的同时，拥有一颗为人处世的玲珑心，就离成功不远了吧？

（作者：侯成成；推荐者：蔡正兵）

唯一的要求

很久以前，有个国王定下一条特别习难人的规矩：任何人不可在国王的宴席上翻动菜肴，只能吃菜的上面部分，否则杀头。

一次，有一个外国使臣来访，国王设宴招待他。侍者端上一条敷有香料的鱼，使臣不知该国规矩，就把鱼翻了过来。大臣们齐声叫喊："国王，你遭到了侮辱，他翻了鱼，必须处死他。"国王只好对使臣说："你坏了我们的规矩，我如果不处死你，就会受到国人的嘲笑。不过，看在贵国和我国的友好关系上，你可以在死前向我提一个要求，除了免死以外，其他任何要求我都一定办到。"

使臣想了想说："既然是这样，我也只有等死，但请求国王在我死前把每一个看见我翻鱼的人的双眼挖掉。"大臣们听了心惊肉跳，面面相觑，一个个站起来对天发誓，说自己没有看到使臣翻鱼。

使臣听了，笑着对国王说："既然大家都没有看见，那没事了，我们继续吃饭吧。"

·沧海拾贝 人生百味·

智慧是化解难题的钥匙。

（作者：罗雨君；推荐者：继续向前）

骆驼粪与战斗机

战时，鲁尼在英国空军部队当后勤兵。部队规定，战机的皮革座椅要用骆驼粪来保养，这让鲁尼苦恼不已，因为粪便的臭味实在难闻。

这天，鲁尼的父亲来部队探望，父亲参加过一战，看见儿子正忙着用骆驼粪擦拭座椅，便疑惑地问："你们怎么还在用骆驼粪养护皮革？"鲁尼理直气壮地回答："这是规定。"

父亲笑着说："当年我们在北非沙漠地区作战，有大量物资需要骆驼运输，可驾驭骆驼的皮具是用牛皮做的，骆驼闻到那味道就会赖着不走。于是，有人想到用骆驼粪来擦皮具，这样就能盖住牛皮的气味，果然骆驼就听话了。哪料三十年过去，你们却将这方法用到了飞机上，太可笑了！"听完这话，鲁尼将信将疑，随即去翻阅史料，结果正如父亲所言。

不加思考地沿袭过时的经验，就像盲目使用"特殊功效"的骆驼粪，将会贻笑大方。

（作者：张小平；推荐者：蓝献伟）

有个性的斑马

实习记者詹姆斯的实习期快到了，可他一直没有什么出色的表现。这天，妻子带他去马戏团看动物表演散散心。

演出中有一个节目是由斑马表演的，随着驯兽师的口令声，这些斑马步调一致地跳坑、钻圈、躺下……詹姆斯不禁拿出相机，不停地按动着快门。表演结束后，驯兽师命令斑马面向观众致谢。斑马们都听话地将头转向观众，但是有一只斑马却始终将屁股对着观众，无论驯兽师怎样命令它、哄它，这匹斑马就是不愿意回过头来。逼急了，它还将屁股对着观众放了几个响屁，引得大家一阵哄笑。

詹姆斯将照片洗出来后，发现

那张斑马屁股对着观众的照片很有趣，他越看越忍俊不禁。正在这时，总编推门进来了。

总编看到这张照片，也笑出声来。他又仔细看了一会儿照片，忽然，总编伸出手，紧紧地握住詹姆斯的手，说："詹姆斯先生，你这张照片拍得太好了，我决定，明天就将这张照片刊登在头版上。另外，我要正式通知你，你已经被聘用了！"

詹姆斯不敢相信自己的耳朵。这家报纸一向刊登严肃文章，将这张屁股对着观众的斑马照片刊登在头版，这也太不可思议了。

总编看到詹姆斯疑惑的样子，提笔在照片的下方写下了一行字：总有一匹斑马把屁股对着你。

照片刊登后，在读者中引起了强烈反响。许多读者打来电话，对照片表示认同，他们说，人们常常追求步调一致的生活方式，当出现不和谐的音符，就以为出了大事，其实，大可不必惊慌失措。总有一匹斑马把屁股对着你，这才是真实的生活，才是个性和精彩所在。

（作者：李良旭；推荐者：姜宝龙）
（本栏插图：安玉民 梁 丽）

学写作文，
从读故事开始

住别墅的民工

□ 佘远香

都说现在的楼盘空置率惊人，晴翠园小区就是一个实例。这是一个高档别墅区，坐落着上百栋房子，房子虽已全部售出，可是因为周边的配套设施跟不上来，入住的人寥寥无几。17号别墅的业主名叫张蕾，是一家公司的老板，十年前她购入了这套别墅，可也一直没有居住过，于是就引发出一桩奇怪的事来。

这天中午，张蕾到晴翠园小区附近办事，忽然想起小区里的空房子来，就顺便走进去看看。张蕾走进小区，只见里面杂草丛生，道路坑洼不平，看来物业的人早已疏于管理了。张蕾走到自家的别墅前，却意外地发现草坪被修剪得整整齐齐，院子里也

打扫得干干净净。她拿出钥匙打开大门走进屋，吃惊地发现当初简单装修过的屋子还像新的一样，窗明几净，地板也一尘不染。张蕾觉得不可思议，心想，家中除了自己只有母亲，母亲年纪大了身体不便，从没来过这座房子，更不可能偷偷过来打理了。蓦地，张蕾脑海中闪过一个念头：屋里一定有外来者非法闯入了！

想到这里，张蕾立刻紧张起来，她开始满屋寻找，可是，楼上楼下全找了一遍，也没看到人影。正在疑惑，突然，她隐约地听到地下室传来说话声，张蕾一愣，忙走到地下室门口，往里一瞧，只见光线暗淡的地下室里，摆着床和桌椅等几件简陋的家

具。此时,床上有个男的正在酣睡,旁边有个女人守着一个小孩读书,看起来是很温馨的一家人。

张蕾再也忍不住,冲进去喝问道:"你们是谁,为什么在这屋里?"

那女人看了看张蕾,却反问道:"你又是谁,怎么来了这里?"

张蕾严厉地道:"我是这座房子的主人!"

那女人听了,一下子慌张起来,忙摇醒床上的男人,叫道:"老赵,不好了,业主来啦!"床上那个叫老赵的男人闻言,一下子翻身起了床,望着怒气冲冲的张蕾,好一会儿才回过神来,把事情的经过说了一遍。

原来老赵是乡下人,三年前带着家人来到城里打工,平时也做点小生意,因为赚钱少,一直没钱租好点的房子。有一天,老赵路过晴翠园附近,看到有个老乡从小区里走了出来,老赵很惊讶,问他怎么租得起这样高档的房子。老乡得意地对老赵说:"谁出钱去租呀?这小区里有大把的空房,那些房主一年都来不了一次,你挑座房子把门窗撬开,搬进去住就是了。"

老赵听完又惊又喜,他观察了好几天,发现小区里面居住的业主确实很少,倒是有好几户住着来路不明的流浪者。于是老赵就选择了位置相对较偏的17号别墅,带着老婆孩子

搬了进去。他们不敢住楼上的房间,只住了没有安装水电的毛坯地下室,没有电就用蜡烛照明,用水就到小区附近的公厕去提。刚开始老赵一家人还忐忑不安,可一直过了两年都不见业主现身,于是就习以为常,竟把别墅当成自己的家了。

张蕾听到这里真是又好气又好笑,房子被人鸠占鹊巢两年了,自己竟然还蒙在鼓里一无所知。她看老赵像是老实人,又觉得他们一家子在城里生活也不容易,想了想,决定不报警,只是让他们快点搬走。没想到老赵却满脸讨好地对张蕾道:"我们都住两年了,能不能再让我们住两个月,就两个月。孩子在小区附近上幼儿园,等到放假了,我们马上搬走。"那女人也满脸堆笑地道:"没有弄脏你的屋子,也没有动过任何物品,还把屋里屋外都收拾了一番。我们在这里对你来说没什么损害,求你宽容我们再住几天吧。"

张蕾一听,不由满心怒火,心想这对夫妻可真是得寸进尺,虽然他们住在这里对自己确实没什么损害,可这房子是自己辛苦赚钱买来的,这些人不打招呼就白白住了这么久,想想心里都堵得慌。于是她不容分说,坚决要求老赵立刻搬家离开。老赵见无法通融,也不再说什么了,与妻子一起收拾起来。最后他们叫来一辆三轮车,把一屋子杂七杂八的东西全拉

走了。

老赵一家搬走后，张蕾想了想，觉得房子还是有人住着好，一来可以打扫整理，保持清洁，二来可以防止像老赵这种人卷土重来。于是张蕾决定把房子租出去，她打印了几张广告贴在小区大门口，上面写着：晴翠园17号，月租3000元，并在下面留了自己的手机号码。

晚上张蕾回到家，忽然看到母亲换了一只新的手机，她愣了一下，忙问母亲旧手机哪里去了。母亲回答说不小心摔坏了，刚巧白天上街，看到路边有人摆了个摊，可以用旧手机换新手机，于是就换了一只。最后母亲还喜滋滋地道："我拿着换来的新手机到店里去问了一下，人家告诉我手机质量很好，是正规产品，今天可真是走运。"

张蕾听到这里却有些着急，忙问母亲："那只旧手机上面挂着的小佛像，你取下来没有？"母亲摇摇头说："绳子系得太牢，费了好大劲也取不下来，我听你说过是玻璃做的，反正值不了几个钱，就连同手机一起给那摊贩了。"

张蕾闻言，心里暗暗叫苦不迭，她叹口气，对母亲道："那不是玻璃做的，是我从云南买回来的翡翠，花了一万元，能保佑平安的。我怕你埋怨太贵，不肯随身用，才对你撒了谎。"

母亲闻言，顿时心疼不已，埋怨张蕾不该瞒她。张蕾想了想道："我们换的是手机，翡翠只是附加的饰物，可以要回来的，只要找到那个换手机的贩子就好办了。"母亲道："可他是在街上摆流动摊位的，没生意就走了，我们上哪里找他去？"

张蕾听了也有点丧气，就问母亲有没有其他线索。母亲想了想，忽然兴奋起来，忙翻找出一张名片给张蕾看，说小贩在上面留了地址，说如果手机有任何问题，可以上门找他。张蕾心想这下可有希望了，她把名片拿过来一看，只见上面写着——地址：晴翠园17号。张蕾傻了眼，忙

问母亲："那个手机贩子是不是四十来岁、身边还跟着一个女人？"母亲忙点头。

没想到世上竟有这样巧的事，张蕾沮丧地对母亲道："这个手机贩叫老赵，原来是住在我的房子里，可今天白天我已经把他赶跑了，这个地址没用了。"接着就把事情的经过跟母亲说了一遍。

母亲听完，不住地埋怨张蕾："你早不去晚不去，怎么偏偏今天就去了？他们都住两年了，你就让他们多住几天，等找到房子再搬又有什么关系？给人方便，就是给自己方便，那样的话，咱们现在也不用四处去找人了。"张蕾听了，心里也别提有多后悔了。

第二天，母亲到昨天换手机的地方去，果然没有看到老赵。张蕾劝母亲算了，城市这么大，不知老赵现在去了哪条街，而且，说不定这老赵早看出佛像是翡翠的，故意贪便宜拿了去，岂有再现身的道理？母亲想想，也只得放弃了。

几天后，张蕾正在公司处理事务，忽然手机响了，一个男的声音传来，问她是不是有房子要出租。张蕾听着声音有些耳熟，回想了一下，突然激动起来，对方竟然是老赵！张蕾心里窃喜，终于发现老赵的踪影了，可她又很困惑，不知老赵怎么会返回来租自己的房子，于是她不动声色地

问老赵有没有看清房价，是不是真心想租住。

电话那头老赵长叹了口气，道："我本来是租不起的，可前几天买下了别人一只挂着佛像的手机。我本以为这佛像就是个小玩意儿，没想到一个做玉石生意的老乡看到了，说这佛像是上好的翡翠做的，值不少钱呢。我想还给卖主，可实在记不清是在什么地方买的。我想，名片上留了你房子的地址，对方发现后一定会根据地址找上门来，所以……所以我想再租你的房子住一段时间……"

张蕾听着听着，忽然感到眼睛有些湿润，最后她对老赵说："明天八点你到小区门口来，房子我一定租给你。"

第二天，张蕾来到小区门口，不一会儿老赵果然也来了。张蕾把别墅的钥匙交给他，老赵接过，然后递给她一叠钞票，说是这个月的房租3000元。张蕾并没有接钱，她对老赵说："你把租金看错了吧？"老赵一愣，以为房租又加了，急忙往墙上的广告看去，却发现上面写着：晴翠园17号，月租3元。

（题图、插图：佐　夫）

为政者理应心如秤杆，严守公平，不然，一块小小的砖头也会打破平衡，引起轩然大波……

多加了一层砖

□ 卞永刚

在县里，陆万富可是个名人，虽然他只是大柳树村的村主任，连九品芝麻官也算不上，可他是全县唯一的一个蝉联五届的村主任。他在任上，的确做了许多实实在在的事情，不说别的，就说村民的房子重新规划，建成了统一的三层楼别墅小区，让城里人都羡慕不已。

最近，陆万富因为胆结石，在县医院动了个小手术，住了半个月，可奇怪的是，除了心腹张会计来探望过他一次，村里其他人一个也没有来。往常，陆万富得个伤风感冒，到家里来看望的人都络绎不绝，这次是怎么了？陆万富心里有些不舒坦。

陆万富等伤口愈合，就办了出院手续。回到村口，正好遇见村里的李大妈，他就打招呼说："李大妈好！"

"哦。"李大妈应了一声，直接走远了，根本没问起陆万富住院的事。

回家后，陆万富又在村里转了一圈，可是，村里人对他的反应都很冷淡，只是随口应付几句，连客套话都懒得和他说。正当陆万富纳闷的时候，邻居樊豹上门来了。

樊豹的家离陆万富家最近，只有几米的间隔。见樊豹上门来，陆万富心里一热，想：还是左邻右舍想

得起我来呀！可让陆万富没有想到的是，樊豹见面头一句，就是气愤地兴师问罪，他说："陆主任，你凭啥要压我一头？"

听了樊豹这句话，陆万富一头雾水，问："樊豹兄弟，你这是说的什么话？"

樊豹说："你是村主任，建小区时在会上说，村里要统一规划，顶层的女儿墙只能起二十层砖，可你自己为啥在墙头多加一层砖？"

听了樊豹的话，陆万富这才想起来，他建顶层的女儿墙的时候，工匠一时疏忽，将设计图上只有二十层的女儿墙，建成了二十一层。陆万富让工匠拆了，可是工匠偷懒，不想拆，就敷衍他说："建好的东西，是不能随意拆的。你是堂堂的村主任，多加一层砖，就是'高人一头'的意思，这可应了吉利的口彩。"陆万富被说得很舒坦，就默许工匠多加了一层砖。这件事，陆万富只跟家里人说过，外人根本不知道。

于是陆万富问樊豹："你听谁说的？"

樊豹说："你家老爷子说的，这个总不会假吧？"原来，陆万富住院这段时间，村头一户人家娶媳妇，办喜宴，陆老爷子也被请去喝喜酒，多喝了几杯，就把这件事捅了出去。大家听后心里都不舒坦，陆万富多加了一层砖，全村的房子都比他家

的矮，明摆着，就是压全村人一头的意思。

这下，陆万富终于明白村里人为什么不去医院探望他了。他望着上门兴师问罪的樊豹，说："你到我家里来，究竟想怎么样？"

樊豹说："你和我是邻居，你不能压我一头，你必须把多出来的那层砖拆去。"

拆砖就是拆自家的墙，让别人看笑话，陆万富自然不肯答应。而且他是村主任，如果拆了砖，他村主任的面子又放到哪里去？于是陆万富对樊豹说："不就是一层砖嘛，多大的事情，何必小题大做？"

两个人话不投机，就吵了起来，到后来，樊豹见陆万富铁定心不拆那层砖，就扔下一句话，说："你走着瞧。"

见樊豹气呼呼地走了，陆万富心里想：这一层砖的小事，你樊豹还能掀起多大的风浪来？

陆万富心里看轻了樊豹，他没有想到的是，樊豹真的把事情闹大了。第二天，镇长打来电话，问陆万富："陆主任，今天你们村里有个叫樊豹的来镇里上访，说你仗着是村主任，压人一头。"

陆万富吃了一惊，幸好他和镇长很熟，就对镇长说："镇长，我多的那层砖是建房时工匠一不小心加上去的，这樊豹是个刁民，一口咬

定我多加的那层砖，是为了压他一头。我这新房已建成了半年，要是专门拆掉那一层砖，我又要重新请建筑队，这么一折腾，多出钱不说，房子也不美观了。"

镇长听了，觉得陆万富说得也有道理，就对他说："陆主任，这一层砖的事，我就帮你一个忙。"

于是镇长面对樊豹，不仅没有批评陆万富多加这一层砖，还反过来劝说樊豹，邻里之间以和为贵，不要为了这样的小事大动干戈，小题大做。樊豹听了镇长的话，知道镇长袒护陆万富，就恨恨地扔下一句话，说："你们官官相护。"

晚上，陆万富看见樊豹回家时人仿佛蔫了不少，陆万富心想：就凭你小子，也想跟我斗？

不过，陆万富的确瞧低了樊豹，第二天一早，陆万富还在床上睡觉，他老婆跑进卧室，把陆万富推醒，对他说："万富，不好了，樊豹他、他……"他老婆一急，说不出话来了。

陆万富睁开眼说："难不成樊豹要来拆咱家的墙了？"

他老婆说："不是，你快起来看。"

陆万富听了，忙穿上拖鞋，来到自家门口，一看樊豹家那边，傻了眼。原来，樊豹竟然叫了几个工匠，在自家的女儿墙上加了一层砖。

樊豹见陆万富站在门口，就对陆万富说："陆主任，你不拆你家的那层砖，我在自家墙头加一层砖，这总该可以吧？这样，咱们就平起平坐了。"说完，欢快地唱起了流行歌曲。

听了樊豹的话，陆万富哑了，这件事本来是自己错在前，而且，为了维护自己村主任的威信，他又和镇长一起搪塞村民，错上加错。

 ·新传说·

可是他没有料到，樊豹竟然来了这一招。

樊豹这么一干，村里许多人都相信了"压人一头"这句话，见樊豹在自家墙头加了一层砖，心想：你们能加一层，我就能加两层……从这以后，加砖的风气在村里蔓延开来，加四层砖五层砖的也不在少数，还有的农户竟然在自家的顶楼又重新加盖了一层。

本来，大柳树村是全县新农村建设的示范基地，县里经常带人来参观，可村民们这么一乱搭乱建，村里的房子高矮不一，五花八门，县里就取消了这个示范基地。更要命的是，经过这件事，陆万富虽然还是一村之长，威信却荡然无存，每次他劝阻别人不要乱搭乱建的时候，别人总是回一句："先管好你自己吧。"真让他嘻得慌。

第二年，村里换届，村民推选樊豹和陆万富竞选村主任。那天，在主会场，陆万富和樊豹发表竞选演说，樊豹只说了一句话："我如果当上村主任，我最先将自家楼顶多加的那层砖拆掉。"赢得了全场的掌声。

唱票时，陆万富看到自己名字下只有可怜的几票，已无胜望，为了避免尴尬，只得悻悻地提前从主会场退出。没想到，刚走到自家楼下，突然，空中刮起了一阵大风，接着，

他的脑袋被什么东西狠狠地砸了一下，晕倒在地。

陆万富醒来的时候，发现自己正躺在救护车上，老婆焦急地陪在一边。听了老婆的讲述，陆万富才明白，原来老婆见他这段时间因为砖的事遭了那么大的罪，就擅自做主，请了工匠来拆砖。工匠活干到一半休息，随手把一块砖放在墙头上，没料到这天风太大，把砖吹下来，正好砸在陆万富的头上……

陆万富来到县医院，检查出颅内有血块，要做手术，把里面的淤血取出来。主治医生问陆万富："你怎么把头给伤了？"

陆万富哼哼了两声，说了让主治医生莫名其妙的一句话："唉，多加了一层砖！"

（题图、插图：谢颖）

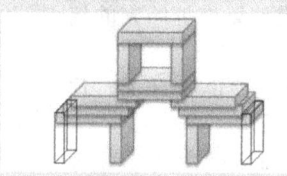

2013年8月(下)动感地带答案

神探夏洛克答案： B。墙上用指甲刻上去的6、7、8三个数字，用音乐来解释，就是拉希德的意思。

疯狂QA答案： 片

思维风暴答案： 如图所示，先在底部竖立来摆放4块积木，然后按照图纸画的造型堆建，等到块封顶时，抽出底部左右两端。

□ 郭 选

最好的报答

成刚是刑警队的副队长，为了破获一个贩毒团伙，只身受命来到中缅边界，假扮成贩毒人员与毒贩接触，不料在毒贩窝里遇到了老对手胡三。胡三原是成刚他们县一个黑社会组织的老大，他的团伙被成刚带人一举打掉，他却逃了出来，没想到，他竟跑到这里当了毒贩。仇人相见，分外眼红，成刚一看情势不好，踢倒两个打手逃了出来。穷凶极恶的胡三带人在后面紧追不舍。翻越一个山坡时，成刚的脚崴了，情况非常危急。

成刚一瘸一拐地拼命跑着，后面追赶者的脚步声越来越近。成刚钻出一片小树林，眼前豁然开朗，只见一条公路蜿蜒而过。就在这时，一辆

满载着纯净水的皮卡开了过来，成刚跳到车前，挥舞双臂，大喊停车。皮卡"嘎"的一声停下，司机探出头来，成刚赶紧说："师傅，有坏人追我，捎我一段中不中？"

司机打开车门，成刚急忙上去。车子刚离开，成刚就从后视镜里看到胡三等人跑到了公路上，气急败坏地挥舞着砍刀咒骂着。好险，再晚一步，就可能成为他们的刀下之鬼。

司机也通过后视镜看到了一切，就问："他们为什么追你？"

成刚不想暴露身份，故作轻松地说："没什么，欠了一点赌债。"

司机摇头道："本来我不该救你的，开赌场的都不好惹，可是看在老

乡的分上，我还是让你上来了。"

成刚惊异地问："你怎么看出我是老乡？"司机一笑："你问'中不中'，不就是我们家乡的方言吗？"细聊起来，两人竟还是一个县的，关系顿时又亲近了不少。

司机自我介绍姓腾，叫腾超，来到这里十多年了，他热情地请成刚到他家做客。成刚看天色已晚，也不好乱走乱闯，就答应下来。

腾超的家在一座大山脚下，三间瓦房孤零零地矗立在公路旁，成刚注意到，这里的人家比较分散，很少有左邻右舍。车子刚停下，屋里就跑出一个五六岁的小姑娘，稚气地喊着爸爸。腾超从驾驶座旁拿起新买的一个喜羊羊玩具，跳下车去，塞到女儿怀里，然后双手把小姑娘抱起，父女俩亲热了好一阵。这时，一个娇小的女人端着洗脸水走出来，说："晚饭做好了，先洗把脸吧。"

女人看到车上又下来个陌生人，一时愣住了。当听丈夫介绍说是老乡来了，她立即笑着请成刚进屋。

晚饭并不丰盛，但处处透露出女主人的用心。看着这温馨的一家，成刚心里涌起一股暖意。突然他想到，自己的到来也许会给他们带来麻烦，应该赶紧给局领导打电话，让他们联系这里自治州的公安局，把自己接走。因为是化装侦察，他没带任何证件，就连手机也在路上跑丢了。于是成刚借用腾超的手机到院子里打了电话，事情很快就得到解决，自治州公安局表示马上会派人来接他。

等成刚再回到屋里，却发现气氛陡然起了变化，腾超阴沉着脸问道："你是警察？"成刚点点头，腾超继续问："来缉毒的？"

成刚反问："你怎么知道我是缉毒的？"

"谁都知道，来这里的警察，几乎都是来抓毒贩子的。"腾超焦躁地转了两圈，说，"对不住了，你还是出去吧，我家不能留你了。"

"老乡，这是怎么啦？"成刚赔着笑问道。

腾超冷冷地说："毒贩子都是些亡命之徒，心狠手辣，我还有老婆孩子，可不想得罪他们。"

成刚想了想，说道："要是我现在离开了，一会儿公安局的同志来接我，就找不到地方了。我只是搭你的车，毒贩不会想到我在你家里。"

腾超的妻子也帮成刚讲情，小姑娘也在一旁说："我要警察叔叔讲抓小偷的故事。"腾超这才铁青着脸，勉强答应让成刚等到警察来接他，然后就起身到里间去了。成刚很尴尬，只好逗着小姑娘，讲故事给她听。

天完全黑了，外面的狗突然发狂似的叫起来，女人走出屋去看看。她刚出去没几分钟，就传来一声凄厉

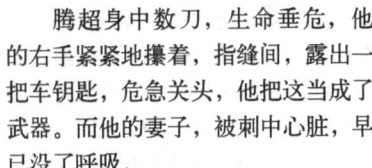

・大千世界 众生百相・

的惨叫。腾超"噌"地从里间跳了出来，成刚也霍地站了起来，两人几乎同时冲了出去。借着灯光，他们看到了惊心的一幕：腾超的妻子躺在地上，痛苦地扭曲着！她的身旁，站着几个面目狰狞的人，不用细看，成刚就知道其中一个是胡三。

腾超大叫一声，冲了上去，只见他大手一挥，扫在一个歹徒的脖子上，那歹徒立即仰面倒地。成刚抄起门旁的一把铁锨，也加入了战斗。

转眼间，腾超已经被乱刀砍倒在地，成刚愤怒地吼叫着，挥舞铁锨，奋不顾身地冲上去，逼开了那几个歹徒。铁锨长刀子短，歹徒虽多，一时还近不了身。混乱中只听胡三喊道："都闪开，都闪开！"成刚估计，胡三可能有枪，于是他直接冲向胡三，不给他掏枪瞄准的机会⋯⋯

危急时刻，传来了警笛声，接

成刚的警察到了！胡三见形势不妙，丢下受伤的歹徒，带领其他人逃跑了。

腾超身中数刀，生命垂危，他的右手紧紧地攥着，指缝间，露出一把车钥匙，危急关头，他把这当成了武器。而他的妻子，被刺中心脏，早已没了呼吸。

这时，一直躲在屋里的小女孩跑出来，扑到妈妈身上，发出撕心裂肺的哭声，成刚这个钢铁汉子也不禁泪如雨下。从事刑警工作这么多年，他从来没有这样愧疚过。

成刚决定留下来照顾腾超，他打电话请示了领导，得到了批准。

很快，胡三等歹徒都被擒获，腾超也渐渐痊愈。这天，成刚又去看腾超。腾超发现，今天成刚的面色很凝重，就问他怎么了。成刚没有直接回答，却说："我给你讲个故事吧。"

"十二年前，我承办了一起杀人案，一个男青年夜晚喝酒后回家，途中与人发生口角，进而发展到打斗，结果被对方割破喉咙身亡。据目击者讲，他看到凶手赤手空拳，朝受害人喉咙上一挥，受害人就倒下了。我一直想不出，凶手用的是什么凶器，直到那天胡三他们冲进你家⋯⋯"

随着成刚的讲述，腾超

故事会2013年9月上半月刊·红版 **25**

的脸色变了。成刚叹了口气，继续说："那天你也是拳头一挥，歹徒就倒下了，你手里攥着的，是一把钥匙。事后我想起当年的案子，恍然大悟——钥匙细长尖利，有一定的杀伤力，与当年受害人的伤口相符。而你从家乡出来的时间，也与凶杀案发生的时间相吻合，还有一点，腾超啊，其实我们县根本没有姓'腾'的……我把你的血迹送回去做DNA化验，虽然我希望一切都只是巧合，但今天化验结果出来了，你的DNA与当年死者衣服上沾染的凶手血迹的DNA相符……"

成刚说完，两人都陷入了沉默，不知过了多久，腾超开口了："你想怎么样？"

成刚说："希望你去自首。"

腾超突然大喊："不，我不会去的！我为了救你，家破人亡，你却想把我送进监狱！你还有一点良心吗？我救了你的命，你口口声声说要报答我，你就是这样报答我的吗？"

成刚凄然道："捉拿凶手是警察的天职，我……不能不捉拿你归案。"

腾超无奈地接受了事实，他平静了一下，说："那天我喝了酒，头脑发热，一时冲动，犯了罪……事发后我到处逃亡，最后在这荒山僻壤安了家。那天让你搭车，也是因为这么多年来我内心一直不安，平时能帮别人的我就帮一帮，也是个赎罪的意

思，没想到……善恶有报，事到如今，我别无牵挂，只有一件事情求你，我老婆死了，我进监狱后，求你好好照顾我的女儿。"

成刚沉默许久，低下头，轻声说："这个……我可能办不到……"

"什么？"腾超愤怒得眼睛几乎要冒出火来。成刚叹道："因为，我很快要去为一个很远的地方……"

原来，当年成刚承办这个案子的时候，立功心切，在凶器没有找到的情况下匆忙结案，导致一个无辜的青年被送进了监狱。腾超的出现，证明成刚当年办了错案。成刚说："我注定要为自己的错误付出代价——我已经主动申请降职，并接受了新的卧底任务，接下来，我可能会在边境卧底很长一段时间……你放心，我会把你的女儿交给我爱人抚养，她一定会像对亲女儿一样对她！"

腾超喃喃地说："你这是何苦呢？如果你不说，这个案子的真相永远不会被外人知道。"

成刚没有说话，他在心里默念着：只有这样，才是对所有人最好的报答。

（题图、插图：佐　夫）

□ 尘世伊语

天价石雕

电视台举办评选"最美菊村"的活动已经接近尾声了，这天，台里来了一位穿着朴素的老人，嚷着要报名。老人自我介绍，说他是美岭村的老村长，进城时看见满街的宣传条幅"寻找最美菊村"，就赶着来报名。节目组的负责人谢磊接待了他，老村长气都没喘匀，就说开了："我们美岭村盛产菊花，已经有几千年的历史了，你们一定要去看看！"

老村长口里的美岭村，谢磊以前去过，那里交通不便，虽然满山遍野的菊花开得灿烂，但现在交通方便的菊村很多，相比之下，美岭村不占优势。于是谢磊说道："老人家，我们此次评选除了要求村里种菊花，还要求有特色，有文化底蕴。"

老村长瞪大眼睛看着谢磊："孩子，啥叫底蕴？"

谢磊解释道："就是有年头、有代表性、有文化内涵的老东西。"老村长想了想，说："有啊，我们村刘轩他家有个老宅子，影壁墙上的石雕金菊图是乾隆皇帝御赐的。"

接着，老爷子摆开了龙门阵：话说当年乾隆皇帝下江南，微服私访路过美岭村，正值酷暑，乾隆龙体欠安，眼睛像蒙了一层雾，吃什么药都没用。有一户村民拿出自家制的干菊花，泡了一杯菊花茶给他喝，乾隆顿觉神清气爽，眼睛一下子看见了。乾隆回到京城后，就把美岭村的菊花定为贡菊，

又赐了一块刻有金菊的石雕给那户村民。村民受宠若惊，特意建起一道影壁墙，把这块御赐的石雕嵌在正中位置，保佑子孙后代兴旺发达……

谢磊听到这里，两眼放光，问："这么珍贵的文物一直没遭到破坏吗？"老村长笑道："文革时，村里人用黄泥把石雕糊住，躲过一劫。"

谢磊听后很感兴趣，拎着包就跟老村长去看个究竟。他们下了大巴，又翻了两座山，才到了美岭村。正值金秋时节，满山遍野的菊花美不胜收。谢磊跟在老村长后面，马不停蹄直奔传说中的影壁墙。

两人来到老宅，只见一道雪白的影壁墙，正中镶着四四方方一块乌青色的石雕，雕的是一朵怒放的菊花，雕功精美，惟妙惟肖。一般影壁常用福禄寿图案的砖雕，以菊花为图案的石雕实在罕见。谢磊兴奋地对老村长说："以此为专题，拍个纪录片，绝对可以参加评选。"

这时，一个看着老实巴交的男人走了过来，老村长忙向谢磊介绍，这就是石雕的主人刘轩，当年接待乾隆的就是他家祖上。刘轩憋了半天，问谢磊："同志，这块石雕真能值大钱？"谢磊点头道："当然，这金菊石雕是很珍贵的。"

美岭村要以金菊石雕为亮点参加评选的消息很快就传了出去，可是专题片还没开拍，这天，谢磊的手机响了，老村长在电话里说道："你们快来吧，再不来，就什么也拍不到了。"谢磊忙问怎么回事。老村长告诉谢磊，上次刘轩知道石雕值钱后就动了心，联系了一个香港富商，富商开价五十万，要买这块石雕。谢磊这下急了，挂了电话，赶紧赶往美岭村。

等谢磊赶到刘轩家时，里面已经吵开了锅，老村长正在劈头盖脸地训斥刘轩："你这个败家子，祖上留下的东西能卖吗？谁同意你卖的？"

周围看热闹的村民很多，也七嘴八舌地说着："有了金菊石雕，咱们才能评上最美菊村，村里的菊花才能有好销路，大家的日子才会好过，你不能光想着你自己啊！"

刘轩蹲在地上，半天才憋了一句：

"这是俺家的东西，不关你们的事。"

老村长气得要用脚去踹他，被谢磊拦了下来。老村长无奈地告诉谢磊，影壁墙是刘轩家老宅的一部分，上面的石雕他有权买卖。谢磊想了想，一个主意冒上心头。

几天后，谢磊又回到了美岭村，这次，他不仅带来了摄像，还特意请了一位古玩鉴定专家。老村长听说后赶来接待，不少村民也都来看热闹。

大队人马来到刘轩家老宅门前，嘿，真是巧了，刘轩正带着一个满口广东腔、戴墨镜的老人在影壁墙前仔细察看，看来，这老人就是要买石雕的香港富商，他亲自来验货了！

谢磊庆幸自己来得及时，他对老村长说："今天，我特意请来专家鉴定，只要金菊石雕被鉴定为一定等级的文物，个人就无权买卖。"

刘轩听了，当然不愿意鉴定，村民们却都说应该鉴定。正僵持不下，一旁的香港富商开口了："真的假不了，假的真不了，鉴定一下也好。"

很快，鉴定结果就出来了，这结果让大家都大吃一惊，专家表示，这金菊石雕做工精美，但只是个仿品，制造年代应该是 20 世纪 70 年代。此话一出，现场的空气仿佛一下子凝住了。

刘轩愣了一下，突然失声叫了起来："不可能！这明明就是我家祖上留下的。"他对身边的香港富商喊道，

"你别听他们的，他们不想让我卖，合伙来骗我。"

香港富商戴着墨镜，看不出他的神情。这时，老村长站了出来，慢悠悠地说道："这块金菊石雕确实是假的，我早就知道。"

这话如平地一声雷，把大家都吓了一跳。老村长继续说道："文革时，村里好多老宅子都被毁了，我和几个村民怕金菊石雕也被破坏，就用黄泥把它糊了起来。文革结束后，我们把黄泥抹去，金菊石雕这才重见天日。可是，我当时发现，这石雕已经在文革中被人偷梁换柱了。我曾是方圆几百里手艺最好的石匠，我看出这仿品雕得虽然精细，与真品却还是差了那么一点。"

谢磊听到这里有点生气，就问老村长："你早就知道石雕是仿品，怎么还让我来拍专题片呢？"

老村长叹了口气说："为了评上最美菊村，让我们村里的菊花有销路，石雕被掉包这事我不能宣扬，我这也是不得已而为之。"

这时，刘轩从震惊中回过神来，突然想起一个重要问题，他问老村长："到底是谁把我家的石雕给偷走了？"

老村长叹道："你还记得以前村里有个知青，叫季大伟吗？他天资聪颖，农闲时常跟着我学石雕，雕什么像什么。他刚来的时候，金菊石雕还没用黄泥糊上，那段时间他天天对

着金菊石雕临摹，几乎到了以假乱真的地步……我猜，这事就是他干的。"

石雕是假的，谢磊也感到很失望，他正要带着摄影收工，突然，半天不说话的香港富商开口了："这石雕不论真假，我都买了，还是原来的价格，五十万。"大家都不敢相信自己的耳朵。香港富商继续说："我喜欢这石雕的图案，既然真的已经找不到了，仿品我也愿意出这个价。"

谢磊听了，立刻觉得这是个绝好的新闻素材，忙让人把摄像机对准了富商……几天后，电视台播出了"香港富商巨款购买赝品"的新闻，在观众中引起了巨大反响。有人说这富商脑子进水了，钱多得没处花。也有人感叹，一个赝品他都愿意花五十万，那要是真品，得值多少钱啊！

美岭村一下子红了，接到好几笔订购菊花的订单，还有人慕名而来，特意来看看能卖五十万的假石雕。

这天，香港富商又来到了村里，车子在老村长家门口停下。富商走进屋子，摘下墨镜，对着老村长毕恭毕敬地叫了声"师傅"。老村长倒是一副并不吃惊的样子，说道："其实那天拍新闻的时候，我就认出你了。"

原来，富商就是当年的知青季大伟！此刻，他羞愧地对老村长说："当年我为了给母亲治病筹钱，迫不得已偷偷换走石雕，卖去了外地。这么多

年来，这事一直压在我心头。我有钱后就一直寻找石雕，想重新买回来，还给村里，可一直没有找到。前段时间听说咱们这里要评最美菊村，我就有了主意，故意花高价买假石雕，就是为了让电视台把这新闻播出去。"

说到这里，季大伟朝门外挥了挥手，两个人抬着一个箱子进来，打开箱子，里面是一块金菊石雕，和刘轩家影壁上的那块一模一样！季大伟说道："新闻播出后，有好几个人主动联系我，说他们手里有类似的石雕，问我要不要，其中一块，就是我当年偷偷卖掉的！师傅，这么多年了，石雕终于完璧归赵……"

老村长抚摸着失而复得的金菊石雕，不禁热泪盈眶。季大伟对老村长道："师傅，还有一件事我想问问您，我拜您老为师学石雕，天天对着金菊图临摹，自以为能骗得过，没想到还是被您老人家看出来了。我的仿品到底有什么破绽呢？"

老村长含笑不语，只端了一盆水过来，洒了一些在真品石雕上。原本乌青色的石雕菊花在阳光下竟然闪出了金光。老村长笑道："你知道这石雕为什么叫金菊图吗？它是用稀有的老坑石雕制而成，遇水就有金晕，你雕工再好，假的就是假的，总会被人识破的。"

季大伟闻言，低头沉思不已……

（题图、插图：佐　夫）

·诙段子·

有钱与没钱

婚恋与炒股

◆ 刚谈朋友，叫"探行情"；
◆ 订婚叫"入市"；
◆ 结婚叫"成交"；
◆ 初婚叫"原始股"；
◆ 结婚后双方感情不和，叫"踏空"；
◆ 婚姻平淡，无可奈何地凑合着，叫"套牢"；
◆ 婚姻彻底破裂，不可挽回，叫"崩盘"；
◆ 费尽神思终于离婚了，叫"解套"；
◆ 离婚时被对方搞去不少钱财，叫"割肉"。

（推荐者：涂 文）

◆ 口袋里没钱，心里没钱，洒脱一辈子。
◆ 口袋里没钱，心里有钱，痛苦一辈子。
◆ 口袋里有钱，心里有钱，烦恼一辈子。
◆ 口袋里有钱，心里没钱，幸福一辈子。

爱情流行语

◆ "新娘"的意思，就是接替他老娘接着照顾儿子。
◆ 四种女人最受男人欢迎，她们是：白富美、矮富美、白穷美、矮穷美……
◆ "男女之间会有纯友谊吗？""有，越丑越纯。"
◆ 爱情就像打篮球，有进攻有防守，有时还会有假动作。
◆ 一见钟情，钟的不是情，是脸。
◆ 当一个男人同时对两个女人有好感，他更爱谁取决于谁更不爱搭理他。
◆ 有钱人的爱情是商场里买这买那，只要喜欢的一个不落；穷人的爱情是草地上卿卿我我，被蚊子咬也不怕。但是你看，上帝是公平的，他们最后都一样大包小包的回去了。

- ◆ 一白遮百丑，一丑遮所有。
- ◆ 钻石留下，王老五带走。
- ◆ 那些说"长得漂亮不重要"的男人，说这句话时的断句其实是：长得漂亮、不重、要。
- ◆ 追求幸福没有错，错在人们追求的是"比别人幸福"。
- ◆ 后果自负的负，在很多情况下，是付钱的付！
- ◆ 发完工资后，嚣张一个星期，将就一个星期，节约一个星期，期待一个星期——这个月就完了……
- ◆ 他咒你："你迟早会变成自己最不喜欢的那种人。"而你说："嗯，我最不喜欢有钱人了。"
- ◆ 自我感觉良好的时候，正是别人对你感觉最不好的时候。
- ◆ 看看中国股市，就像个没妈的孩子——只剩爹（跌）了！

（**推荐者**：极品咖啡、桃之夭夭）

如果回到秦朝，你能做什么

- ◆ 学测量的，正好可以当个风水先生。
- ◆ 搞物流的，难不成要给秦始皇赶马车？
- ◆ 学通信的，只能到烽火台点狼烟。
- ◆ 搞房地产开发的，估计要去修长城。
- ◆ 学土木工程专业的，应该是建长城的总工。
- ◆ 学民航的，看来只能放放风筝了。
- ◆ 做人力资源的，会不会负责为皇帝选秀女啊，哈哈！
- ◆ 学制药的，可以去炼长生不老丹药，说不定还能当个国师！
- ◆ 学环境治理的，只能扫扫宫殿了。
- ◆ 学给排水的，只能去挖护城河。
- ◆ 学财务的，能当个账房先生。
- ◆ 学中文的，最好别去，回去估计只能被"坑"掉了！
- ◆ 学出版的，跑到吕不韦那里编《吕氏春秋》吧。

◆ 向同事抱怨："我以前拍照挺好看的，现在怎么越拍越丑了啊？"同事淡淡地说："现在的像素越来越高了。"

◆ 小外甥把我推醒，说："舅，帮我用端午造个句子呗。""造你个头啊！好端端午睡全被你打乱了！""谢谢舅！"

◆ 走到胡同里听见楼上有人喊我："陛下，陛下！"我抬头应了一声："干吗？"然后就被泼了一脸水。楼上泼水的女的说："早喊你避一下嘛，活该！"

◆ 前几天抽空回了一趟老家，爷爷奶奶问工作怎么样。我说和在家差不多，都是给人当孙子。

◆ 曾经有个妹子老是找我帮她装软件、装系统，当初觉得这妹子太笨了。如今单身十几年后，才知道其实是我太笨了。

◆ 一对兄妹看《动物世界》，突然，哥哥对妹妹说："你看那个动物好像你！"妹妹很生气："像你妹！"

◆ 和几个同学在校外租房，中午我主动去做饭，结果他们几个都在客厅里玩扑克。我怒了，吼道："我这么辛苦，都没人来打下手！"结果那几个二货过来排着队，一人打了一下我的手……

身边雷人事

（推荐者：汪 杰）

名词趣解

◆ 鞭炮：只因瞬间冲动，结果葬送一生。

◆ 车轮：彼此保持距离，同行才能和谐。

◆ 放大镜：不论任何事情，毫无原则夸大。

◆ 摆钟：敲打的是自己，提醒的是别人。

◆ 道路：越是泥泞难行，越能留下深迹。

◆ 竹子：每攀登一小步，就做一次小结。

◆ 篮球：总是坠入圈套，因为有人拍你。

◆ 尺子：因为自己正直，丈量别人长短。

◆ 钉子：理解锤的用心，不觉敲打疼痛。

◆ 贝壳：只因失去内涵，才被抛向沙滩。

◆ 哈哈镜：自己心术不正，看人荒诞歪曲。

（推荐者：何 暖）

（本栏插图：陆小弟）

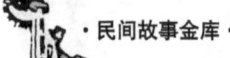

都是炫富惹的祸 □ 一飞冲天

炫富打响场

清乾隆年间，章丘有个财主姓马名守富，家里田产广阔，骡马成群。这一年麦收时节，马家得了个好收成，马守富就志得意满起来，问大家："我什么都有了，可外面还有很多人不知道我马守富，怎么才能让别人都知道我呢？"

管家张锁财就说："主人，要别人都知道咱富，又有何难呢，打响场不就行了？"

马守富听老一辈人说过打响场，顾名思义就是打场打出响声来，给打场的牲口身上多挂几个铃铛，牲口走起来"哗哗"的响，叫外人听见，就知道他家今年收成好。马守富就说："打响场再响，能有多大动静？"

张锁财笑道："要有多大动静就能有多大动静，到时候只怕全县人都能听见呢。"

张锁财给马守富出了个主意，让马守富把打场的麦场挖成一个坑，打下木桩，再在上面铺上厚厚的木板子，木板下面系上千万个铃铛。然后如平时打场一般，上面铺上麦子，骡马拖着碌碡来回走动，木板和铃铛发出隆隆的响声，一定能传很远。

马守富一听，这办法不错，便让张锁财去办这件事。

没几天，一切都准备好了，马守富到场院一看，偌大个场院都铺好了木板。等到打响场那天，场院里同时套上几匹健壮的骡马，后面拉着个大碌碡，在木板上跑着，发出隆隆的巨响，如打雷一般，震得人耳朵疼。

很多乡亲跑过来看新鲜，一传十十传百，渐渐地，四乡八镇凡是走得动的都来了。马守富就吩咐下去，凡是来看打响场的，都是给他马守富面子，到吃饭的时候，每人给一碗粥几个馍，家里有的是粮食，不在乎这几顿饭。这样一来，来看马守富打响场的人更多了，几天之内，在马家场院附近聚集了几万人。马守富看着高兴，这下他的声名算是传出去了，以后再出门，看谁还不认识他马守富。

马守富打响场，连着打了五天，一算账，竟然吃去了几百垛粮食，他这才有点发慌，想叫停，可还没等他叫停呢，就来了几个县里的差役，二话不说把铁链套在马守富脖子上，把他拉走了。

差点丢了命

马守富不知自己犯了什么罪，稀里糊涂地到了县衙大堂。县令大人坐在堂上，面沉似水，一拍惊堂木，说："大胆刁民，你可知罪？"

马守富跪在堂下，说："小民一直安安分分，真不知犯了什么罪。"

县令黑着脸说："这几天你家里好热闹呀，我在县衙都听见响声了。你把这么多人聚在一起，想干什么？有人举报你聚众谋反，可有此事？"

马守富觉得脑袋"嗡"的一下大了，自己打个响场，竟扯上了造反这样的大罪名，这可不是闹着玩的。吓得他体如筛糠，连连磕头，说："启禀大人，小民冤枉呀，小民只是打打响场，请大人明察。"

县令说："哼，你家打个场就闹出这么大动静，可见你本事有多大，要造起反来，谁能挡得住？"

马守富还想辩解，县令却给他一顿板子，打得他皮开肉绽，然后关进了大牢。在大牢里，马守富想想前几天打响场的热闹劲，再看看现在，真像是一场梦，肠子都悔青了。

又过了半个月，县里再提审马守富，这回大堂正中坐的竟是京城派来的钦差。原来，县令把这事报到了朝廷，乾隆知道后非常震怒，这些年全国起义此起彼伏，他刚把白莲教镇压下去，又出了个马守富，他能不发火吗？便派了钦差来审理这个案子。

马守富再三申辩自己没造反，钦差却说，按大清律例，平民相聚不能超过百人，你马守富一下子聚了好几万人，不是谋反是什么？钦差在马守富身上用了很多酷刑，最后马守富挺不过去，只好承认了，当堂就被判了死罪，按律要斩立决，亏了马家有钱，上下打点，才判了个秋后问斩。

马守富在大牢里，整个人都散了架，这天，马守富的老婆来探监，两人在大牢里抱头痛哭。老婆对他说："管家张锁财是个畜生，他怂恿你打响场，然后悄悄报官。现在他趁乱把马家的田产和店铺都篡改到他名下了。"

马守富这才知道自己信错了人，现在说什么都晚了，只有认命了。

马守富在大牢里又呆了一个多月，离开刀问斩的日子越来越近了。这天，县令突然出现在牢房里，他告诉马守富一个好消息：经过调查，当时马守富聚那么多人，的确没干别的，只是打响场而已，这案子还有挽回的余地。最后县令对马守富说："只要依了本官一件事，你便可以活命。"

马守富又燃起一丝生的希望。

原来，京城里的乾隆皇帝，闲来无事要下江南，正好要路过章丘，县令就想出个别出心裁的接待办法，要在乾隆路过的地方全部铺上绣金地毯。说起来容易，那可是一百多里地呀，一个县哪能拿出这么多钱来呀？县令就想到了马守富……

县令说："虽然你有冤情，但朝廷已定案了，我一个县令也不好随意翻案。我早就听说你家祖辈藏下一笔黄金，只要你能拿出来，就说明你没有谋反的意思，我再向上面美言几句，你的性命便能保下了。"

马守富暗自吃惊，他们马家的财富确实不光是那些田产和店铺，还有几代人积攒下的一批黄金。这秘密不知县令怎么知道了。马守富考虑再三，只得向县令说了秘藏黄金的地点。

又要打响场

不久，乾隆果然从章丘路过，踩上了百里之长的绣金地毯，随后马守富就被从牢里放出来了。

马守富出了大牢，家里就不是以前的样子了，他的房屋田产都姓了张，成了张锁财的。马守富全家就在过去的柴房里住，日子过得一贫如洗。

马守富出来后才知道，乾隆来章丘的时候是多么热闹，地毯一铺就铺出了上百里地，上面用金丝绣着"万寿无疆"，一眼望去，到处都是红彤彤金晃晃的一片。乾隆皇帝和大臣嫔妃们走在地毯上，那叫一个风光……事后，有人趁乱捡了绣金地毯去，哪怕捡了一小块的也都发了财。马守富就想，这场景跟自己打响场又有什么区别呢？

马守富失去了财产，却捡了条命，他过起了耕种劳作的生活，反倒知足了许多。几年后，马守富听到一个消息：又要打响场了，而且还是在他当年打响场的那块麦场上。打响场的不是别人，就是马守富以前的管家张锁财。

原来，张锁财得到了马家财产，又经过这几年的积攒，不由得也想显显富，而显富最好

的办法就是打响场。张锁财吸取前车之鉴，他在麦场前挖了一道深沟，乡亲们只能隔着沟老远地看他打响场，不用担心聚众谋反的罪名，还不用管饭，真是一举两得。

一切都准备好了，张锁财便开始打响场了。乡亲们蜂拥而来，隔着道深沟，把道都给堵住了。马守富也到现场去看了，见张锁财打的响场比自己还厉害，用的已经不是木板了，换成了铁板，碌碡也是铁的，骡马的蹄子也用铁包着，那动静，比马守富当年还大。

张锁财响场打了几天，人们就开始议论张锁财不仁义，当年马守富打响场，还能管穷人一顿饭，张锁财却光叫人听个响声。他守着几百垛麦子，却一粒粮食也不拿出来。乡亲们商量着，一定要让张锁财破破财，要不光叫他显摆，便宜他了。

这天，张锁财正琢磨着该收场了，官府却来人把他带了去。县令又是一拍惊堂木："大胆刁民，你可知罪？"张锁财并不害怕，说："大人，我并没聚众，我已经挖了道深沟，把人隔开了。"

县令会心一笑，说："没聚众就没罪了吗？你那个响场办得那么热闹，跟唱戏似的，难道不是罪吗？"

张锁财不解，难道热闹也是罪？县令就说：一个月前，乾隆最宠爱的香妃死了，乾隆下令全国停止一切娱乐一年，有抗令者，轻者发配，重者砍头。而张锁财不早不晚，偏偏就在这个时候打响场，让人们热热闹闹地去看，还不是抗旨吗？

张锁财一听吓坏了，连连磕头求饶。县令也痛快，说："叫我不上报此事也好说，你得拿出全部财产。"

原来，乾隆死了香妃，心里不痛快，身边的太监就出主意，何不再下一次江南，就当出去散散心了。乾隆觉得不错，于是诏令天下。县令知道后犯起了愁，接待乾隆需要钱，上次用的是马守富家的黄金，这次钱从哪里出呢？就在这时候，张锁财打起了响场，百姓把他告到县里，县令正中下怀，就把他抓了。

张锁财为了买命，只好自认倒霉，把家产都拿了出来。县令用那些钱又置办了一条新的绣金地毯，

乾隆来到章丘县，又风风光光地从地毯上走过，只停留了一天就走了。

张锁财打响场，同样没打出名来。马守富知道后直说活该，不光因为当年张锁财对他不义，他更恨张锁财有了钱也要打响场。

谁最能折腾

过了几年，又传来乾隆要下江南的消息，可是现在章丘没有能拿得出这么多钱的富户。县令只好下令，全县百姓按人头出钱。

这时马守富已经老了，但他脑子不糊涂，看到乾隆一次次下江南，不禁叹息了一声："皇上这么爱打响场，什么样的江山也承受不了呀，看来这大清也长久不了。"

这话还真叫马守富说着了，正是乾隆的"打响场"，动摇了大清江山的根基。马家世代的积蓄，还不够乾隆两次从章丘路过的花费。章丘只是个小地方，而乾隆六下江南，要经过多少个这样的地方呢？

说来说去，场面最大的响场，还是乾隆打的，他这一打响场，把国本都打进去了。普通人折腾开了，最多折腾家里的那点东西，皇帝折腾开了，那可就是折腾国本了。

多少年后，当地人有了钱想显摆，就有人说他这是"打响场"，打响场这个词便在当地流传了下来。

(题图、插图：刘为民)

阿 P

开听证会

□ 郭振宇

阿P在一个小城里住，可别小瞧这个小城，这是国内著名的古城，旅游旺地。阿P在当地开了一个小饭店，生意不错，小日子过得有滋有味。

天有不测风云，这天，县政府发出通知，说准备对来古城的游客收门票，一张门票一百五十元。县政府要开听证会，希望大家踊跃报名。

这个消息让阿P很气愤，这一收费，还不把游客都给收跑了，游客跑了，饭店不就完了？这是典型的与民争利，不能答应，要去听证会上跟他们好好理论理论，阿P赶紧报了名。三天后，县政府工作人员给阿P打来电话，说阿P被选中参加听证会了，

阿P很高兴，精心准备了发言稿。

又过了三天，听证会如期举行。县长亲自主持会议，他一再强调，别的地方搞听证会都是涨价会，糊弄群众，他们的听证会是真的，收不收费完全听取民意，如果过半数的代表不同意收费，那就绝不收费。接着县长讲收门票的理由，说收费是为了市民好，收入多了，才有钱建设景区维护景区，景区建设好了，游客会更多，这是良性循环，希望市民能支持。

他讲完后，让大家发言。参加听证会的人有的赞同收费，有的反对收费，还有几个中间分子，犹豫不定。同意收费的队伍里叫得最欢的人阿P认识，是社区的胡主任，他讲得嘴角

直冒沫子，非常卖力。不同意收费的代表中嗓门最大的叫孔武，他是卖肉的，长得五大三粗，和阿P很熟。

阿P偷偷算了算，同意收费和反对收费的人差不多，自己这方还真没有必胜的把握，阿P想，该自己出马了。于是他站了起来，摆摆手，示意大家安静，然后拿出一摞纸，一人一张给大家分了，分完后，阿P说："我不想说太多，只用事实说话。前不久，有个小镇景区收费了，可收费后怎样了呢？大家看手里的纸，是一家权威媒体的报道，景区收费后游客大幅减少，仅为上年同期的三成，同时，门票的费用也透支了游客的消费能力，游客吃的少买的少玩的少……所以我认为，古城收费极不明智，负面效应明显。"阿P讲得有理有据，反对收费的代表纷纷鼓掌。

掌声使阿P很得意，胡主任不爱听了，他打断了阿P的话："你讲得不对，没道理。"阿P看了看胡主任，笑嘻嘻地说："胡主任，你儿子在外地工作吧？收费后，你儿子要是领对象回家就麻烦了，她进不了城，还得先买张票啊！"大家都哄笑起来。

阿P这一鼓动，不仅几个中间分子跟着点头，还有几个原本同意收费的代表也转变了想法，这一下反对方占了上风。阿P很高兴，看来胜利在望了。

就在这时，突然发生了意外，胡主任大叫一声，从椅子上跌了下去，躺在地上一动不动了。大家赶紧围过来，县长看了看，说："不好，胡主任中风了，赶紧送医院，我亲自送他去。今天听证会暂时休会，什么时候再开等通知。"然后叫来车，几个人七手八脚把胡主任抬上车拉走了。

阿P有点郁闷，马上就赢了，却出了这么个意外，他想了想，觉得这事有蹊跷，胡主任十有八九是装的，故意搅散会议，好来个缓兵之计。这个胡主任，可真够狡猾的。

第二天一早，阿P刚开店门，就进来几个穿制服的，他们是防疫站的。几人进屋后，说是例行检查，然后拿张白纸到处擦，有一点灰就说不合格，最后算了算，说要罚款一万元。

阿P赔着笑脸求情，想少罚一点，可无论怎么说，对方就是不松口。最后，一个像头头的人表了态："这次也可以不罚你，但你要明白，不该说的话不要说，尤其是在开各种会议的时候，懂了吗？"

阿P恍然大悟，这几人是为听证会的事来的，好汉不吃眼前亏，他赶紧说："我明白，下次开听证会我保证同意收费，撒谎是王八蛋。"几人点点头："这还行。"然后走了。

防疫站的人刚走，工商局的人又来了，阿P很知趣，赶紧说下次开听证会同意收费，工商局的人这才走了。下午税务局的人也来了，他们一进门，阿P就赶紧表态，说同意收费，把他们也打发走了。

一天来了好几拨检查的，阿P有点发傻，他给孔武打电话，孔武说他的肉铺也被查了好几次，看来县长是铁了心要借百姓的嘴收费了。

很快第二次听证会又召开了，还是县长主持，县长这次胸有成竹，他先大讲一通，然后就让大家发言。果然，上次反对收费的这回都蔫了，显然大部分人和阿P一样，被劝告过了。眼看收费的决议要通过了，这时，孔武站了起来，他挥着手大呼："坚决反对收费！"阿P一见，也站了起来，对着孔武嚷道："你瞎喊什么！收费百利而无一害，你反对收费，是螳臂当车，跳梁小丑。"

孔武不干了，指着阿P："你说谁是跳梁小丑？我看你是找打！"他冲过去就给阿P一拳，正打在阿P的鼻梁上，血一下子流了出来。阿P说："我不行了，我不行了。"然后瘫倒在地，大家赶紧叫车，县长一见又出了乱子，会开不下去了，只得宣布休会，这次又没开出结果来。

阿P并无大碍，在医院处置一下就回家了。不过鼻子很疼，阿P暗骂孔武，他给孔武打电话，骂他下手太黑，孔武哈哈大笑："不黑能像真的吗？不黑能把听证会搅黄吗？"

原来，这都是阿P想出来的妙计，他知道这次开会凶多吉少，于是就告诉孔武，会上形势不好就让他打自己，把会搅黄，于是才有了这一出。

第二天阿P早起去市场，他先去买鱼。卖鱼的一看阿P，撇了撇嘴："今天鱼涨价了，涨百分之二百。"阿P一愣，问："怎么涨这么多？"鱼贩子说："别人买不涨，你买就涨。"

阿P奇怪地看着鱼贩子，问怎么回事。鱼贩子说："你小子昨天表现不错啊，收费收费，嚷得挺欢啊，表现这么好，县长能给个官当吧？"

原来是因为这个，阿P摇摇头，鱼先不买了，他去买菜。不料卖菜的也不爱搭理他，阴阳怪气的。

阿P觉得自己比窦娥还冤，暗想，

只能拉着孔武挨家挨户去解释了。"挨家挨户"？阿P想到挨家挨户时，一下子高兴得跳了起来，他有主意了！

阿P赶紧找到孔武，拉着孔武挨家挨户上门，起早贪黑地跑，跑了一个多星期，县城里几乎都走遍了。

第三次听证会又开始了，这回市长也来了，他听说这里搞听证会，很民主，就来看看。这次会议和上次一样，参加听证会的人多数同意收费。县长很高兴："看来大多数市民还是赞同收费的，既然这样，我看今天就把这事给定了吧。"

这时阿P站了起来："我说两句。"

胡主任说："你不是同意收费吗？"阿P说："是啊，我同意，我坚决同意收费，但我同意没用啊，这不同意的人也太多了。"

胡主任说："胡说八道，你看这里来开会的，代表了全县的方方面面，几乎都同意。"

阿P摇摇头，说："要知道不同意的人有多少，大家请看这里。"说着阿P把笔记本电脑拿了出来，放到主席台上，然后开机。电脑播放出一组组镜头，镜头里都是古城的老百姓，他们先是自报姓名，然后说"我反对收费"，有的是一个人说，有的是几个人一起说，画面一角还记录着人数。录像放了一个多小时还没结束，只好快进，最后，反对的人数定

格在三万两千零二十五人。最后的画面是阿P，他做了总结："以上是这几天我拍摄的，他们都是反对收费的居民，每个人都报了姓名，你们可以一个一个去核实，我们古城人口四万出头，光我采访到的就有三万两千多，这说明至少有百分之八十的人反对收费，你们可以强制收费，但千万不要打着我们老百姓的旗号。"

录像放完了，会议室里先是鸦雀无声，接着响起了热烈的掌声，县长的脸却成了茄皮色。

这时，市长站了起来，说："这是民意，这是人心，阿P，你做得很好，让政府知道了大多数人的想法。"他看了看县长，"你是父母官，我不好越俎代庖，你看这事……"

县长赶紧站起来："对，市长说得对，阿P做得很好，我们要听取民意，我宣布，古城继续免费开放！"四下里顿时掌声一片。

阿P一下子成了古城英雄，第二天，有不少人来饭店看他，阿P正得意呢，这时有人说："不好了，阿P，有人给你送小鞋来了！"

阿P向外一看，不远处有几个人，他们都穿着制服，阿P认得他们，有工商局的，有防疫站的，他们器宇轩昂地向饭店走来。阿P一下蔫了，可转念一想：牺牲我一个，幸福千万人，值！顿时又自豪起来……

（题图、插图：顾子易）

求鉴真假

心　鉴

□ 大刀红

民国年间，夷陵城有一位出名的陶瓷鉴赏家，叫徐心诚，凡是经他掌眼的瓷器，真假都能分得清清楚楚。听说，徐心诚学会了他师傅"心鉴"的本事，诚心鉴定，百鉴百成。不过，徐心诚和他师傅一样，有个铁打的规矩，不管什么人，凡是请他掌眼的真东西，他要按市值提取一成的红利。如果鉴定错了，则全额赔偿买家的损失。当年，徐心诚的师傅曾看走眼一款明青花瓷瓶，让买家损失了八万大洋，他师傅硬是卖了祖产赔偿了买家。如此铁打的信用，让他们师徒在夷陵城留下美名。

这天，徐心诚家里来了几个人，说是周九爷的手下，请徐心诚前去帮忙鉴定一件瓷器。徐心诚心想：这周九明里是个开银号的，暗地里放的是高利贷，而且跟黑道有染，这几年黑白通吃，成了本地一霸，自己虽然不怵他，但还是要给他几分面子。

徐心诚来到周九的客厅，发现缫丝厂的老板蔡兆寿也坐在那里，徐心诚看见，蔡兆寿手里抱着一个盒子，全身瑟瑟发抖。徐心诚心想：不知蔡老板是怎么惹到周九这个阎罗了？

周九见了徐心诚，拱手说："实

在是因为有要紧的事,才请你来掌眼,多有得罪。"

徐心诚说:"这是好事,如果是真东西,我们大家都有好处。"

周九说:"徐老板,你这话我爱听,如果事情成了,一成的利,我绝不少你一个铜子儿。"周九指了指蔡兆寿,说蔡兆寿半年前从他的银号借了五千光洋,当时说好,月息两分,半年后如还不能归还,则用缫丝厂作抵押。现在时间到了,缫丝厂已经破产,根本没有还款的能力,周九找到蔡兆寿催款。蔡兆寿还钱无门,只好拿出家里的明朝景德镇祭红大花瓶,用来抵押欠款。

徐心诚听了,说:"如果真的是明朝祭红大花瓶,价值可远远不止万元啊!"

周九笑着说:"如果是真的,我

愿出价八万银元,剩余的差价我可以补给蔡老板。"

徐心诚知道,明朝祭红大花瓶是窑变的产物,可遇而不可求,他曾在上海拍卖场里亲眼见到一只明朝祭红大花瓶被一个外国商人以十万银元买走。于是徐心诚对蔡兆寿说:"蔡老板,快请出宝贝,让我们见识一下。"

蔡兆寿抱着盒子,来到八仙桌前,小心翼翼打开盒子,一只两尺长的花瓶出现在众人眼前。花瓶的颜色如玛瑙一般润泽,如鲜血一般艳丽,让人为之惊叹。徐心诚掏出放大镜,上上下下里里外外地仔细检验起来。

检验了好一会儿,周九忍不住了,对徐心诚说:"东西到底是真是假?"

徐心诚望了周九一眼,说:"这价值连城的东西,我不仔细掌眼,万一是赝品,我全部家当也赔不起呀!"

周九连连点头:"徐老板说的是,说的是。"

徐心诚又仔细看了许久,才缓缓说出一句话来:"这只花瓶,确系祭红花瓶无疑。"

蔡兆寿和周九听了,都欣喜不已,不料徐心诚语气一转，叹道："这只花瓶虽是祭红花瓶，不过，不是明朝的，年代只有六十年左右，按市值，最多价值五十块银元。"

因鉴结缘

听了徐心诚的话，周九和蔡兆寿脸上都变了颜色，特别是蔡兆寿，面如死灰，喃喃地说："不会，不会，我父亲说这是祖上传下来的传家宝。"

徐心诚说："也许是误传吧。"他说，清同治年间，景德镇的工匠已经研究出祭红花瓶烧制的办法，使祭红花瓶变为日常器皿。

周九听完，额头不由出了一层冷汗，他对徐心诚说："幸好徐老板火眼金睛，我差点被这老东西障了眼。"

蔡兆寿却还是不愿相信这个结果，周九冷笑道："如果这花瓶是真的，我就要付给徐老板近万银元的佣金，难道徐老板是傻子，放着这佣金不要？"说完，周九就逼着蔡兆寿回家去取缫丝厂的地契。

没想到，这时徐心诚发话了，他对周九说："蔡老板那缫丝厂，价值也不止一万大洋吧？周九爷为了得到缫丝厂那块地皮，真是费尽心思。今天，我借给蔡老板一万大洋，你就放过他吧。"徐心诚知道，缫丝厂那块地皮，三万大洋也不止，只

是周九得知缫丝厂倒闭，就放出话来，不准别人借钱给蔡兆寿，才逼得他卖花瓶。

周九的心思被徐心诚说穿了，脸变成猪肝色，对徐心诚说："这是我和蔡老板的事，你不要在中间掺和。"

徐心诚笑笑说："周九爷，过两天，袁司令就要到夷陵城就职，已经委托鄙人，邀请夷陵城内各位乡绅名流参加就职典礼。"

听了徐心诚的话，周九默不做声，半天，才吭出一句话，说："好吧，就按你徐老板的话办。"徐心诚和即将来夷陵城就职的民团司令袁司令是拜把子兄弟，周九得罪不起，只有认输。

此时，蔡兆寿不由得对徐心诚充满感激。蔡兆寿回家后不久，徐心诚的管家就来了。管家拿出一张一万银元的渣打银行现金支票，交给蔡兆寿，说："这是我们老爷交给您的。"

蔡兆寿忙说："我打张借据。"

管家说："这倒不忙，我们老爷还有事相求蔡老板。"蔡兆寿说："徐先生替我保住了祖上产业，就是我的恩人，只要蔡某能做到的，必当全力以赴。"

管家笑了笑说："去年，我们老爷托媒，想娶您的千金蔡祭红小姐，当时，您嫌弃我们老爷年纪大，而

且是个鳏夫，拒绝了。现在，您能否重新考虑一下？如果您能答应，我们老爷说了，这一万银元就算是他迎娶令千金的聘礼。"

原来，蔡兆寿有个独女，名叫蔡祭红，今年二十岁，长得十分貌美。去年，徐心诚托媒人上门，蔡兆寿征求女儿的意见，可女儿正钟情于一个名叫胡风楠的流浪画师，自然不同意，于是，蔡兆寿就推掉了这门姻缘。现在，蔡兆寿心想，自己陷入困境时，这胡风楠帮不上半点忙，而徐心诚帮自己保住了缫丝厂，和徐心诚联姻后，周九就不敢再觊觎自家的产业了，于是当即就下定决心，对管家说："这事我做主同意了，不过，小女有点小性子，还需慢慢劝说。"

送走管家，蔡兆寿叫来女儿，把徐心诚求婚的事说了一遍。蔡祭红和胡风楠正恋得火热，当然不肯。蔡兆寿对女儿说："你应当替我们家的祖业着想。"说完，就把周九想霸占缫丝厂，徐心诚仗义救难的事说了。蔡祭红被逼得没有法子，就抽个空子，想去找胡风楠商量。不

料她来到胡风楠租住的房子，胡风楠家里已经搬了个空，人不知到哪儿去了。

"这负心的人呀……"蔡祭红欲哭无泪。

蔡祭红年龄尚小，又没人替她出主意，只好依了父亲，嫁给徐心诚。婚后不久，蔡祭红怀上了孩子，徐心诚欣喜非常，更是对她宠爱有加。

事不凑巧，蔡祭红怀孕七个月时，在竹林散步，摔了一跤，生了个早产儿，幸好没有大碍。徐心诚五十岁才做了父亲，高兴得不知如何是好，给儿子取名为徐长鉴，希望儿子能继承他的鉴宝事业。

人心难鉴

蔡祭红操持家务，尽心尽力，从一个青春少女变成了贤妻良母。有贤妻娇子相伴，徐心诚尽享天伦

之乐。可徐心诚没有想到，这样的好时光仅仅过了三年，他就得了不治之症，治疗半年，没有效果，人也就奄奄一息。于是徐心诚请来律师，立下遗嘱，将家产全部留给儿子徐长鉴，在徐长鉴没有成年前，由蔡祭红替她管理。

立完遗嘱，徐心诚摒弃众人，把蔡祭红叫到里屋，对她说出了一个惊人的秘密。徐心诚说："你家里那个祭红花瓶，其实是真的明官窑花瓶，千万不要贱卖，留给鉴儿当传家之宝。"蔡祭红听了，有些惊讶，说："那你当初为什么说它是假的？"

徐心诚说，当时他看出花瓶是真品无疑，他也想得到这个祭红花瓶，可是，他又舍不得花那么多钱，也不愿和周九闹翻。于是，他拉长了鉴赏时间，其实是在想对策，最后终于有了主意——他对众人说这个瓶子是假的，然后借钱给蔡兆寿，让他还了周九的借款。取得蔡兆寿的信任后，他提出娶蔡祭红为妻。徐心诚知道，蔡兆寿为了报恩，一定会逼着蔡祭红嫁给自己。蔡兆寿只有蔡祭红一个独女，将来，那个祭红花瓶自然就是自己的了。

蔡祭红听了徐心诚的话，如五雷击顶，平时，她因为对徐心诚心怀愧疚，一直小心伺候着他，没想到，徐心诚的内心却如此狡诈，什么"心鉴"，什么诚信，全是骗人的鬼话。

不过，蔡祭红只愤怒了一会儿，就似乎平静下来，她面带笑容，对徐心诚说："我也有个秘密告诉你，你看看咱们的鉴儿，是不是哪个部位都不像你？"

徐心诚不知蔡祭红是什么意思，惊疑地看着她。蔡祭红说，她嫁给徐心诚前，就怀上了胡风楠的孩子，后来，胡风楠不辞而别，让她心灰意冷。为了报恩，她嫁给了徐心诚。她恨胡风楠无情，就一直想把肚子里的孩子捶打掉，可即使故意摔了一跤，孩子却仍然平安降生。

"你说……鉴儿……是胡风楠的？"徐心诚有些气急败坏。

"是呀！"蔡祭红说得很轻松，这些年压在她身上的负罪感一下子没有了，"可笑你鉴定了一辈子的真假，连自己的儿子是个赝品也没鉴定出来。"

徐心诚终于支撑不住，吐出一口鲜血。他仍清楚地记得，三年前他雇人将胡风楠杀死，抛尸长江，然后拿走他的行李衣物，制造他出走的假象。没想到，冥冥中老天给自己开了一个大玩笑，自己所有的家产，全都送给了胡风楠的儿子。

在最后断气的时候，徐心诚仿佛看见师傅从远处走来，一字一顿地叹道："人——心——难——鉴！"

（题图、插图：谢　颖）

本期主题：胆小鬼

有一类人啊，胆子比针尖还小，什么都害怕，怕风怕雨怕打雷，怕黑怕鬼怕老婆，连自己的影子都害怕。人们称他们为"胆小鬼"……

十个指头

查理长得身高体壮，平时出门，腰里总是别着一把手枪，看上去挺像个男子汉，其实他是个胆小鬼，随身带着手枪，就是为了壮胆。

一天，查理带着枪出远门，经过一家旅店，就住了下来。他独自一人住一个大房间，晚上睡觉时，他望着空荡荡的房间，心里很害怕。

忽然，他想起了枪，便从被窝里伸出手，摸到床边的一张小凳子上，找到了枪。他握着枪，心里踏实多了。

黑暗中，查理隐隐约约发现，

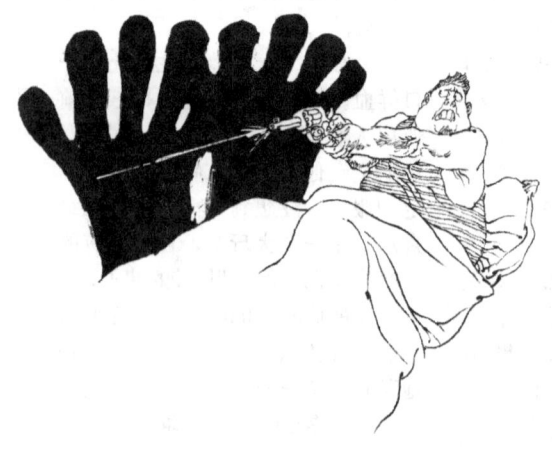

床尾有一根指头在慢慢移动。他忙揉揉眼睛，定神一看，不是一根，而是两根。他再瞪大眼睛，仔细一看，又跳出了第三根、第四根……每多看一眼，就多出一根指头来。天哪！正好十根指头，不是一双手吗？查理吓得动也不敢动，颤抖着问："你、你是谁？"

十根指头没有发出声音。查理吓得直往床头缩，只见那十根指头紧紧跟了上来。查理慌乱之中举起手枪，对准那十根指头，大声说："你快走开，不然，我、我开枪啦！"可是那十根指头好像没有听见似的，依旧竖立在查理面前。查理急了，哆嗦着手扣动了扳机。

"砰"的一声后，只听"啊"的一声惨叫，惊动了整个旅店的人。房客们打开查理的房门一看，只见查理躺在床上，不省人事。他左脚的大脚趾已经被打断，鲜血直流。原来，查理在黑暗中看到的十根指头，竟是他自己的十根脚趾！

遭天打的富翁

从前有个富翁，胆小又刻薄，常常对仆人非打即骂。

一天，富翁带着一个仆人出门，走到半路，乌云密布，远处传来一阵阵雷声。富翁胆小如鼠，听到打雷声十分害怕，就对仆人说："快到我身边来，和我一起走。"仆人故意说："不行啊，老爷，您上次教训过我，说仆人和主子不能并排走。"

话音刚落，忽然天空划过一道电光，紧接着轰隆隆响起一个炸雷，富翁吓得双手蒙住眼睛，身子缩成一团。仆人见状，赶紧拾起地上的一根树棍，用力朝富翁头上打去。富翁以为被雷击中了，把双眼蒙得更紧了。

不一会儿，又一次电闪雷鸣，仆人趁机又朝富翁头上打了一下。就这样，仆人在十几次雷声中，打了富翁十几次，直打得富翁昏过去。

过了一会儿，富翁慢慢苏醒过来。仆人见状，赶忙躺下，也装作被雷击昏的样子。富翁坐起了身，仆人也慢慢睁开眼睛，摸摸自己的头，说："刚才我们都被雷击中了，现在竟然活了过来，真是幸运。"

富翁连连点头："是啊，真是太幸运了。"他一点也不知道事情的真相，还为自己能从雷击中逃命而庆幸呢！

咕咚来了

森林里的湖边，三只小兔快活地吃着草，忽然湖中传来"咕咚"一声，把胆小的小兔们吓了一跳。刚想去看个究竟，又听到"咕咚"一声，这可把小兔们吓坏了！"快跑，咕咚来了，快逃呀！"小兔们转身就跑。

狐狸与跑来的小兔撞了个满怀，一听"咕咚来了"，它也紧张起来，跟着就跑。它们又惊醒了睡觉的小熊和树上的小猴。小熊和小猴也不问青红皂白，跟着跑起来。

大象感到惊讶，拉住狐狸问："出了什么事？"狐狸气喘吁吁地说："咕咚来了，听、听说那是个三个脑袋、八条腿的怪物……"

于是一路上，跟着跑的动物越来越多，这阵骚乱，使湖中的青蛙十分惊奇，它拦住这群动物，问："出了什么事？"大家七嘴八舌地形容"咕咚"是个多么可怕的怪物。

青蛙问："谁见到了？"结果谁也没有亲眼看见。大家决定回去看看明白。大家回到湖边，四周静悄悄的，只有挂在藤蔓上的木瓜在秋风里微微摇晃。只听见"咕咚"一声，一只熟透的木瓜从树上落进水里，大家终于明白"咕咚"是怎么一回事了，全都羞红了脸。

秀才练胆

从前有个秀才，好几次都考不中科举，心想学文不成，习武兴许会有出路呢！于是，他决定习武了。

可是这秀才生性怯懦，胆小如鼠，习武必须舞刀弄棍，没有胆量，别想学有所成。于是秀才决定先练胆量，把胆子练大后再去习武。

这天，几个朋友和秀才一起喝酒，听说秀才要练胆量，一个朋友就对秀才说："城外有一间鬼屋，无人敢住。你若敢独自在那里住上一个晚上，胆量一定就能练出来了。"秀才酒过三巡，大大咧咧地说："好！鬼屋有什么可怕的？今晚我就去那里住！"

大家一起走出酒店，骑着驴子，把秀才送到鬼屋门口，转身回去了。

秀才壮壮胆子，牵着毛驴走进院子。他把毛驴留在院子里，然后手握宝剑走进鬼屋。他摘下帽子，脱下长袍，把它们挂在窗上，然后坐了下来。夜深了，屋里漆黑一片，这时，秀才的酒渐渐醒了，心里害怕起来。

过了一会儿，月光投进了窗子，"啊！这是什么？"秀才差点叫出声来，只见窗上有一个长长的黑影，一动也不动，秀才吓得缩到了墙角。突然一阵风吹来，那个黑影晃了几下，像要扑过来似的。秀才顾不上多想，抽出宝剑，朝黑影砍去，黑影无声无息地倒了下去。

过了一会儿，门外忽然传来了"啊呜啊呜"声，紧接着门被推了几下。秀才吓得浑身发抖。那怪物推不开门，就往狗洞里钻，一个黑脑袋慢慢伸进洞来。秀才吓得冷汗直流，举起宝剑，朝怪物的脑袋扔去，谁知胡乱一扔，刚巧刺中了怪物的头。怪物发出一声惨叫，退了出去。秀才也吓得瘫倒在地，昏了过去。

第二天一大早，朋友们来看秀才，发现他昏倒在地上，赶忙把他唤醒。秀才醒来后，结结巴巴地讲了昨晚的事情。朋友们听罢，四处去查看，只见秀才的帽子和长袍都掉在地上，帽子上还有一个洞。秀才的驴子躲在假山后，嘴巴淌着血，痛得直叫唤。

原来，昨晚那个黑影，是秀才的长袍和帽子；那个想钻进狗洞的怪物，是秀才的毛驴啊！秀才练胆的事传了开来，全城人都把它当成了笑话。

割错了马尾巴

从前，有一个武士名叫横山。他生来胆子就小，但不肯承认，逢人便夸耀自己如何勇敢。人们听了都信以为真。

这年，横山住的村子受到敌人围攻，村里的男女老少都拿起武器和敌人作战，横山却躲在家里一动也不敢动。也不知是谁发现了这件事，不多一会儿，就有人来到了横山的家门口。这时，横山正躲在床底下，听见有人敲门，还以为是敌人杀进村子来了，他吓得结结巴巴地喊："别敲了，屋里没……人。"

"屋里没人，那你是谁呢？"外面的人问。

横山灵机一动，说："我……我是一只鹦鹉。"不料外面的人听了大声道："横山君，我们听出了你的声音，快开门吧！"

横山一听是村里的人，从床底下钻出来，跑去打开房门。门外一位老大爷对他说："你是我们村里最勇敢的武士，为什么躲在家里呢？还不赶快到村外去杀敌！"横山吃惊地看着老大爷，结结巴巴地说："我、我没有马，怎么去杀敌呢？"

老大爷就叫人把他那匹黄马牵来。横山装出很为难的样子，说："不行，我……骑黄马不会打仗啊！"

老大爷问："那你骑什么颜色的马才会打仗呢？"

横山心里盘算起来：村里什么颜色的马都有，就是没有黑马。于是他说自己骑黑色的马才能打仗。说来也巧，村里有一位老农，前几天刚巧从镇上买了一匹黑马。老农一听横山要骑黑马，忙赶回家把黑马牵来了。

话已经说出去了，横山只好硬着头皮骑上黑马向村外走去。没一会儿工夫，来到战场，只见两军对阵，杀声震天，横山吓得连马也骑不住了，一不留神从马上摔了下来，刚好摔在一堆尸体旁。这一下横山有了主意，他用手在地上沾了血，胡乱地抹在脸上，往后一倒，干脆装死。

大约过了几小时，喊杀声渐渐小了，后来，连一点声音也没有了。横山睁开眼睛一看，连一个活人也没有。他这才站了起来，顺手割了一匹死马的尾巴，转身就往村里跑。

乡亲们见横山回来了，都把他当成了英雄，横山也装出一副凯旋的样子，说："敌人被我打退了。"

乡亲们不由得赞叹起来。有人问："你骑的黑马到哪里去了？"

横山装出伤心的样子，说："那匹黑马在混战中被敌人砍死了。"说着他扬了扬手里的马尾巴，"为了留作纪念，我把它的尾巴割下来了。"

大家争着去看横山手中的马尾巴，不约而同地说："奇怪，你骑的是黑马，怎么割下的是白尾巴呢？"

横山说不出话来。就在这时，村里的武士们打败了敌人回来了。横山一看不好，赶紧推开人群溜走了。走了不远，就听到背后有人说："大家看啊！胆小鬼夹着马尾巴逃走啦！"

（本栏插图：陆小弟）

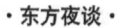

"长生不老"是人类自古以来孜孜以求的梦想，可当它真的
实现，有人却发现，梦想和噩梦的距离，只有一步之遥……

重生茶

□ 戴 波

寻找奇茶

刘大成是云南一个小茶厂的仓管员。最近，茶厂的经理听来一个消息，说县城附近的黄连河原始森林里有棵万年古茶树，要是能采到此茶，定能震动茶界。于是，经理在大会上郑重声明，谁要是有能耐找到这古茶树，赏金30万元！

刘大成听到这个消息就再也坐不住了，他前思后想，想起一个人来。谁？他从小玩到大的朋友李贤。李贤是个猎户，进出森林是家常便饭。

刘大成来到李贤家，把来龙去脉一说，李贤就直摇头。为什么呢？原来这黄连河原始森林太大，各种凶猛野兽出没，就算是李贤这样的

猎户也不敢轻易进入。刘大成磨破了嘴皮，李贤才答应了，说："咱俩情同兄弟，我就陪你去一趟。"

于是，两人向森林深处进发。这天，他们来到林中的一块空地，刘大成突然看见一只胖乎乎的小动物从草丛里钻出来，就说："这不是小狗熊吗？"话还没说完呢，就听见不远处传来一声低沉的吼叫，随后一个巨大的身影从树丛里挤了出来。"黑瞎子！"李贤惊呼起来。

刘大成顿时觉得头皮一阵发麻。黑瞎子就是黑狗熊！李贤对刘大成说："你赶紧跑，我来拖住它！"

刘大成感动不已，说："不，是

我拖着你来这里的，还是我来对付它，你赶紧逃！"

李贤一瞪眼："屁话，这老林里你会比我有经验？快走！"

两人话音未落，那狗熊已经大吼一声，朝他们奔来……

就在千钧一发之际，一个浑厚的声音响起："住手！"那狗熊仿佛中了魔咒一般，立刻停住了脚步。从一旁的树丛里走出一个中年男子，国字脸，一身粗布短衣。那狗熊见了，马上没了脾气，低着头往后退了几步。

男人捡起草丛里的小熊，送到狗熊身边。狗熊朝小熊身上舔舔，然后不紧不慢地消失在树丛之中。

刘大成和李贤这才松了口气，李贤朝那人拱手作揖，说："恩公！谢谢你救了我们。敢问尊姓大名？"

那人笑起来："你们要是愿意，就叫我一声拾贰哥。你们大难临头，彼此还能舍身相救，如此情深义重的人，我能不出手吗？"

刘大成心想，拾贰哥？这名字倒是挺奇怪的。拾贰哥指了指对面山上，说："我家就在上面，既然有缘，就到我家里喝口水吧。"

刘大成和李贤心想：正好向他打听一下古茶树的事，就跟着他上了山。

拾贰哥的家是个极为普通的农家木屋，进入正屋，拾贰哥先让他们在旁边凳上坐了，自己点了三支香，对着中墙恭恭敬敬地作了三个揖，再把香插到香炉里。刘大成感觉很奇怪，因为中墙上没有神灵画像，仅仅贴了一张黑不溜秋的皮，也不知经过了多少年月，根本看不清是什么东西，唯一能辨别的是皮上有一双干瘪的眼睛。说来奇怪，刘大成老是觉得那双眼睛在盯着自己看。

随后，拾贰哥给他们一人斟了一杯茶，问道："看你们不像是来游玩的吧？"李贤点点头，说："不瞒拾贰哥，我们进山是为了找一棵万年古茶树。"

拾贰哥点点头，淡淡地说："噢，古茶树啊……"刘大成看拾贰哥淡定的样子，心里一阵激动，忙问："拾贰哥，难道你见过这棵古茶树？"

拾贰哥仿佛看穿了他的心思，呵呵一笑，说："原来你们差点把自己的小命搭进去，就为了一棵破树？"

刘大成有些恼怒，说："这不是破树！这是……"他本来想说"这是30万元钱"，话到嘴边又咽了回去。

李贤替他回答道："我哥哥打工的茶厂不景气，就指望靠这棵古茶树翻本呢！"拾贰哥摇摇头："整个厂靠一棵树就能起死回生？"

刘大成有些不服气，刚想说什么，就听拾贰哥说道："小伙子，如

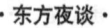

果你们有兴趣，我就讲个故事给你们听吧。这个故事的名字叫做'重生茶'，这重生茶可比你们要找的古茶树金贵得多哟！"

重生传奇

话说光绪年间，八国联军打到北京，慈禧太后受惊引发头疼症，寻遍宫中御医，无人能治。最后请来当时鼎鼎大名的神医喜来乐，经过一番悬丝诊脉，他叹道："太后乃是心气逆乱，心无所倚，神无所归。若要安神，非重生茶不可！"喜来乐画了图，说此物只有云南雪山顶上鸟不敢飞的地方才可生长，凡人得遇，起死回生，实为罕见的神药！

于是黄榜张贴，官府相逼，命云南所有采药人全到雪山顶上去寻找重生茶。却说当地有两家采药人，一家母子两人相依为命，儿子叫王宝，他与另一家武琴、武义两兄弟从小玩到大，感情好得不得了，受官府所逼，一同上雪山找药。也是王宝运气好，居然被他在一处崖边寻着了。为试真假，他取下一片叶子含在舌下，顿时感觉精神振奋不已。他急忙叫来武氏两兄弟，三人合力把重生茶挖出来。

武琴说："此物如此神妙，合当受我们一拜啊！"

王宝一听有理，也没多想，跪下就拜。不想那武琴居然在他身后挥起药锄，两三下就把王宝脑袋砸开了花。

不料苍天有眼，几个时辰后，王宝竟然又活了！他醒过来时，天色已晚，摸摸脑袋，被砸开的伤口居然合拢了。他这才想起，自己舌根下还压着那片叶子，定是重生茶的叶子发挥神效，让他大难不死。他站起来跟跟跄跄往前走，却看到武琴的尸体就在不远处，已经冻得硬邦邦的。他虽然觉得奇怪，但头疼得不行，也顾不得那么多，只想尽快赶回家去。

王宝摸索着回到村里，已是第二日早晨。待他找到娘亲，娘亲一把抱着他大哭起来："宝儿啊，娘还以为再也见不到你了，武义回来，说你和他大哥都失足掉下山谷，尸骨无存了！"

王宝这才明白，原来，武琴害了自己，却又被武义给杀了。这武义真是丧尽天良，为了独吞神药，连自己的亲哥哥都不放过。王宝气坏了，问娘亲："武义在哪？我有事要找他！"

娘亲叹了口气，说："唉，武义说他采到了神药，大伙儿心想这下子可消停了，于是争相庆贺。哪知道这神药不是福，是祸啊！"

王宝大惊，忙问缘故。娘亲说：

"大伙儿这一庆贺不打紧，惊动了山上的土匪，倾巢出动，杀死了武义一家，放了把火，还抢走了神药！"

王宝闻言，呆了半天，没想到武氏兄弟俩机关算尽，到头来却落得个悲惨下场！他信步走到武家门口，望着烧得焦黑的院墙，不禁感慨万千。突然，墙边一株植物吸引了他的注意，他定睛一看，发现那居然就是重生茶！这茶在烈火的炙烤下居然毫无损伤，想来一定是那群土匪不识货，抢走的是其他草药。王宝又惊又喜，趁没人注意，偷偷把重生茶带回了家。却说那群笨匪拿了假药上京邀功，被斩立决，那是后话。

王宝回家后，悄悄摘了片重生茶的叶子给娘亲吃，娘亲多年的腿疾和眼疾居然好了，健步如飞，夜视如昼。王宝心知神茶之事不可外泄，于是带上娘亲远走高飞。两人在山中隐居下来，王宝潜心栽培重生茶。在他的精心侍弄下，重生茶生机勃勃，慢慢又吐出新芽。王宝与娘亲每日饮用浇灌重生茶沥出的水，逢年过节还吃上几片叶子。

转眼间，王宝的娘亲算来已有150多岁的高寿，有一天她突然指着胸口说疼得不行。王宝立即取下一片重生茶的叶子让娘亲服用，不料一点效果也没有。王宝慌了神，急忙背娘亲出山，到医院检查。

谁知一照片子，医生就把王宝单独叫到旁边，说："我从来没见过这么离奇的病情。老人的所有器官都萎缩得超乎想象，现在还能活着，只能用奇迹来形容了。"

王宝伤心欲绝，只好把娘亲背回去，先是喂重生茶的叶子，最后竟把重生茶切成一截一截，熬给娘亲吃，可就是这样也没有效果。娘亲整天喊着："宝儿啊，娘胸口疼啊，娘头疼啊！"王宝看娘亲在床上痛不欲生的样子，一咬牙，找到剧毒之物喂给娘亲。娘亲痛得两眼圆睁，身下的凉席都被手抓烂了，可因为

吃了太多重生茶，就是这样也死不了！

回心转意

刘大成听到这里，发现拾贰哥越讲越激动，眼睛里还泛着泪花，就问："那王宝的娘亲最后死了吗？"

拾贰哥低着头，半天才冒出一句话来："吃了那么多重生茶，她死得了吗？"

李贤在一旁惊叹："天啊，那她岂不是每天都要受疼痛的折磨！"

拾贰哥叹了口气："更糟糕的是，她的皮肤、肌肉、骨骼也开始慢慢萎缩，从里往外溃烂……"

刘大成倒吸了一口冷气："那、那她会慢慢消失吗？消失的时候还能听到她的惨叫吗？"

拾贰哥望了他一眼，说："气管都没了，哪里还能发出声音？"刘大成顿时觉得自己的胃翻腾不已。

李贤小声问："那王宝呢？"

拾贰哥冷冷地说："自作孽！吃了那么多重生茶，将来还不是和他娘亲一个下场。"

刘大成简直不敢想象，那王宝一直活在愧疚之中会是什么情形。

拾贰哥又说："好了，听完我讲的故事，你们还想找古茶树吗？"

刘大成想反驳，却不知说什么才好。李贤轻轻拉拉他的衣袖，然后对拾贰哥说："恩人，我们已经明白了，再也不会犯傻去找什么古茶树了。打扰多时，我们告辞了。"

拾贰哥看起来很高兴，点点头说："能明白这个道理，也不枉我给你们讲这个故事。我也不留你们了，两位慢走。"

出了门，李贤拉着刘大成飞快地往坡下跑。刘大成不解地问："跑这么快干吗？"李贤紧张地回头望望，小屋早就没影了。李贤反问道："你知道拾贰哥是什么意思吗？"

还没等刘大成回答，李贤说："一个拾，一个贰，合在一起不就是个'王'字吗？"

刘大成恍然大悟："哦，你是说他姓王，那他……"

李贤没等他说完，又问道："你知道他进屋点香拜的是什么吗？"

刘大成说："不知道，我看那东西有点像晒干的鱼皮，只不过黑黑的……"突然，刘大成想到什么，大叫起来："难道那东西就是他的……难怪我老是觉得她在盯着我看！"

李贤一把捂住他的嘴巴："小声点！"

刘大成吓得脸都白了，一把拉起李贤就往山下跑。他现在只想马上做一件事，就是赶紧回去把这个故事告诉经理和身边的朋友们：做人不要有太多贪念，脚踏实地、平平安安，这才是真正的幸福啊！

（题图、插图：张恩卫）

谁是保险金
受益人

□　刘　强

张亮与董辛新婚不久，两人利用婚假驾车到庐山度蜜月，在庐山游玩了一星期后，两人高高兴兴地驾车回家。这天，天下着大雨，张亮开着车，和妻子董辛有说有笑，正聊得起劲，突然，张亮发现正前方有一辆重型卡车急速驶来。张亮避让不及，两车迎面相撞。

车祸发生时，董辛坐在副驾驶座上，由于没有系安全带，在惯性的作用下董辛整个人撞向前挡风玻璃，当场就丢了性命。而张亮也因颅脑受伤昏迷了过去。闻讯赶来的交警急忙把他送进附近的医院抢救，但因头部受伤较重，一个星期后也随妻子董辛而去。

一对新人就此告别人间。张亮与董辛的父母悲痛欲绝。他们在亲朋好友的帮助下，料理张亮与董辛的后事。一天，张亮的母亲在整理儿子的遗物时，意外地发现了一张保险单。原来半年前，张亮在保险公司为自己买了一份意外伤害人身保险，保险金额为6万元，受益人是他当时的女朋友董辛。

于是，张亮父母找到了这家保险公司，要求保险公司支付保险金。

因为受益人是董辛，所以必须要董辛出面办理。张亮父母把情况说明后，保险公司就让他们到派出

所开了一张两人因车祸死亡的证明，最后把6万元保险金给了张亮父母。

天下没有不透风的墙，不久，董辛的父母就知道了这件事。他们认为，张亮的保险金受益人是他老婆董辛，这6万元应该由董辛的家属继承。于是他们找到张亮父母，婉转地要他们将钱退出来。

一对新人尸骨未寒，亲家就找上门来要钱，张亮父母很不高兴，双方互不相让，越闹越僵，最终闹上了法庭。法庭上，董辛父母坚持认为：保险虽然是张亮花钱买的，但董辛才是保险金的受益人，董辛因车祸去世，保险金就应该作为董辛的遗产，全部由董辛家属继承。

法官认真审理了案件，认为：本案中，张亮为自己购买了意外伤害人身保险，指定的受益人是董辛，但在车祸中受益人董辛先于被保险人张亮死亡，此时，根据保险法，保险金已变成了保险人张亮的遗产，按照继承法，应由张亮的直系亲属继承，因此，张亮父母领取保险金符合法律规定。而董辛父母并不是张亮的继承人，所以没有权利继承保险金，由此法院驳回了董辛父母的诉讼请求。

律师点评：

《谁是保险金受益人》故事涉及到一个法律问题，即保险金受益人先于被保险人死亡的情况下，这笔保险金该归谁？

根据我国保险法有关规定，保险金作为被保险人的遗产，由保险人依据法定继承程序执行。故事中，因受益人董辛先于被保险人张亮死亡，故保险金作为张亮的遗产，转为由继承人张亮父母领取。

（题图：丁德武）

法律知识故事征文

本刊推出的"法律知识故事"，通过发生在我们身边的、短小而具体的、在法理上容易混淆的个案，生动、形象地宣传法律知识。这些知识注重现实性、实用性，真正起到解剖一个案例、明白一个道理的作用。

为了把这个栏目办得更好，我刊决定面向全国征文。

来稿方法：1．从邮局发，请在信封上注明"法律知识故事"字样，本刊地址：上海市绍兴路74号《故事会》杂志社，邮编：200020。2．从网上传递，可寄以下邮箱：wulun54@126.com，请在主题上注明"法律知识故事"字样。凡已与我刊编辑有联系的作者，稿件可继续投该编辑。

　　金雕是万里长空中的终极猎手，是传说中能直视太阳而不被灼伤的神鸟。金雕和驯雕人的友谊，历经生死，荣辱相随，谱写着草原上的英雄传奇……

□ 刘建新

金雕传奇

1．意外缘分

　阿泰的爷爷是草原上鼎鼎大名的驯雕人，传到阿泰这里已是第六代了。近些年，戈壁上金雕的数量越来越少，从政府把金雕列为国家一级保护动物那天起，爷爷就放飞了他视若掌上明珠的一只金雕，并且严令家族里任何人不许再捕雕养雕。阿泰从小就想有一只金雕的美梦破碎了。

　　可这一天，崖上飞来了一对金雕筑巢，十五岁的阿泰看见后高兴坏了。雕巢建在峭壁高处的一块凸岩上，是用枯枝堆成的一个巨大圆盘。见多识广的爷爷都没见过这么大的

金雕：雄雕体长超过一米，翼展两米五以上，雌雕还要大一些。

　　金雕夫妇是方圆几百里天空的统治者，百十斤的岩羊能被轻松抓起，狐狸和草原狼也不放在眼里。在这片广袤的大地上，除了人类，它们没有天敌。

　　那天，阿泰放牧路过崖下，他冒着生命危险从侧峰攀上了崖顶。趴在一块颤巍巍的岩石上，阿泰看见了雕巢里破壳不久的雏雕：小家伙刚有麻雀大，一身绒羽蓬松着，像个雪白的小绒球。太可爱了！要不是爷爷赶来，在崖下拼命挥手喊他下去，阿泰真舍不得离开。

转眼两个月过去，阿泰和爷爷再次路过崖下。哈，造物主真是神奇，那个麻雀样的小绒球已经长成了"英俊少年"，小金雕现在已有半米多高，正站在巢边上练习扇翅膀呢。爷爷说再过半个月它就可以离巢飞翔了。

可爷孙俩哪里知道，灾难正在向小金雕一步步靠近。

这天，崖下空地上开来一辆吉普车，车上跳下一胖一瘦两个男人。胖的是个光头，瘦的留了一脑门黄毛。两人望着崖上的小金雕嘿嘿一乐，跳上吉普车一溜烟开走了。

晚上，崖下一片漆黑，黑暗里传来锹镐挖土的声音。

第二天，天刚蒙蒙亮，金雕夫妇准备离巢，突然发现崖下有只送上门的兔子。雄雕箭一般冲了下去，它的爪子刚搭上兔子，一张大网"咔嚓"一声扣了过来。不远处一个隐蔽的"地窝子"里冒出两个脑袋——一个光头一个黄毛。两个家伙乐坏了：好大的金雕！发财了！

黄毛费了很大劲才把挣扎的雄雕摁住，光头狞笑着从背囊里掏出锤子和钢钉，熟练地从雄雕后脑钉了进去，骄傲的猛禽发出一声悲鸣。

光头和黄毛正高兴，一片巨大的黑影压了下来。雌雕硕大的翅膀夹着风声一下把光头击了个跟头。黄毛见状，连滚带爬从"地窝子"里抽出一杆猎枪。雌雕再次俯冲的时候枪响了，猛禽重重栽在地上，黄毛奔过去又补了第二枪。光头捂着脑袋爬起来，顾不得擦去脸上的血，对着黄毛的屁股狠狠踢了一脚："妈的，打烂了老子还怎么做标本！"

光头简单包扎一下，又盯住了崖壁上的小金雕，他吩咐黄毛，这个要抓活的，驯好了能值大价钱！

黄毛费了牛劲才攀上崖顶，小金雕惊恐地叫着，扇动着翅膀，却不敢飞下悬崖，它还不到飞翔的年纪。

黄毛终于爬进雕巢，戴上手套向小金雕扑去。小金雕突然奋力一跃，歪歪斜斜向崖下冲去，多亏一股上升的气流把小金雕托住，它振翅翘趄着飞向远方。光头骂一声，连开几枪，空中飘落几片羽毛，小金雕还是越飞越远。

在远处放牧的爷爷和阿泰听到枪声，纵马驰来，却已经晚了。空地上只剩血迹和几片羽毛，阿泰望一眼空巢，眼泪都下来了。爷儿俩正商量去报案，天际有一个歪歪斜斜的身影飘来——小金雕，它飞回来了！

受伤的小金雕归巢掌握不好平衡，翻滚着向崖下跌落，阿泰和爷爷赶紧跑过去。小金雕拼命反抗挣扎，阿泰还是用外衣把它裹住了。幸好只是擦伤，祖孙俩火速把小家伙送往县里的林业部门。林业部门的同志知道爷爷是养雕好手，准许爷爷给小金雕治伤，并开具了养鹰许可证。这下可把阿泰乐坏了，他终于有了一只梦寐以求的金雕。

2. 锋芒初试

一晃三个月过去，小金雕的伤势早已恢复，它此时体重八公斤，翼展两米五，比普通成年金雕还要大上一圈。爷爷送给阿泰一只又厚又长的皮手套，开始驯雕中的重要一步——听从召唤。

喂食的时候，阿泰把肉攥在手套里，露出一点儿诱使小金雕啄食。饥饿的小金雕见了肉便不顾一切飞扑过去，阿泰一次次把距离拉远，而且每次都不给吃饱。后来，只要阿泰站在远处呼哨一声，小金雕就能准确落在他臂上啄食鲜肉了。

室内训练结束，爷爷让阿泰每天带小金雕去人多的地方走走。阿泰的马背上多了一个"丫"形支架，用来垫胳膊的，小金雕已经不小了。

阿泰左手持缰右臂擎雕，略一抖动，小金雕立即挥动巨大的羽翼，一身栗色羽毛在阳光下闪耀金辉。阿泰给它正式取名——金子！

金子的适应能力

极强，很快，它戴着眼罩也能在疾驰的马背上保持平衡，遇到狗吠和鸡鸭也不再飞扑，而是沉稳地立在阿泰臂上等待命令。

最关键的捕猎训练开始了。

爷爷把金子掌握平衡和升降的12根尾羽用线缠了起来，这样金子就不能飞高飞远，又在它腿上拴一根又细又长的绳子，放风筝似的让它去捕捉"猎物"。"猎物"先是拴在草地上的活野兔，后来换成檀起的狐狸皮裹上鲜肉，爷爷把"狐狸"拖在马后飞奔，阿泰适时放飞金子，让它从空中俯冲追击。

金子继承了父母的优秀血统，几次训练后，它已能牢牢抓住飞奔的"狐狸"，而且一次比一次准确。直到金子捕到猎物不再试图飞逃，爷爷才把它尾部的线拆掉。

驯鹰几个月了，阿泰做梦都想

在实战中展示一下金子的本领。真正的驯鹰人只在冬季捕猎，爷爷说不能破坏野生动物繁殖。阿泰等啊盼啊，白雪终于覆盖了山谷。

出猎前晚，阿泰一夜都没睡好。金子已经被饿了一整天，"鹰饱不拿兔"是使用猎禽的真理。临睡前，爷爷用驼毛裹了鲜肉给金子喂下去。第二天清晨，金子将吞下去的驼毛卷吐了出来，胃里的食物和油脂被驼毛掏得一干二净。饥饿使金子变得杀气腾腾，随时都有飞扑的欲望。

祖孙俩和几位驯鹰人骑马向远处的山谷进发。阿泰既兴奋又紧张，不知金子会有什么样的表现。

到达狩猎地点后，爷爷让大家一字排开，用马鞭敲打皮靴筒，发出"嘭嘭"的响声，由灌木丛向开阔地缓缓推进。突然，一只野兔蹿了出来，惊慌失措地向远处奔去。一位驯鹰人低喝一声，手臂上抬，一只金雕骤然向野兔扑去。阿泰刚想摘下金子的眼罩，却被爷爷制止了。

雪尘翻滚处，野兔发出几声悲鸣，金雕已将它牢牢摁在脚下……一行人拉网一样蹚过几座山头，其他驯鹰人都有了收获，爷爷却还不让阿泰放飞金子。阿泰急得直捶马鞍，爷爷说："别急，兔子跑起来左躲右闪，金子初猎，怕它会闪坏翅膀。"

又转过一座大山，空旷的雪野上有红色的身影闪过——是一只毛色锃亮、红得像团火焰的狐狸！

驯鹰人们立即兴奋起来，纷纷发出"嗨、嗨"的高声叫喊。细密厚实的上等冬狐皮，太珍贵了！两只金雕已经振翅先飞，阿泰刚想摘下金子的眼罩，又被爷爷拦住了。老人眼神平静地望着远方："金子这么大嘛，怎么好和朋友争抢猎物？""唉！"阿泰拍一下大腿，眼睁睁地看着两只金雕扑向狐狸。

爷爷告诉阿泰，食肉野兽一旦受到袭击，绝不会像食草动物那样束手就擒，金雕猎狐是要冒风险的。果然不出爷爷所料，这是一只正值壮年的狐狸，狂奔了一段距离之后，它索性站住了。一只金雕飞扑而来，狐狸突然急速转身，迎着金雕猛地蹿了起来。金雕被这突如其来的变故吓了一跳，急速振翅升空，还是被狐狸硬生生地从尾巴上扯下两根羽毛。第二只金雕不敢贸然出击，在狐狸头顶低飞盘旋。狐狸啐掉嘴里的羽毛，索性蹲在地上，"咻咻"叫着，准备决一死战。

驯鹰人也很少见到这样的场景，阿泰看呆了，没留神爷爷已经摘下了金子的眼罩。啊，太危险了！阿泰顾不得多想，手指狐狸方向，一声尖利的呼哨，金子双腿猛蹬阿泰右臂，黑云一般从山坡上滑翔而去。两只盘旋的金雕望见金子的巨大身影，早已主动闪到一旁。

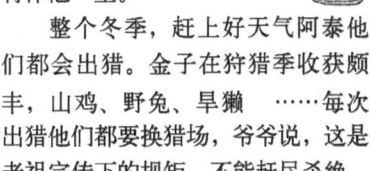

飞临狐狸上空，金子突然双翼一收，身体呈弓形，像一枚呼啸的炮弹带着风声急速俯冲。狐狸故伎重演，猛地蹿了起来。眼看金子和狐狸就要撞到一起了，阿泰闭上了眼睛。

电光石火的一刹那，金子突然微微侧身，钢铁般的巨翅裹着风声横削出去，半空中的狐狸被硬生生地击飞了。同来的驯鹰人们都看呆了。

狐狸在雪地上连翻几个跟头，晕头转向地爬起来逃命。金子第二轮俯冲已经开始，飞掠狐狸头顶的同时，一对钢钩样的利爪猛地从腹部弹出，一爪刺破皮肉扣入肩胛，另一爪准确钳住回咬的狐狸尖嘴，双爪猛一较力，狐狸只从牙缝里挤出一声闷哼，脖子立断，瘫软如泥。

一切发生得太快了，驯鹰人们大张着嘴，半天才想起喊好。金子牢牢摁住狐狸，张开翅膀、高昂脑袋，得胜将军一般发出短促鸣叫。

喜不自胜的阿泰早已策马赶到，用匕首割下一片狐狸腿肉犒赏金子。谁料金子发了小孩子脾气，用大翅膀紧紧裹住狐狸，舍不得交给阿泰，阿泰安慰了半天才要过来。金子还不干，蹦蹦跳跳地跟在阿泰身后，用喙从阿泰的羊皮袄上扯下一撮羊毛才算心理平衡。阿泰哭笑不得，爷爷和驯鹰人们都哈哈大笑。

从此，阿泰也有了一顶上好的狐狸皮帽，像爷爷和其他驯鹰人一样，这顶象征着光荣的皮帽将伴他一生。

整个冬季，赶上好天气阿泰他们都会出猎。金子在狩猎季收获颇丰，山鸡、野兔、旱獭……每次出猎他们都要换猎场，爷爷说，这是老祖宗传下的规矩，不能赶尽杀绝。

3. 群鹰大会

时间过得真快，转眼五年过去了。五年里，金子已成为名符其实的猛禽之王，阿泰也长成了俊逸英勇的小伙儿。五岁的金子正处于捕猎最佳年龄，这一年传来好消息：为了保护和传承千百年来的驯鹰技艺，政府要召开第一届草原猎鹰节。如果能在比赛中夺冠，那将是驯鹰人至高无上的荣誉，爷爷允许阿泰报名参赛。

赛场设在一片空旷的山谷，比赛那天，爷爷和阿泰带着金子赶到时，已经有几十位驯鹰人整装待发。

远山依旧有白雪覆盖，向阳的谷地上人山人海，山边公路不断还有人骑马、乘车赶来。领导讲话后，牧民们表演了传统的民族活动：赛马、叼羊、几百人的民歌齐唱……下午一点，驯鹰比赛正式开始。

信号旗挥动，开始第一轮比赛项目——展示。

三十多位驯鹰人骑马擎雕依次走过裁判台，由评委给出印象分。本来爷爷也是评委之一，因为阿泰参赛，老人拒绝了组委会的邀请，此刻爷爷正坐在一处向阳的山坡上笑眯眯地看比赛呢。

轮到阿泰和金子上场了，人群中发出一片惊叹。金子的体形比常见的金雕大出将近一倍，线条矫健流畅；阿泰端坐马背，腰系宽大皮带，头戴狐狸皮帽，仪表堂堂、英气逼人。一人一雕神俊非凡。不出爷爷所料，这一轮阿泰和金子取得了满分。

谁料观众席上却传来不和谐的声音，有个戴厚皮帽的瘦子奸笑着吆喝："个儿大有屁用，秃鹫个儿大，还不是只会吃腐肉！"阿泰笑笑没有理睬，金子却突然激动起来，戴着眼罩的脑袋左右扭动，追寻着声音的方向。一个同样戴厚皮帽的胖子捂住了瘦子的嘴。

第二轮开始淘汰赛——召唤。比赛要求驯鹰人把摘掉眼罩的金雕放在半山腰的岩石上，等驯鹰人回到场地中央，发出号令，金雕要准确飞回驯鹰人的手臂。

这一轮开始，观众们可乐坏了。有的驯鹰人还没有回到指定位置，金雕就起飞了；还有的驯鹰人喊破了嗓子，他的金雕就是充耳不闻、岿然不动；还有的金雕不朝着驯鹰人，而是朝着远山飞跑了，驯鹰人狼狈地在后面高喊："回来！回来！"

又轮到阿泰出场了。金子淡定地立在山岩上，阿泰纵马回到空地中间，一声呼哨，金子猛蹬岩石，依着山势滑翔而来。降落前金子打个旋闪，飘然敛翼，准确地落在阿泰右臂上。"好！"人群中爆发出一片掌声。这一轮结束，十多只猎鹰被淘汰了。

第三轮开始实战——捕兔。组委会计时，时间少的为胜，抓活的加分。因为最高明的金雕很少直接杀死猎物，都是制服之后等待主人来取。工作人员放出兔子，山坡上的爷爷不由"咦"了一声，站了起来。

草原上有两种野兔，一种体型稍小，

另一种叫雪兔，体型较大，敏捷诡异。雪兔奔跑起来善于左躲右闪，一般的猎鹰很难捕捉。逼急了，雪兔还会用两只后腿做武器，一旦命中，猎鹰非死即伤。组委会为了增强比赛的观赏性，准备了雪兔！

爷爷的担心果然应验，连续有三只金雕被狡猾的雪兔晃过，爪子深扎在泥土里，只好怔怔地看着雪兔跑远。第四只金雕很是机警，紧追着雪兔不放，逼急的雪兔干脆上演了一幕"兔子蹬鹰"的绝技——只见雪兔仰面朝天，两只前脚抱住后腿，金雕俯冲到跟前时，雪兔突然放开弓箭似的后腿弹击出去，正中金雕柔软的腹部。金雕跌飞出去，驯鹰人心疼得"哎呀"大叫，人群一片唏嘘。

就在这当口，金子起飞了。五年里，金子还没碰上过如此精明壮硕的雪兔，阿泰的心也悬了起来。

金子在雪兔上空盘旋了一圈，突然收敛双翼，水滴一样俯冲下来。雪兔故伎重演，准备重重一击，阿泰攥紧拳头高喊一声："小心！"

好个金子，距离雪兔头顶只剩两三米的时候，突然打开双翼，悬停在半空，猛力扇动翅膀，沙尘被搅了起来，迷住了雪兔的眼睛！雪兔只得爬起身来仓皇逃命，金子振翅猛扑，雪兔嘶鸣几声，已被牢牢摁住。

金子任雪兔在脚下挣扎，张开翅膀，等待阿泰到来。飞马赶到的阿泰拍拍金子脖颈："干得漂亮！"

阿泰右臂擎雕，左手提起沉甸甸的雪兔向人们展示，人群爆发出雷鸣般的掌声。谁料雪兔伤得不重，突然从阿泰手中挣脱，观众"哇"的一片惊呼。只见金子箭一般地射了出去，探囊取物一般将雪兔重新提了回来。这次它没有把猎物直接交给主人，而是飞到阿泰身前二三十米处，从空中把雪兔掼了下来。阿泰双手摁住摔晕的雪兔，喝彩声已响成一片。评委们纷纷点头赞许：好聪明的金雕！

第三轮比赛结束，只有四只金雕过关。其他三只虽然比金子身形稍小，但个个都神勇异常。比赛进入最为惊险的最后一轮——捕猎野狼！

组委会规定，野狼放出之后，金雕可以一齐放飞，最先将野狼制服者为本次猎鹰节冠军。四位勇士在山岗上立马擎雕，严阵以待。空地中央，工作人员打开了木笼。观众们都屏住气息，睁大了眼睛。野狼犹豫了半天才蹿出来，惊慌失措地向远处奔去。人群发出一片惊呼，紧接着又是一串"唉"声。原来这只狼体型倒是很大，但嘴被皮绳死死捆住了。观众们对这不公平的对决略感失望。

信号旗还未挥动，一位心急的猎人已将他的金雕提前放飞。提前放飞的那只金雕刚猛异常，转瞬间已经追上野狼，一个俯冲把狼重重击倒在地。谁料尘埃里的野狼竟然爬了起来，为了甩掉背上的死敌，它负痛带着金雕向山脚下一大片灌木丛冲去。金雕在狼背上摇摇摆摆地拼命挥动翅膀，却很难拔出利爪。进了灌木丛，锋利的铃铛刺和沙棘枯枝剧烈抽打，金雕一路哀鸣，羽毛纷飞……人群惊呆了，山坡上的爷爷急得直拍大腿。

驯鹰人驱马捡回重伤的金雕，眼泪长流。工作人员手持长棍在灌木丛周围拍打吆喝，野狼就是不出来。

组委会也没想到会出现这种情况，一筹莫展。爷爷从山坡上走下来，和负责人耳语了几句。负责人通过高音喇叭示意人群安静，令旗挥动，阿泰和其他两位驯鹰人同时放飞金雕。

三只金雕围着灌木丛盘旋几圈，落在了一棵老树上，在树枝上"交头接耳"，好像在商量事情。忽然，一只金雕落向地面，从灌木丛下面的空隙中钻了进去，它一边扑打翅膀一边大叫，向灌木丛深处一点点逼近。另一只金雕起飞，在灌木丛上空盘旋，随时准备进攻，金子仍留在树杈上。

大家都看明白了，三只金雕这是联合进攻——下面那只分明是个"赶仗"的。天敌迫近，野狼终于受不住压力，连蹿带跳钻出灌木丛，冲到开阔地上。这时，人群发出一阵惊呼，野狼已经利用这段时间，把嘴上的皮绳弄开了，尖利的獠牙闪出寒光！

空中那只金雕箭一般俯冲下来。野狼听见动静，突然旋身甩头，迎着金雕跳起来疯狂撕咬。金雕几次偷袭不成，只好转身飞高。

这时，金子起飞了，人们屏住呼吸，瞪大了眼睛。金子并没有急于下爪，它跟在飞奔的野狼身后减速悬停。野狼故伎重演，咆哮着跃身回咬。金子等的就是这一刻，它闪电般弹出一只利爪，准确无误地封住了狼嘴，另一爪穿皮透肉抠入狼的肩胛。负痛的野狼拼命挣扎，金子双爪较力，野狼被狠狠掀翻在地。

"好！"人群爆发出雷鸣般的喝彩。金子和阿泰当之无愧地获得首届猎鹰节冠军。

猎鹰大赛结束了，人们意犹未尽地从山谷中撤去。金子却突然变得狂躁起来，飞身去追一辆刚发动的吉普车。爷爷和阿泰吃惊不小，几次呼哨之后，金子才不情愿地飞了回来。吉普车加足油门，一路烟尘跑远了。

4. 血战狼王

猎鹰节举办得很成功，来本地探访的游客明显多了起来。爷爷和阿泰居住的小村也不再平静，总有相机追着阿泰和金子拍个没完。前些天还来了一胖一瘦两个家伙，非要高价买走金子，被阿泰和爷爷赶走了。

那天爷爷去参加第二届猎鹰节

筹备会，阿泰一个人在家，从牧场上传来坏消息：狼群昨夜袭击了羊圈。

幽灵般的狼群半夜出动，先是咬死了牧羊犬，狡猾的狼王又用爪子拨开了羊圈门闩：一共二十多只羊被咬死。牧人们的猎枪早已被政府部门收缴，只能用鞭炮和棍棒驱赶，最终，一只最大的羯羊被狼王叼住耳朵，用尾巴当鞭子赶进了山里。狼王太狡猾了：咬死的羊带回去太费力气。

年轻的阿泰除害心切，顾不得等爷爷回来商量，捡一条大棒，带上金子，单人匹马出发了。阿泰忘了爷爷曾经的嘱咐——狼群如恶魔！

野狼凶性十足，有时比狐狸更狡诈。最可怕的是狼向来成群出动，遇到猎物一拥而上。连体形巨大的马熊都怕它们，见到狼群往往绕着走。

在茫茫戈壁上找一群狼并不容易，阿泰驱马翻过几座山，没有发现任何踪迹。站在最高的山顶遥望，只有几只秃鹫在远处的山前盘旋。看到秃鹫，阿泰心里一阵惊喜，催马从山坡上冲了下去。食腐的秃鹫往往跟着食肉野兽，只为讨得一点残羹剩饭。

果然，远处山前的高地上，十几只棕褐色的身影正跳跃着驱赶秃鹫。狼群！阿泰在望远镜里看得清楚：一匹最强壮的狼正仰起脖子在空中嗅着，这就是传说中的狼王了！

狼王显然意识到了危险，怪叫一声带领狼群向山后跑了。阿泰顾不

得多想，疾风一般追了上去。

转过山脚，狼群突然不见了踪影，旷野上只剩一只毛色斑驳的老狼慢慢跑着。老狼始终和阿泰保持百十米距离，阿泰加速它也加速，阿泰停下它也停下。阿泰气坏了，一把扯下鹰帽放开金子，老狼这才惊惶地狂奔，引着金子越跑越远。

这时，阿泰胯下的马儿突然四蹄乱踏一声长嘶，他感觉不对劲，拨转马头大吃一惊：十多只狼已经从山石后面蹿出来，迅速把他围在当中。

阿泰惊出一身冷汗，高举大棒连打呼哨，无奈金子已经飞得太远。

狼王不紧不慢从远处跑过来，幸灾乐祸地蹲在圈外，转动着黄眼珠发出一声怪叫。狼群立即咆哮着弓起

腰背，进攻就要开始了！

阿泰怒吼着挥起大棒，只有拼死一搏了！

生死攸关的一瞬间，一道巨大的黑影掠过地面，老狼的尸体从空中狠狠砸了下来。金子的巨翼卷起一阵狂风，群狼惊叫着四下逃开。

金子只盯住体型最大的狼王紧追。狼王知道大势不好，"嗷呜嗷呜"向同伴发出求救声。一只老狼闻声奋力赶了过来。老狼在金子眼皮底下摔倒了，爬起来似乎断了一条腿，歪歪斜斜跑得很慢。金子稍一迟疑，狼王已经趁机窜出很远。好在金子并没上当，它舍过老狼继续追击狼王。阿泰听爷爷说过，这叫"苦狼"，狼群危难时甘愿冲出来自我牺牲。

苦狼显然拼了老命，它眼见已经追不上金子，竟然嘶吼着朝阿泰冲过来。阿泰对这只苦狼有些敬佩，举起大棒不忍落下。胯下的骏马可不管这个，扬起铁蹄把老狼踢飞了。

这时，金子追着狼王已经跑出很远，狼群远远近近在四周跟着。阿泰举起望远镜一看，不由大叫一声不好。狼王前面两三百米处，山壁上出现一个巨大岩洞。阿泰小时候来过这里，大岩洞里四通八达，狼王如果钻进去，再捉它就难上加难了。

聪明的金子也早料到这一着，它已经加速飞到前面，在洞口一块凸岩上稳稳落下，虎视眈眈盯住狼王。疲惫的狼王在距洞口百十米的沙地上坐了下来，满嘴白沫地喘息着。它知道，除了进洞已无处可逃，狼群在狼王身后列成扇形，低吼着准备决战。

稍作休息的狼王突然一跃而起，像一道闪电直冲岩洞。金子振翅同时跃起，似一杆标枪射向狼王。绝望激起了狼王的凶性，高速相遇的一刹那，它拼尽全力跃起近三米高。金子没料到狼王会有如此惊人的弹跳力，它单爪擒住狼王脖颈的同时，也被狼王叼住了另一条腿。金子忍痛提着狼王在半空打转。金子不松爪，狼王也不松口，一对死敌在半空纠缠。

暴怒的金子突然一声长鸣，带着狼王急速向岩壁撞去。阿泰顿时血贯头顶，大喊一声："金子！"

快要撞到岩壁的一刹那，金子突然双翅后仰，胸腹几乎擦着山石陡升。狼王被结结实实甩在岩壁上，惨叫一声松开了嘴。阿泰长出一口气，手里的大棒都要捏出水来。

健壮的狼王并没摔死，它惨叫着从碎石堆里爬起来，一瘸一拐想要溜进岩洞。受伤的金子俯冲下来，单爪扣住狼王后颈，奋力想把狼王再次提起。狼狈的狼王死死抱住一块岩石，雕狼展开了一场空中拔河。

惊呆的狼群醒悟过来，嘶吼跳跃着冲向金子。血性的金子揪住狼王不放，血顺着受伤的腿滴落下来。最近的两只狼距金子只剩二三十米了。

阿泰拼命打马，却鞭长莫及，只好大喊着："金子放开！"

这时，离金子最近的两只狼已经高高跃起，纵身扑向金子。阿泰悲愤地一声怒吼……万分危急之时，两只金雕箭一般从空中疾射下来，金子近前的两只狼被重重击倒在地。又有四五只金雕破空而至，狼群惊叫着四散奔逃。马蹄响处，爷爷带领一队驯鹰人飞驰而来……

5. 复仇回归

阿泰和金子生擒狼王的消息很快在草原上传遍了，这对搭档成了牧人们心中的英雄。幸好金子没伤到腿骨，经过精心调养，伤势很快复原。

第二年春天，第二届猎鹰节办得更加热闹，外国人也来录节目，金子不出预料又获得冠军。为了方便海内外游客了解驯鹰文化，政府决定修建一个小型客货机场。

机场建成后却遇到点儿小麻烦，频繁出现的野兔和鸟雀带来了安全隐患。驻机场的武警战士想了不少办法：捕兽夹、大喇叭，甚至动用了煤气炮，效果都不理想。后来有人出主意：能不能让这些小动物的天敌来试试？人们一下就想到了金子。

从金子巨大的身影掠过机场的

第一天起，嘿嘿，小动物们都乖乖销声匿迹了。武警战士们都夸金子帮了大忙，排着队要和金子合影。

每逢机场有起降任务，阿泰都会带着金子如约前来。那天，一辆吉普车悄然停在了机场入口，车上下来一胖一瘦两个男人，忙着把车厢里的几个大木箱卸在路边。高空中的金子突然一声长啸，急速盘旋冲向吉普车，阿泰惊得站起来连打呼哨。

哨音让俯冲的金子稍作迟疑，巨翅夹着风声横掠而过，两个人的皮帽都被刮飞，一个光头一个黄毛！

金子好像疯了一般，马上开始第二轮俯冲。瘦子刚想跑到木箱后面躲起来，金子的巨翅猛击在他后背上，瘦子"妈呀"一声飞了起来，一脑袋撞在木箱上昏了过去。木箱翻倒碎裂开来，里面竟是一架金雕标本！

飞奔而来的阿泰全都明白了。这时，抱着脑袋趴在地上的胖子瞅准时机，连滚带爬跑回吉普车，从车窗里拽出猎枪，枪托贴腮瞄准金子。阿泰纵身扑向胖子，"咣"——被阿泰压低的枪口喷出火光，霰弹在地上轰出一个大坑。阿泰和胖子扭打在一起。

枪声惊动了保卫机场的武警战士，一胖一瘦两个家伙被捆了个结实。警车随后开来，戈壁最大的金雕盗猎团伙宣告覆灭，等待他们的将是正义的审判……

这一年冬天，金子有些异常，经常追随路过的金雕飞出很远，久久唳鸣着不愿回来。爷爷叹息着提醒阿泰：金雕是天上自由自在的云，不是手上可牵可放的风筝。阿泰最不愿面对的现实终于来临：为让金雕生息繁衍，驯养七年的猎雕必须放归，这是驯鹰人世代相守的规矩。

这些天，阿泰一宿一宿地睡不着觉，经常半夜爬起来去看金子。历经生死的一对搭档四目相对，仿佛有无尽的话要说。时间突然跑得比马儿还快，不知不觉，春天来了，离别的时候到了。

熟悉的山路今天格外漫长。已经说了一夜知心话，阿泰搂着金子仍然舍不得放开："去过自由自在的生活吧，啥时候想吃肉，就自己去抓兔子，再也不用给我啦……"

爷孙俩静静守在一旁，看金子吃完最后一块肉，爷爷把金子脚上的短皮绳和脚环解了下来。阿泰又一次把金子揽在怀里，金子也亲切地用头蹭着阿泰的脸。泪水滴落在马鞍上，阿泰背转身打响呼哨，金子像往常一样腾空而起。

盘旋一圈没发现猎物，金子疑惑地飞了回来。阿泰没戴皮手套，金子悬停着不知该落在哪，阿泰的眼泪像断线的珠子，挥动手臂驱赶金子："怎么还不走啊！傻瓜，你自由了！"金子茫然在近前盘旋。

爷爷叹口气，取出一个骨哨，"呜——"骨哨发出刺耳的怪声。金子的眼睛突然一亮，长鸣一声振翅冲向高空，在爷爷和阿泰的头顶恋恋不舍地盘旋几圈，展翅飞向远方。

阿泰挥舞着那顶带给他无限幸福和荣誉的狐皮帽子，看一个高贵的生灵越飞越远……

（题图、插图：杨宏富）

延伸阅读

本文是凤凰网原创文学大赛故事参赛作品。扫描右侧二维码，了解大赛详情。

世上竟有这样的小偷，连自己的亲舅舅也不放过；更奇怪的是，舅舅不但不生气，反而开门揖盗。一切只因四个字：盗亦有道……

□ 王乃飞

神偷的规矩

1. 贼不走空

从前，有个叫陆桥的读书人，一直没考取个功名，亏了祖上有些家产，他还算衣食无忧。

这一天，家里进来个年轻人，一进门就叫陆桥舅舅，把陆桥叫得一愣。年轻人说："舅舅，你怎么不认识我了？我是你外甥高飞呀！"

陆桥想起来了，自己的确有个外甥叫高飞。这个外甥从小死了爹娘，十几岁上离家出走了，打那以后就没了音讯。十几年不见，难怪陆桥认不出来。

外甥找上门来，陆桥自然很高兴，马上叫老婆做几个菜，好好款待外甥。老婆却悄悄把陆桥拉到一旁，说："你别忘了，你这个外甥可是个神偷呀！"

这些年，陆桥虽然没见过外甥，却听到了一些关于高飞的传闻，说他在外面干的是蹿房越脊、偷钱盗物的营生，得了个"神偷"的名号。那些传闻也不知是真是假，可毕竟是亲外甥，该款待还是得款待呀，陆桥就对老婆说："我自有主张，你别多管了，做菜去吧。"老婆就叮嘱："你可看好了外甥，别离开他半步。"陆桥答应了，老婆才进厨房做菜去了。

陆桥嘴上说没事，心里却留了神。他唯一不放心的，就是家里那颗祖传的夜明珠，那可是无价之宝，要叫高飞盯上，可就不好办了。于是，陆桥在客厅里陪着高飞喝茶说话。闲谈间，陆桥问高飞："不知你这些年在外面干什么营生？"

高飞抿了口茶，淡淡地说："不瞒舅舅，我在外面专干些手到擒来的活儿。"

陆桥心里"咯噔"了一下，这手到擒来的活儿，不就是偷盗吗？陆桥没敢再问，就转了话题。聊着聊着，高飞却主动说："舅舅，我小时候听娘说，家里有一颗祖传的夜明珠，能否拿出来，叫外甥饱饱眼福？"

陆桥心里又一紧，原来高飞真是惦记上夜明珠了。夜明珠就藏在客厅的一块砖下，陆桥不由得往那块砖上瞟了一眼，说："舅舅家哪有什么夜明珠呀，要有的话，我早不过这穷日子了。"

高飞只是轻轻一笑，没再说什么。过了一会儿，陆桥突然觉得肚子里有些动静，好像要出恭，他想憋着，可肚子里止不住地翻江倒海。最后陆桥只好通红着脸，站起来对高飞说："外甥，你先坐会儿，我有急事，少陪了。"

陆桥捂着肚子一路小跑到了茅厕，他心里奇怪，怎么说拉就拉，以前从没这样呀？从茅厕出来，陆桥才想起客厅里的夜明珠，慌忙往回跑。进了客厅，只见高飞正悠闲地品着茶，他这颗心才放下。

陆桥刚刚坐下来，高飞就突然来了一句："舅舅，你那颗夜明珠，并不算特别大呀！"

陆桥吓得手中的杯子差点落地，忙问："你刚才说什么？"

高飞微微一笑，说："我是说，你那颗夜明珠，在我看来还算不上特别稀罕。"

陆桥心想，一定是这小子在试探，就故作镇定地说："外甥，什么夜明珠呀？"

高飞说："舅舅的那颗夜明珠，不是藏在客厅的砖下吗？我已经得手了。"说完他平静地看着陆桥。

陆桥惊愕地张大嘴，用手指着高飞："你、你、你怎么知道的？"

高飞说："刚才你的眼睛告诉我的呀！"

陆桥无心多说，躬下腰去把那块砖揭开，果然里面空空如也。陆桥急了，说："你把东西放哪里了、快还给我！"

高飞笑道："那夜明珠现在不在我手里，已经被我放到二里外、双水桥下的石缝里了。"

陆桥暗自吃惊，外甥的手法实在太快了，只这一会儿工夫，他把东西偷了，又转移了地方。那夜明珠可是

陆桥的心头肉呀，陆桥不由得哀求地对高飞说："外甥呀，我毕竟是你舅舅，家里就只有这么一件宝贝……"

高飞笑了，说："舅舅，我只是跟你开个玩笑。不是有句话叫'贼不走空'吗？这是当年我学艺时师傅给我定下的规矩——到一个人家，不拿点值钱的东西，就不许出门。你让我吃完了饭，我就给你送回来。"

陆桥听了，不敢再往下细问，东西已经到了人家手里，问也是白搭呀。这时，老婆把酒菜端上桌，陆桥就像是比外甥小着三辈，一个劲地给他夹菜敬酒。高飞也不客气，大吃大喝一通，酒足饭饱，起身就走，陆桥还把高飞送出门去。

高飞走后，陆桥急得直打转，一晚上都没闭眼，越想那颗夜明珠越心疼。正想着呢，突然就听到院子里"啪"的一声，陆桥心里一惊，忙端

着灯出去察看。借着灯光，陆桥就见院子地上多了一个匣子，打开匣子一看，自家的夜明珠正躺在里面，而且，匣子里还多了一颗夜明珠。这颗夜明珠，比他家那颗足足大了两圈。匣子里还有一封高飞写的信，信里说，他把舅舅的夜明珠完璧归赵，另一颗夜明珠就算是给舅舅的见面礼了。

2．除掉贼根

经过这件事后，陆桥就对这个外甥有些害怕，幸好高飞再也没来过，陆桥也算松了口气。

这一天，突然有几个官差来找陆桥。官差一进门就问他："你是不是有个外甥叫高飞，他犯了王法！"

陆桥忙问官差怎么回事，官差说："你这个外甥会飞毛腿，蹿墙越脊如入无人之境，我们一直没逮住他。我们这次来，就是想让你帮我们把这飞贼逮住！"

陆桥一脸无奈地说："捉飞贼是官差的事，与我何干呢？"

官差把脸一拉，说："陆桥，

你别忘了，飞贼和你关系不一般。飞贼逮不住，你也脱不了干系。"

陆桥听了，语气就有些软了，说："我一个读书人，怎么能逮住飞贼呢？"

官差说："我没说让你抓人，只要你做一件事就行。"

官差对陆桥说，传说高飞之所以能飞檐走壁，是因为他脚底板上长了三根黑毛，这黑毛让他有了这种与生俱来的本事。只要将他脚底板上的三根黑毛拔去，他便与常人无异。官差让陆桥想办法把高飞脚底板上的三根黑毛拔去，到时候再抓他，就跟抓个小鸡一样了。

官差交代完，临走又撂下一句话："干不干就看你的了，给你一个月期限，一个月后见不着人，我们就来抄你的家！"

官差走后，陆桥也没心思读书了，每天都出去打听外甥的踪迹，可是跑了好几天，连一点音信也没有，最后陆桥忧愁攻心，病倒了。老婆忙请郎中抓药，可惜心病难医，陆桥的病越来越重。

这天，陆桥正躺在床上养病，一个人走进门来，他手里提着几盒点心，一进门就叫"舅"。陆桥抬头一看，来的不是别人，正是外甥高飞，他差点一下子从床上坐起来。

高飞走上前来问候道："舅舅的病好些了吗？"

陆桥有气无力地说："治得了病，治不了命啊，外甥，你怎么来了？"

高飞说："我爹娘死得早，这世上就你一个亲人，听说舅舅病重，我怎能不来看看呢？"

陆桥听了挺感动，心想：这孩子还算有良心，忙叫老婆做菜款待外甥。老婆马上端了几个菜和一壶酒过来，陆桥说自己有病在身，不能饮酒，就叫高飞喝。高飞也不客气，自斟自饮地喝起来。陆桥在床上躺着，偷眼看着高飞。高飞喝了几杯酒，突然说头晕，一下子栽倒在地上。

陆桥叹了口气，原来，他早就吩咐老婆在酒里搀上了麻药，为了保住全家，他也只有这么做了。

陆桥下床来，把高飞的鞋袜脱下，看到他脚底板上果然有三根黑毛。看来官差说得不假，高飞能飞檐走壁，靠的就是这三根黑毛！陆桥一咬牙，把三根黑毛给拔了下来。

陆桥这一拔毛，高飞脚下作痛，睁开了眼，问："舅舅，你要做什么？"

陆桥叹了口气，说："外甥，把你为非作歹的根去了，舅舅也是为你好呀！"高飞明白了，想起身，可麻药起了作用，连坐也坐不起来了。

这时官差们闻讯赶来了，上前给高飞上了好几道锁链，架起他来就走。

眼看着外甥被官府捉去，陆桥

心里挺难受，可又想，断了外甥做贼的本事，也是件好事，坐几年班房，再出来也就改邪归正了，到时候自己操心给他成个家，也算对得起九泉之下的姐姐了。

3. 盗亦有道

于是，陆桥每天都往衙门里跑，打听外甥的事怎么样了，判了什么罪，可是衙役根本就不让他进。有一次，陆桥又去打听外甥的案情，碰上以前到他家里抓人的官差，陆桥就拿出银子来求他，说一定要见见外甥。不料官差对陆桥说："你那外甥犯的是死罪，你就别再找他了。"

陆桥听了，惊得一下子瘫倒在地。官差告诉陆桥，高飞轻功了得，专偷达官贵人，官员们早已对他恨之入骨，必欲除之而后快，却又抓不住他，就给办案的衙役下了死命令。衙役们没办法，就想到了陆桥……

陆桥回家后一头就倒在了床上，这回他病得更厉害了。原来是自己害了外甥，怎么对得起九泉之下的姐姐呀！

陆桥在床上病了十几天，浑身一点力气也没有了。这天夜里，陆桥在床上躺着，突然房梁上有人说话："舅舅，病还没好吗？看来咱爷俩这酒还真是喝不成了。"

陆桥掌灯一看，只见外甥高飞正盘在房梁上。陆桥也不知是哪里来的劲，一下子从床上坐起来，说："孩子，你是怎么出来的？可叫你舅舅担心死了！"

高飞一下子从房梁上跳下来，站在陆桥面前说："那几条铁链子、几间破牢房，怎么能关得住我？我想出来就出来了呗。"

陆桥问："他们不是说，你脚上没了三根毛，就没本事了吗？"

高飞说："那是江湖上的讹传，功夫都是练出来的，凭着三根毛怎么

能飞檐走壁呢？"

陆桥点点头，又担心地对高飞说："外甥，你在这里也不安全，那些官差知道了怕又要追来了。"

高飞却说："舅舅，你就放宽心吧，不到天明，他们是发现不了的。我来是想跟舅舅道个别，我要到很远的地方去了。"

陆桥忙叫老婆倒酒来，他要和外甥好好喝几杯。高飞却从怀里拿出一个酒杯来，说："少拿一个酒杯吧，上次喝酒，我拿了你一个官窑酒杯，这回正好还回来。"

陆桥不禁哑然失笑，想起了外甥的规矩，真是"贼不走空"呀，上回他中了自己的麻药，还没忘了顺手牵羊。

陆桥与高飞推杯换盏地喝了不少酒，不知不觉天快亮了。高飞站起来说："时候不早了，我该走了，以后不知什么时候才能再见，舅舅可要保重呀！"

陆桥真有些舍不得，差点流下泪来。高飞又对陆桥说："不久后这里将发生一件大事，那便是你外甥做的。"陆桥正想问什么事，高飞人影一晃，早已经出去了。

第二天，陆桥担心官差们再来找自己，官差却没来，他这才放心了。可老婆却对陆桥说，她梳妆台上放着的一只金钗突然没了。陆桥就知道一定是外甥拿了。

不久后，外面传来一个消息：附近几个州县的几十名官员，都被一撸到底了。原来他们在修黄河堤坝的时候偷工减料，贪污了朝廷拨下来的河工银子。陆桥感到这事一定跟外甥有关，一打听才知道，那些官员贪污的罪行是被钦差大人查出来的，而钦差大人能查清此事，却是多亏了一个账本子。那个账本子上清清楚楚记录着修筑黄河堤坝的几个州县，如何克扣朝廷饷银、又如何做假账抹平，一笔笔一件件，都记录在案。

陆桥隐约明白了，一定是外甥高飞盗取了河工的账本子，再交给钦差大人……陆桥不由得嘴里念叨着："盗亦有道，盗亦有道呀！"

4. 相见无期

几年后，陆桥读书有成，终于金榜题名，得了个探花，由朝廷任命做了一方县令。陆桥立志做个好官，做县令期间，清如水明如镜，一直过着清贫的日子。

这一天夜里，陆桥处理完衙门的事，回到家里，见书房里亮着灯。陆桥有些犯疑：自己并没进书房，怎么会有灯呢？他加快脚步进屋，见里面一片狼藉，书被扔了一地。陆桥暗叫不好，一定是招贼了，可是查看了一番，什么也没丢。陆桥很奇怪，无意间扭头一看，书案上放着一只金钗。那不是老婆几年前丢的东西吗？陆桥一下子明白了，一定是外甥来了。

陆桥想，自己这个外甥只偷官不偷民，现在自己也是官了，看来他连舅舅也不放过呀！突然，陆桥想起一件事，书房里除了这些书外，床底下还有个箱子呢。他伸手就摸腰间的钥匙，想去打开那个箱子察看一下，刚摸到钥匙，转念一想，却放下手来，转身向房梁上喊："梁上的外甥，下来吧，咱爷俩好好喝一杯。"

陆桥这话刚喊出口，房梁上人影一闪，高飞露出脸来，向陆桥嘿嘿一笑，说："舅舅，你怎么知道我还没走呢？"

陆桥说："贼不走空呀，你没拿走一件东西，怎么能走呢？"

高飞笑了，说："还是舅舅最了解外甥呀！"说着飞身跳下来。

高飞下来后，陆桥把房间收拾了一下，又叫差役办些酒菜来。两人坐下来喝了几杯，陆桥就说："刚才舅舅差点上了你的当，我看到屋里被翻得这么乱，就想打开那个箱子看看，又一想，你这是投石问路呀，我要是打开箱子就露白了，不正好告诉你值钱的东西藏在哪吗？"

高飞嘿嘿一笑，说："舅舅长经验了。"

陆桥开玩笑地说："不怕贼偷，就怕贼惦记着，有你这么个外甥，我能不防着点吗？"他接着说，"既然你来了，我不妨打开箱子叫你看看我的宝贝。"

陆桥说罢，真的从腰间掏出钥

匙，把箱子打开。只见箱子里除了几本书和几件衣物外，最值钱的就是两颗夜明珠了。一颗是家传的，一颗是高飞赠给舅舅的，别的再也没有了。高飞不觉肃然起敬，说："舅舅，我这一路上听说你是个清官，还不敢全信，刚才在你家里转了一遭，果然没发现一样值钱可偷的东西，直到现在我还是两手空空。看来我这贼不走空的规矩真要破了。"

陆桥却说："既然是规矩就不能破，我就把这把钥匙交给你，算是你偷的。"

高飞脸一红，说："舅舅，这怎么能行呢？"

陆桥爽朗地一笑，说："咱们俩做个约定吧。如果我成了贪官，拿了不该拿的钱，你就来偷我，直接拿着钥匙来开箱子就是。"

高飞看陆桥是认真的，便不好意思地把钥匙装进了衣兜里。两人一直喝到深夜，高飞才站起来告辞，他人影一晃就到了门外。

陆桥看着高飞的背影，流下了眼泪。他知道，自己以后永远见不着这个外甥了——外甥不能破了"贼不走空"的规矩，而自己又再也没有值钱的东西叫他偷，他们只有一生不见了。

等高飞走没了影，陆桥嘴里还不停地念叨着："盗亦有道，盗亦有道呀！"

（题图、插图：黄全昌）

·本刊信息传真·

故事会■新浪 微故事大赛

9月征集主题：秘密

篇幅最短、含"金"量最高的故事，等待你的挑战！

《故事会》杂志和新浪微博（weibo.com）联合主办微故事大赛继续进行，邀请各路故事名家、草根英雄和世外高人展开较量！

本次大赛所有作品通过**新浪微博**平台征集（@故事会微故事大赛），每月一个主题，当月设金奖1名，奖金1300元；银奖2名，奖金650元；优秀奖11名，奖金150元。另设年度奖项。优秀作品将在每月《故事会》上刊登，并结集出版。7月对手主题结果已经揭晓，详情请登录故事中国网（www.storychina.cn）查看。

9月微故事征集主题：秘密。好奇心是人类的天性，所以探索秘密永远会引起人们的兴趣……本月请你讲述一个关于秘密的故事。正文字数在130以下，力求情节出人意表，立意隽永深远，文字鲜明生动。本月的微故事达人或许就是你！截稿日期：9月21日。（本期刊物特别选登7月微故事大赛优秀作品，详见P15）

孔雀蛋

□ 雁翎

孔雀。雄孔雀开屏时，艳丽的羽毛在阳光下闪烁出夺目的光彩，同学们都看呆了。

这天，王老师给同学们布置的作业就是画孔雀，还说谁画的孔雀最好，就奖励一只孔雀蛋。小希听了，心中充满了期待。

同学们拿着画夹坐到院子里，在王老师的指导下，对着孔雀细细地临摹起来。两个小时后，大家都陆续画好了，王老师看后，觉得姜芳同学画得最生动传神，就拿出一只孔雀蛋给她。姜芳捧着又大又白的孔雀蛋，脸上笑开了花，小心翼翼地塞到书包里。此时，小希的心里不由又妒又恨。

完成作业后，同学们在院子里做游戏，小希没有心思，一个人坐在角落里发呆。突然，小希发现姜芳的书包就放在旁边一张石凳上，书包拉链没有合严，隐约能看到那只孔雀蛋。小希心里顿时产生了一个邪恶的想法。趁同学们玩兴正浓，无人注意，她悄悄走近书包，把孔雀蛋拿出来，然后装着去屋后上厕所。来到屋后，小希放眼一看，见墙边有只破瓦罐，就顺势把孔雀蛋放到了罐子里面。

小希回到院子时，那里已经乱成了一片，原来姜芳玩了一阵后去翻书包，发现孔雀蛋失踪了，顿时嚷嚷起来。不一会儿，王老师闻声

小希是个初中生，假期的时候，她和班上一些同学到教美术的王老师家去学画。王老师家有一个宽敞的院子，里面养着一对蓝色的

走了过来，问清事情的原委后，就一个个地问同学们有没有看到。当问到小希时，她的心"扑通扑通"直跳，但仍装作若无其事的样子，与其他同学一样，冲王老师摇了摇头。

王老师没有再继续追究下去，只是孔雀产蛋很少，她家里已经没有孔雀蛋，无法再补给姜芳了。姜芳丢失了孔雀蛋，一下子变得郁郁寡欢，可小希的心里却平静多了。

从王老师家出来，小希迈着轻快的步子向家中走去，途经家里附近的一片竹林，她忽然听到林中传来一声尖锐的鸟鸣声，那声音与王老师家的孔雀叫声很相似。小希好奇地走进林去，正好看到一团黑影在竹丛深处一闪而逝，那身形很像是一只孔雀。这时小希一低头，惊喜地发现不远处的草丛中赫然躺着一只蛋，和王老师家的孔雀蛋一模一样。她拿起蛋摸了摸，发觉还是热的，看来就是刚才飞走的那只孔雀产下来的。

小希万分高兴，忙把蛋拾起来，向家中跑去，一进屋就大声嚷道："妈妈，我捡到一只孔雀蛋！"妈妈闻声走了出来，把蛋拿过来仔细地看了看，说："不错，真是只孔雀蛋哩。"想了想又道："家里正好有母鸡在孵蛋，这只蛋就放在鸡窝里让它一起孵吧。"说着妈妈就把孔雀蛋小心地

放到了鸡窝里。

第二天，小希来到王老师家，听到同学们还在议论孔雀蛋失踪的事，突然，小希想起一件事来：应该把那只藏起来的孔雀蛋还给姜芳，不然以后自己家的小孔雀出生了，别人会怀疑是偷姜芳的孔雀蛋孵出来的。想到这里，小希忙找了个借口来到屋后，找到那只瓦罐往里一看，却大吃一惊，罐子里只剩下一个空空的蛋壳，这是怎么回事？她奇怪地抬头一看，见不远处蹲着一只黑狗。小希明白过来，一定是狗把孔雀蛋吃了，她顿时心乱如麻，怔怔地回到屋里……

时间一天天过去，小希越来越坐立不安，因为孔雀蛋的风波依然没有平息，同学们时常会聊起这件奇怪的失踪案；而家里那只孔雀蛋

破壳的日子却越来越近。这天晚上，小希看到妈妈倒来一盆温水，然后把孔雀蛋放到盆里。那只蛋缓缓地在水里游动起来，妈妈看后喜滋滋地对小希道："蛋里果然有只雏孔雀呢，看来明天就要破壳出来了。"

可是，小希此时哪里还有当初兴奋的心情？她迟疑着对妈妈说："等这只孔雀出生了，我们把它卖了，或者送给别人好不好？"

妈妈摇头说："这只孔雀蛋这么大，孵出来的孔雀一定非常强健漂亮，咱们哪舍得放它走呢？"小希唯恐妈妈看出自己的心事，不敢再多说，只好回房去睡了。

躺在床上，小希怎么都睡不着，她知道家里孵出孔雀的事迟早会传出去，更可怕的是，开学后王老师就要来家访，到时她就会亲眼看到小孔雀，心里肯定会产生怀疑。小希想着想着，终于横下心来——眼下唯一的办法，就是让小孔雀永远不出生。

小希等到后半夜，悄悄从床上爬起来，蹑手蹑脚地走到鸡窝边，把孔雀蛋从母鸡怀里掏了出来，然后放到冰箱。天亮的时候，小希把孔雀蛋从冰箱里拿出来，只觉得蛋身一片冰凉，心想，里面的孔雀一定冻死了，就重新把蛋放回鸡窝里。

到了第二天，那只孔雀蛋果然一直不见动静。又过了两天，妈妈等得心急了，就把蛋壳敲开一看，发现里面有只僵硬的长满茸毛的雏孔雀。妈妈痛惜地道："怎么会这样呢？好端端地怎么就死了呢？"小希看着，却感到一阵轻松。

几天后小希路过竹林边，听到里面一片人声喧哗，就走过去看热闹。只见几个陌生人抬着一只大网走了出来，网中罩着的是一对绿色的孔雀。这两只绿孔雀虽然羽毛凌乱，但全身碧绿如玉，美不胜收。看来自己当初在竹林里捡到的孔雀蛋，就是其中的雌孔雀产下的了。小希打听了一下，才知道原来科学家在竹林里考察时，发现了这对孔雀的踪影，因为品种珍稀，他们就把孔雀捕捉起来，送去专门的地方饲养。

第二天小希来到王老师家，看到电视里正在播放昨天捕捉孔雀的新闻。突然，小希想起了什么，她问王老师："老师，您说蓝孔雀的蛋能孵出绿孔雀吗？"王老师笑道："不会的，这两种孔雀是不同品种，蓝孔雀的后代只会是蓝孔雀，而绿孔雀的后代，一定是更为高贵华丽的绿孔雀。"

小希听完，一下子呆住了，想起那只被自己残杀在蛋壳中的雏孔雀，她感到又羞又愧……

（题图、插图：安玉民 梁 丽）

我也想当富二代

□ 蒋诗经

张松工资很低，为了给儿子赚奶粉钱，他每天下班后还骑着三轮车去摆地摊。这样的日子真不知什么时候是个头，张松都快想放弃了。

这天，张松正骑着三轮车去夜市，转弯的时候，一不小心被一辆高档轿车碰到了。三轮车翻了，张松摔倒在地。

轿车上下来一个眉清目秀的小伙子，大约二十岁左右。小伙子看了一眼张松，突然像受到惊吓一般，转身上车，一加油门，瞬间就跑得没影了。张松非常生气，不管谁对谁错，这小子也太不像话了，话都没一句就跑了。

路边有个和尚一直站在那，看到这一幕，和尚过来扶起张松说："算了吧，你今天还算是走运了。"

"走运了？"张松不明白。

和尚说："你知道你碰到的是什么车吗？那车价值几百万，虽说他打翻了你的货，但没让你赔修车的钱，你还不算走运？要赔，少说也得赔好几万。你知道人家是什么人，人家是富二代，这德性已经算是好的了。"

张松没词儿了，只好愤愤不平地扶起三轮车，收拾货物。和尚还真是热心人，帮着张松收拾。突然，他凑到张松耳边问："你想不想也成为富二代？我看你有缘，今天就给你一个机会。"

张松心里一紧，想：今天真倒霉，先遇上个不讲理的富二代，又遇上个骗子。他心里这么想，嘴里冷淡地说："富二代？我怕是没机会了，我父亲五年前就过世了。"

谁知和尚却毫不在意："这没关系，我可以送你到二十年前。你把如今的信息告诉你父亲，教他怎么发财，然后你不就是富二代了？"

现在的骗子真是越来越不靠谱了。张松像看怪物似的看着和尚，问："那你准备怎么送我回到二十年前？"

和尚一本正经地说："城西三十公里的沙漏山上有个沙漏寺，沙漏寺前有九十九级台阶。你在每个台阶上磕一个头，然后进庙在沙漏神前虔诚地祈祷就可以了。"

张松调侃地问道："难道不用付钱？"话音还没落，张松惊呆了，刚刚就在眼前的和尚竟然凭空消失了。张松死命地掐了自己一把，痛，不像在做梦，一切细节都历历在目。

当天晚上，张松睡在床上想，如果真的突然收到父亲丢下的大笔遗产，那么自己现在也可以开着几百万的豪车，住在别墅里，再也不用上班和摆地摊了……

第二天一大早，张松假也没请，早饭都没来得及吃就向城西出发了。果然，城西三十公里外真有个沙漏

山，山上真有个沙漏寺。张松站在沙漏寺的台阶前深深地吸了一口气，然后开始磕头。

整整九十九级台阶，说起来简单，做起来却不容易。张松咬紧牙关，一级级往上磕头。还有十个台阶就能见到沙漏神了，突然，张松听到有人喊他，回头一看，台阶下站着一个人，正是昨天开车撞到自己的那个富二代！

他来干什么？张松想不明白。这时，只见那小伙子直朝张松招手，好像要张松等等他。张松懒得理他，继续磕头。九十七、九十八、九十九……张松刚刚准备起身进庙，小伙子气喘吁吁地赶了上来。到了

张松面前，小伙子二话没说，猛地一个头磕了下去，抱住张松的大腿就不撒手了，张松吓了一大跳，问："你这是干什么？"

小伙子趴在地上说："爸爸，您不能进庙啊！"

爸爸？张松彻底懵了："我儿子还在喝奶呢，我哪儿来你这么大的儿子？"

小伙子抬起脸，脸上挂满了泪珠："爸爸，我是您的儿子张小柏啊，我是从二十年后来找您的。您今天要是进了庙，就会成为富二代，挥霍无度，不到二十年就会把家败光，

那就没有我二十年后的富二代生活了。"

张松听小伙子叫出了自己儿子的名字，再细看小伙子的眉眼，和自己还真有七八分相像，难道这小伙子真是从二十年后来的儿子？是啊，既然自己能回到二十年前去，那二十年后的人也可以到现在来。

张小柏看到张松疑惑的样子，连忙说明了原委——

张小柏真的来自二十年后，有一天他受到一个和尚指点，说他爸爸在二十年前曾一度想自暴自弃，必须来劝劝他，渡过这个坎。所以张小柏就从二十年后来到了现在。

张小柏穿越到现在，正好碰翻了张松的三轮车。张小柏下车后认出了爸爸，吓得赶紧就跑了。因为穿越前和尚告诉张小柏，要劝他爸爸，只有今天来沙漏寺前见面说清楚才行，所以张小柏就赶来了。

张小柏说："爸爸，我马上就要回到二十年后去了，您记住，只要您勤劳地做生意，坚持下去，以后肯定能发大财。您看看您二十年后的儿子，不就成了一个真正的富二代吗？您千万不能放弃，一定要努力啊！"

张松又饿又累，听了这番话只感觉眼前一黑。看来，自己是无论如何也当不上富二代了。

（题图、插图：安玉民 梁　丽）

艺术与晚餐

这天，杰姆去超市买晚餐，回家时路过展览馆，里面正在举办一个先锋艺术展览，杰姆一看时间还早，就提着食品袋走进去参观。食品袋很沉，杰姆便把它放在展厅的角落里。看完展览，他忘记了食品袋，直接回到家里。妻子问："你买的东西呢？"

杰姆这才想起，急忙返回展览馆。结果令他大吃一惊，他的那包东西竟获得了先锋艺术作品大奖！展览馆馆长对杰姆说："我们找了您很长时间，您怎么才来？"

杰姆惊呆了，说："可是……它并不是什么艺术品，是我为家里准备的晚餐……"展览厅里顿时爆发出一阵哄堂大笑。

一位评委说："瞧，他不仅是一位伟大的艺术家，还是一位幽默大师。"另一位评委补充道："瞧，这

扁豆罐托住酸奶瓶子的方式，多么匠心独具。我真想知道，毕加索看到这样非凡的构思将作何感想……"

这时，杰姆再也忍不住了，说："我非常感谢你们的评价，但是，现在我得把这包东西拿回家去了。"

"把它拿回家？"馆长惊讶地说，"可我已经把它以一万五千美元给拍卖出去了。"

杰姆是个诚实的人，他犹豫地说："可是，我买它们的时候只花了十八美元。"馆长感慨地说："但那只是您购物的价钱，您创作出了一件真正的艺术品，价值远远不止于此。"

杰姆脸红了，他怀着复杂的心情收下了那张支票。第二天，他又去了一趟超级市场，买了很多东西，然后鬼使神差地又去了一次展览馆，可这次，他的"作品"被冷落在一旁。

一位颇有名气的批评家说："他是个经不起胜利冲击的艺术家，这次他向我们展示的简直是垃圾，说明他的艺术才能只有那么一点点，现在他就是一个俗之又俗的俗人！"

（推荐者：解　敏）

全能型美女

□ 洪 亮

蒋建是个标准的"高富帅"，一心想找一位与自己匹配的全能型美女，可惜一直未能如愿。那些女孩子不是长相不过关，就是没内涵、没品位，都入不了蒋健的眼。

这天，有人给蒋建介绍了一位"白美才"，介绍人拿着相片，信誓旦旦地拍胸脯说绝对相配。蒋建看了照片挺动心，就提出见面，可奇怪的是，对方说见面前要先熟悉一下，要和他在网上先"交流交流"。

于是蒋建与美女加了好友，聊

了起来。第一天，美女就海内外局势侃侃而谈，蒋建觉得这美女颇有政治见解，见地不凡。第二天，美女和蒋健聊起了美食烹饪，蒋建是个吃货，勉强能对上点。他一边聊，心里一边暗暗欢喜，看来这可是位上得厅堂、下得厨房的美女呀！第三天，美女与蒋建在网上大战象棋，看得出她是位高手，几局下来，蒋建惨败。第四天，美女与蒋建大谈世界地理，蒋建自认为见多识广，也去过不少地方，可聊起来还是觉得有些跟不上趟了。第五天，美女的话题涉及摄影领域，光圈、定焦、一大堆专业名词，聊得蒋建在电脑前直抹汗。第六天，蒋建招架不住，借口工作忙，再也不敢上网。

周末，介绍人打电话给蒋建，问他感觉怎样，蒋建直呼自己高攀不上，此女肯定是外交部的，咋上知天文下知地理，博古通今？

介绍人告诉蒋建，女方表示，通过几天的网聊，已经初步熟悉，可以见一面了。蒋建受宠若惊，赶忙应约。

美女见到蒋建，笑盈盈地说："和你网聊的，第一天是我爸，第二天是我妈，第三天我爷爷出马，第四天是妹妹，第五天是我哥。你还算不错，勉强通过了五关，所以我一定要亲自来看看了。"

蒋建狂晕。

千手观音

共 识

□江三流

李言是个写手，常常给杂志写稿，成绩却不怎么理想。这天，李言看见写手论坛有人组织聚会，觉得是个学习的机会，赶紧报名参加了。聚会当晚，李言和老赵住在一个标准间。老赵在写手界有些年头了，见多识广，和李言说了很多圈子里的趣闻。

说到兴头上，李言乘机问："我听说杂志都爱用名家的稿子，普通写手很难入选，是不是这么回事？"

老赵看了李言一眼说："编辑偏爱名家的稿件在所难免，但名家也都是从普通写手过来的，你只要提高上稿率，慢慢也会成为名家的。"

一番话说得李言连连点头，赶紧敬上一支烟问："可是怎么才能提高上稿率呢？"

老赵笑着说："当年，我也像你

这么想过，于是我联合了几个写手，商量好共用一个笔名，提高上稿率，发誓要把那笔名打造得辉煌无比。"

李言一听，这点子真是绝了，忙问："那你们打造的笔名是什么？"

老赵点上烟，深深地吸了一口说："那笔名叫'千手观音'。"

"这个名字有意思。"李言赶紧附和，可是转念一想，不对啊，自己在杂志上偶尔看到的也只是老赵的本名，没听说过哪个名家叫"千手观音"的。李言狐疑地看着老赵，老赵哈哈一笑："后来我们的计划没成功，因为我们有一个重要的问题没有达成共识。"

李言懵了，问："什么问题？"

老赵故作高深地让李言猜。李言猜了很多种可能，什么文风不统一，各人能力不同等等，都被老赵否定了。李言实在猜不出了，就和老赵软磨硬泡，老赵最后实在困了，禁不住李言的一再追问，只轻轻说了四个字："收款地址。"然后他就睡着了……

辩护理由

□ 张东兴

有个学法律的大学生，看到一个招聘法律顾问的广告，待遇相当优厚，于是前去应聘。人事部的刘总只提了一个问题："如果我持竹竿杀了一人，伤了两个，你怎么为我辩护？"

大学生问："您是用竹竿的什么部位伤人的呢？"刘总想了想说："竹竿头刺死一个，竹竿尾杵伤一个，竹竿抡起来身子扫伤一个。"

大学生心想：好嘛，一根竹竿总共就这仨部位，你都用上了，这

不是有意难为我吗？可是，这种无缘无故恣意伤人的行径，却让大学生觉得好像在哪儿见过。他定下神来一想，顿时有了主意。

他清了清嗓子，正色说："按照常规，您这行为得判故意杀人罪。可是如果由我来处理，最多判三年。"

刘总顿时从桌子旁往前探出了身子："噢？那你按什么处理？"

"交通肇事！"

刘总嗤之以鼻："竹竿又不是车，和交通肇事有什么关系？"

大学生推了推眼镜，说："交通肇事罪并不是机动车的'专利'，骑自行车的、行人，甚至任何人都有犯交通肇事罪的可能。而竹竿作为一种交通工具，古往今来都大量存在。"

刘总好奇地问："什么交通工具？"大学生笑笑，说："就是滑竿！两根竹竿扎起，抬着上山下山。综上所述，你抬着滑竿上山，前头把一个人撞下悬崖，你就赶紧后退，结果尾部又碰着一个。你赶紧转身避让，竹竿中部又扫伤一个，不是交通肇事罪是什么？"

刘总鼓掌："精彩！招聘以来，数你的辩护最有创意！不过，我还要向董事长请示一下，你稍等片刻。"说罢他起身走了。

没等多大会儿，刘总就回来了："很抱歉，我们董事长认为你当法律

宝　地

□ 狗尾草

牛二家住农村，好吃懒做，他有两块地，一块大的，一块小的，大块地几年前租了出去，还剩一块小的，这块地很贫瘠，没人租，牛二只好自己种。这一带的人都种生姜，他也跟着种，他太懒，也不好好侍弄，把种子埋地里了事，种出来的生姜总是干干瘪瘪的，产量比别人差一大半。

又到了春天，该种地了，这天，同村的王大明白来到牛二家，他拿来一只烧鸡一瓶酒，说要和牛二喝一顿。酒至半酣，王大明白问牛二："你自己种的那块地一年能出多少钱？"

牛二醉眼惺忪，想了想说："一年能整三千多元吧。"

王大明白差点吐了出来："那块地能整三千多元？别胡说了，你那地最多能挣一千，你看这样行，你把地租给我，我一年给你一千五百

顾问不合适。"大学生很失望，问："我能知道原因吗？"

刘总说："我们董事长说，你的点子太新颖了。"大学生不解："新颖有什么不好？"

刘总说："太新容易引起媒体关注。以前发生的那些'躲猫猫'事件、'喝水死'事件，要不是他们想的理由太有创意，也出不了这么大的风波。不过董事长说，虽然你不适合当我们的法律顾问，但还可以去另一个部门。"

大学生忙问是哪个部门。刘总说："客服部。处理顾客投诉，你准能把他们说晕。"

延伸阅读
　　您想阅读这位作者的其他精选作品和创作感言吗？请扫描右边的二维码。更多精彩，立刻体验。

·幽默世界·

元钱，你不用种地了，干得钱，多好。"

牛二说："这事我得想一想，明天给你回信。"其实牛二觉得这事不错，他之所以没马上答应，是想明天再蹭一顿酒喝。

第二天上午，牛二刚要去王大明白家，村民马猴来了，他也要租牛二的地。牛二说租给王大明白了，马猴问了王大明白给的价，马上说他给一千七百元。

牛二很高兴，这地还越来越值钱了，他刚要答应，村民老刘来了，他也来租地，他一听马猴的价，马上表态，要给两千元。马猴不干了，马上给两千元。两个人互相抬了起来，一直抬到三千元。

这时王大明白来了，他见马猴和老刘互相抬价，也马上跟着出价。三人都是志在必得，一直出到五千元，也没有停下来的意思。

牛二看呆了，王大明白见势不好，赶紧拉着马猴和老刘来到屋外，不一会儿，三人回到屋里对牛二说："我们商量好了，合租你的地，三千元，每人一千，这价格可不低啊。"

牛二很奇怪，这三个人都鬼精鬼精的，今天怎么都要亏本租地呢？自己那块地种什么也赚不了三千元啊，一定有问题。想到这，牛二连连摇头："多少钱我都不租了，你们三个走吧。"不由分说把三人撵走了。

牛二怎么也想不明白自己的地怎么突然就值钱了，他拿着铁锹到地里到处翻了一阵，没发现什么异样。

第二天，三人又来了，还要租地，牛二没吭声。王大明白看出了牛二的心思，说："嗨，我说牛二啊，你不就是想知道我们为啥高价租你的地吗？我告诉你实情，你也就踏实了，知道神农丹吗？"

"听说过。"

"你用过吗？"

"没用过，我嫌费事。"

"对啊，我们都知道你从来没用过神农丹，所以我们才来租你的地。"

牛二不解，马猴接着解释："姜出事了，我们邻县的姜用神农丹被电视台曝光了，上面发话了，说秋天我们的姜都要送去检测，检测合格才让卖，我们要在你的地里种生姜，然后送检。"

"你们自己不都有地吗？怎么非要拿我地里种出来的去检测？"

王大明白解释道："我们的地都不行了，年年用神农丹，这神农丹挺厉害的，地里残存的毒几年都去不掉，我们地里种出来的姜不行，检测不会合格的，在你的地里种出来是绿色的，肯定没问题。哎，牛二，你不知道啊，这附近十里八村的地都完了，只剩下你这一块净土了。"

（**本栏题图、插图**：包丰一 顾子易）

92

543 2013 SEMIMONTHLY 下半月刊 9月

STORIES

欢迎登录本刊主办的"故事中国网"（www.storychina.cn）

故事会 —STORIES—

2013年9月
下半月刊·绿版

社 长、主 编：何承伟
副社长：夏一鸣
常务副主编（兼绿版负责人）：吴 伦
副主编（兼红版负责人）：姚自豪
本期责任编辑：颜轶超
电子邮箱：yanyichao1004@sina.com

绿版发稿编辑：
朱 虹 刘迎曦 黄美舟 陶云韫
美术编辑：王怡斐
电脑制作：郭瑾玮
本社办公室电话：021-64375030
上半月刊编辑部电话：021-64310547
下半月刊编辑部电话：021-64336469
（上海市绍兴路74号 邮编：200020）
主管：上海世纪出版集团
主办：上海故事会文化传媒有限公司
出版单位：《故事会》编辑部
发行范围：公开

出版、发行总监：张 凯
电话：021-64313938
广告业务：上海故事会文化传媒有限公司
广告总监：张 淮
广告业务：021-34010383
广告投诉：021-64333738
广告经营许可证
沪工商广字3100320080016号
发行：中国图书进出口上海公司

特别提示：凡本刊录用的作品，视为本刊已获得该作品与《故事会》相关的网上传播、汇编出版、电子和录音录像制品等权利。本刊向作者支付的稿酬，已包含了上述各项权利的报酬，如有特殊要求，请提前说明。

（本栏插图：包丰一）

还是女儿好

芳芳一直想生儿子，还没怀孕呢，就未雨绸缪，给儿子攒钱攒金器。等她真的怀上了，却偏偏是一个女儿。

为此，芳芳伤心得嚎啕大哭。老公劝，她不听；公婆劝，她不理。

最后，还是芳芳的妈亲自出马，她一边给芳芳擦眼泪，一边问："你攒的那些钱和金项链、金戒指是想传给女儿呢，还是儿媳妇？"

芳芳想了想，止住了哭泣。

（发 央）

可怜的宝宝

朋友给小丽看自己八个月大的宝宝的照片，照片里宝宝手里拿着吃了一半的香蕉，撇着嘴在哭。

小丽忙问朋友："她不会自己吃香蕉吗？"

朋友回答："会啊。"

"那她为什么哭得这么伤心？"

朋友忍着笑说："她吃了几口，但衣服卡着胳膊，够不到剩下的香蕉，就哭了！"

（瞿 丹）

养宠物

有个男人出差回家，发现厨房的地上放着一碟米饭和一碗水，看样子是给宠物吃的。于是，他兴奋地问老婆："你不怕动物了吗？家里买了什么宠物？"

老婆苦笑着解释："家里有老鼠，你不在家，我不敢捉，又怕它乱咬东西，只能先养着了。"

（张 方）

4

岂有此理

新婚不久，老婆问老公："你说咱俩谁是一家之主？"

老公不假思索地回答："当然是老婆大人您啦！"

老婆满意地笑了，又问："那你算什么呢？"

老公又谄媚地说："我比一家之主差一点儿呗。"

谁知老婆一听，却勃然大怒道："差一点儿是什么意思？难道你想当一家之王？" （作 女）

酒驾之后

个男人酒后驾车，刚开上大路，就发现前面有交警在查酒驾。

男人想了几秒钟，当即靠边停车，并换到了副驾驶的位置，闭目养神起来。

很快，交警来到车前，一边敲车窗，一边大声问男人："你为什么把车停在这里？"

男人并不睁眼。

交警又"砰砰砰"地敲了好几下车窗。

男人这才睁开蒙眬的双眼，他揉了揉双眼，看看交警，再看看自己，然后一脸惊慌地问："我在哪里？我的司机在哪里？他怎么把车停在这里？看我回去不炒了他 "

（吴 天）

琴艺高超

个男生学了几个月小提琴，便想展示一下。这天，他在寝室里动情地演奏了起来。

刚开始，室友们还各玩各的，但渐渐地，大家都被琴声吸引住了。那些睡在上铺的，甚至翻身下床，眼睛一眨不眨地注视着男生演奏。

一曲终了，男生兴奋地说："大家太捧场了，我都被看得不好意思了！"

"必须的！"睡在他上铺的室友回答道，"我必须看着你才行！"

"为啥？"

室友擦了擦汗说："不然，我以为你在锯我的床腿！"（赛 赛）

夫妻赏花

小夫妻俩去公园散步，这里桃花正开得烂漫。

于是，丈夫便开玩笑说："我去桃树下转几圈，看能不能走个桃花运。"

"好呀！"妻子爽快地答应了，然后转过身，往公园的围墙边走去。

丈夫赶忙问她，干什么去。

妻子回头冲着丈夫嫣然一笑，回答道："我去墙外边找几朵红杏……"

（秦 亿）

帮谁挡

孕妇与老公出门散步，太阳出来了，晒得孕妇燥热难耐。她一边手搭凉棚遮阳，一边抱怨："太晒了，太晒了！"

老公一听，一个健步挡在她前头，说："我帮你挡着。"

孕妇瞥了他一眼："就你这小身板，只够挡你儿子！"（贝 贝）

不要随便发微信

有个男人在殡仪馆守灵，半夜闲着无聊，就用微信搜索谁在附近。

好不容易，男人搜到一个账号：越夜越灵；性别：女，便兴奋地给她发了一条信息。

过了半天，对方回了条信息：大哥，你好！能给俺烧台iphone5吗？我喜欢白色的！谢谢！（灵 灵）

最好的方式

对小夫妻在海边度蜜月，他们去学潜水。教练拍着胸脯说："相信我，学潜水有助于婚姻美满。"

夫妻俩异口同声地问："为什么？"

教练严肃地解释说："因为从这一刻起，你们要学会忍气吞声啊。"

（李佳佳）

吵架之后

夫妻吵架，妻子一气之下，把丈夫赶到客房睡觉。

客房的蚊帐有好几个大洞，丈夫睡到半夜，就被蚊子咬醒了。这时候，他听见妻子蹑手蹑脚地走了进来。

妻子拿着透明胶站到了丈夫的床前，喃喃自语道："被咬了吧？"说完，便开始用透明胶补蚊帐上的洞。

丈夫心中涌起一阵暖流，心说：她还是关心我的。他正待起身求和，却听妻子开口说道："蚊子啊蚊子，你们也到得差不多了，别想着出来，在里面吃个饱吧。"

（闹　闹）

照样管用

有贪官因为受贿进了监狱。他儿子大学毕业，找不着工作，便去对爸爸诉苦。

贪官一听，立刻写了一张条子，让儿子去找以前的下属帮忙。

儿子半信半疑地问："人走茶凉，现在你的条子还能管用吗？"

"当然！"贪官自信地说，"以前，我写条子，想让谁当官，就让谁当。现在，我写条子，那些人中，我想让谁进来，就让谁进来！"

（邵　欣）

懂事的儿子

大热天，妈妈送儿子去上学。她拿出一把伞遮阳，但撑开一看，伞太小，遮不了两个人。

儿子见了，毫不犹豫地说："妈妈，给你遮。"

妈妈一听，感动啊，儿子长大了，懂事了。她急忙说："给你遮！"

儿子不肯，两人就这样，让来让去好一会儿。

儿子终于说了心里话："妈妈，你遮好自己就行！我晒黑了不碍事，但你晒黑了，就得掏钱美容呢！"

（张思妙）

本栏欢迎来稿，读者、作者可将有新鲜感、精彩细节的笑话佳作投寄给我们。来稿一经采用，最高稿费为一则100元。本期责任编辑电子信箱：yanyichao1004@sina.com。

有句成语叫"天降横祸",还有句成语叫"天赐良机",这说明灾祸和机遇都可能从天而降。面对突如其来的灾祸或者机遇,我们又该如何作为呢……

天上掉下块砖头

□ 吴水群

天降横祸

故事要从那天傍晚说起。那天,有个叫马友德的老汉从镇上回村,路过村头那棵大槐树时,被几个小孩给拦住了。一个小姑娘恳求他说:"爷爷,我们把羽毛球打到树上去了,您帮帮我们吧……"

马友德抬头望了望大槐树,这棵大槐树已经有几百年的树龄了,树干粗,树冠大,到了夏天,村民们都来树下乘凉,这里就成了一个小广场。马友德发现树枝上的羽毛球,捡起一块砖头就扔了上去。砖头飞过树枝,把羽毛球碰了下来,砖头却不偏不倚地卡在了树枝间。

小朋友们捡起羽毛球,欢天喜地地跑了。马友德看着卡在树上的砖头,却犯起了愁,心说:这家伙要是掉下来,砸到人可就麻烦了!想到这里,马友德又捡起地上的砖头往上抛,想把卡在树上的砖头碰下来。可一连试了十几次,都没成功。就在这时,他的手机响了,老伴说有急事,让他赶紧回家!

马友德只好先回家,他打算第二天再来,把这块砖头弄下来。

第二天,马友德一大早来到大槐树下,突然发现一名陌生男子歪倒在树下,不省人事。走近一看,只见这男子手里抓着半瓶饮料，头上的伤口在流血，身边扔着一块砖头，不远处还停着一辆摩托车。

马友德心里"咯噔"一下：出大事了！他往树上一瞅，昨天卡在树上的那块砖头不见了。不用问，一定是这个男子骑着摩托车到了此地，想坐在树下喝水休息，没想到天上掉下来一块砖头，被砸了个头破血流。

马友德赶忙掏出手机拨打了120，然后用毛巾按住男子的伤口。就在这时，村里的皮三溜达着走了过来。马友德看到皮三走来，就喊说："这人受伤了，我送他去医院，你先把他的摩托车推到你家去！"

皮三推起摩托车走了，不一会儿120急救车也开了过来。马友德护送陌生男子去了医院。

因为在男子身上没找到任何联络方式，马友德只好留下来。一直到中午，昏迷中的男子终于慢慢有了反应，嘴里含糊不清地说："包……包里……钱……钱……"

马友德记起来，男子的摩托车后面绑着一个包，当时他没有在意，现在联系了男子的话，就明白了：那包里肯定有钱，而且数量还不少，不然他不可能在昏迷中还反复念叨。

马友德惦念着包里的钱，下午就急匆匆回去找皮三。他见到皮三，直接就来了一句："那包里的钱你可得好好保管……"

皮三听马友德这么说，知道马友德也知道那包里有钱，就说了实话："真没想到，那包里有那么多钱。我数了数，整整九十万，九十万啊！"

听皮三这么一说，马友德心中又是一惊。

皮三开始以为马友德认识受伤男子，可听了马友德说明了事情的前因后果才明白过来：原来马友德和男子非亲非故。皮三心说：这砖头早不掉晚不掉，偏偏在陌生男子坐到树下喝饮料的时候掉下来，这不是老天爷送钱来吗？于是，他眼珠子一转，对马友德说："老马叔，我看，咱干脆把这钱分了吧！"

天赐良机

马友德听皮三这么说，大惊失色，连忙拒绝："不行，那么多钱，人家醒过来能善罢甘休？"

皮三见马友德心有顾虑，就分析起来："老马叔，你想想，反正当时就我们俩在现场，只要我们统一口径，一口咬定，根本没有看见啥摩托车，不就好了吗？除了老天爷，谁又能知道，是我们还是之前有人把摩托车给推走了呢？"

这一番话把马友德给说动了。马友德盘算了一下：如果和皮三平分，立刻就能得到四十五万现金。虽说自己儿子马宏才是老板，家里并不

缺钱，但这四十五万也不是好赚的啊！就这样，马友德就和皮三平分了这九十万。

马友德拿着四十五万不义之财回到家，心里一直是忐忑不安。

马友德心不安，皮三也担心。第二天，皮三就给马友德打电话，要他再去医院看看，那个受伤的陌生男子到底死了没有，末了，他还暗示马友德："老马叔，如果方便的话，你最好想办法，让那家伙永远消失，这样我们就没有后顾之忧啦！"

马友德来到医院探听消息，可刚走进医院，就被医生叫住了，说交的钱用完了，让他赶紧再去缴费。马友德又替陌生男子交了三千块钱，随后才去了病房。

此刻，那个男子依然昏迷不醒，马友德想起皮三的话，不由打了个激灵。他告诫自己：千万不能做害人的事。最后，马友德打定了主意：这钱能不能归自己所有，就看造化了。这人死了最好，如果苏醒过来，就如数奉还！

回到村里，马友德找到皮三，说了自己的打算。皮三一听就急了，红头赤脸地嚷道："量小非君子，无毒不丈夫！无论如何，也不能让这只煮熟的鸭子飞了。"

马友德和皮三分手后，一夜没睡。到了第二天早上，马友德突然担心起来：皮三这小子会不会到医院，向那陌生男子下手？想到这里，马友德坐不住了，立刻又赶去了医院。到医院一看，他顿时手脚冰凉，这下是真出大事了！病房里哪还有陌生男子的影子？

马友德立刻打电话质问皮三："你说实话，昨天夜里来没来过医院？那个人是不是你……"

皮三一听立刻乐了："老马叔，你想哪了？我也只不过是嘴上说说而已，我哪有那个胆啊！"

马友德想想也是，杀人毕竟不是人人都敢干的，他正要去找医生问问，医生先找到他了。医生疑惑不解地说："你送来的伤员也真怪，他昨天傍晚醒了过来，到半夜竟悄悄走了，连个招呼都没打！"

马友德从医院回到家里，认真地想了想事情的前因后果，最后还是不放心，只好去找皮三商量。他忧心忡忡地说："那人走得奇怪啊！也许是神智还没完全清醒过来？但他说不定哪一天清醒过来，就会找咱要钱来的啊。"

皮三听完，就宽慰他说："那也不见得啊！说不定他是个逃跑的贪官，那些钱本来就是一笔见不得光的不义之财……"皮三越分析，马友德越觉得有道理，终于松了一口气。

就在马友德为得一笔横财而暗暗高兴时，没想到一件倒霉事也接踵而来。这天晚上，小舅子告诉他，说马宏才遇到了麻烦，昨天找他借了五十万。

马友德大惑不解，儿子的公司一直经营得不错，咋会突然找小舅子借钱呢？他不放心，就追问小舅子，宏才的公司到底发生了什么事。

小舅子告诉马友德，宏才前几天损失了一百多万现金，具体原因他也没多说，只是关照舅舅，别告诉老父亲，免得他担心。

马友德一听宝贝儿子遇到了麻烦，没有迟疑，立刻带上这四十五万去找儿子。马宏才看着父亲带来的四十五万，既感动又惊奇，忙问父亲这钱哪来的。

马友德经不住儿子的反复盘问，

就如实说了出来。马宏才知道这钱的来历后，当场就责备起父亲来："您可真糊涂啊，怎么能做这种事呢，这是犯法的呀！"

马友德被儿子一说，感觉事态严重，于是回到村里，劝说皮三和他一块去公安局把事情说清楚。

一开始，皮三还是推三推四，马友德警告道："既然这样，我先去了，你等着公安上门吧。"皮三一看这事掩盖不过去，只好不情愿地答应下来。

老天有眼

根据马友德他们提供的线索，警察觉得这个陌生男子肯定有问题。警察料定，这陌生男子肯定不会对那九十万善罢甘休，于是，便精心布置了一个抓捕计划

这天早上，马友德正在村边散步，突然被人劫持，劫持者正是那个从医院里不辞而别的陌生男子。陌生男子把马友德劫持到小树林后，恶狠狠地说："把钱乖乖交出来，不然的话我要你的命！"

马友德没有反抗，立刻答应带陌生男子去取钱。他带着陌生男子走进果园，很快，在一棵果树下面刨出一个包。可陌生男子刚把包抓到手，突然就被埋伏在此的警察按倒在地……

陌生男子被擒，公安部门说了，

案子一落实，就要给有功人员奖励。但马友德心里还是像打翻了五味瓶，不是滋味。他心说：如果那四十五万能帮到儿子，该多好啊！马友德还想知道，儿子为啥一下子损失了一百多万？就在马友德打算动身去找儿子时，儿子开车回来了，一进门就孩子似的大喊大叫："爸！喜事！大喜事！那一百八十万追回来了……"

原来事情是这样的：那天夜里，马宏才公司的财务室被抢，刚刚收到的一百八十万货款被抢走。两个抢匪得手后，当即平分了一百八十万，然后分头逃跑。其中一个抢匪，打算连夜赶回老家。为了避开监控，他驾驶

摩托车上了一条偏僻的乡村公路。可他没想到自己运气这么糟，开着开着，车胎没气了。他只得推着往前走。路经马友德家村口那棵大槐树时，他累得实在走不动了，就把摩托车放好，坐到树下喝起了饮料。可他做梦也没有想到，突然一阵强风吹来，那块被卡在树上的砖头掉了下来，不偏不倚地砸在了自己的头上。等他醒过来，人已经在医院里了，摩托车和九十万都不见了。

后来，抢匪从医护人员口里打听清楚马友德的情况后，就悄悄离开了医院。他很快找到了马友德，并劫持了他。可抢匪哪里想得到，原来这是警方精心设计的一张"天罗地网"！这名抢匪落网后，警方很快就根据他提供的线索，抓获了另一名抢匪，追回了赃款。

马友德听完这整桩事情的前因后果，感叹不已：幸好自己帮小孩子们扔了那块砖头，幸好自己把赃款交给了警察，不然的话，儿子那一百八十万该哪儿找啊！

（题图、插图：安玉民 梁 丽）

绿版编辑部各编辑邮箱：

吴 伦：wulun54@126.com
朱 虹：zhong98305@sina.com
刘迎曦：liuyingxi1203@163.com
颜轶超：yanyichao1004@sina.com
黄美舟：huangmeizhou@163.com
陶云韫：taoyunyun1101@163.com

伤心太平洋 [阿根廷] 艾巴尼兹

背课文

□ 刘　维

小欢是个五年级的小学生，他的学习成绩不太好，因为老是背不出课文，为这，他爸爸没有少揍他，班主任李老师也常常在放学后把他留在教室里背书。

一个星期天，小欢又被反锁在家里背课文。他看着书本上密密麻麻的小字，昏昏欲睡，怎么也背不出来。

这时，家里那口又大又黑的老衣柜里传出一些动静。

屋子里除了他没有别人啊！小欢只觉得背上发毛，屏住呼吸侧耳聆听。

衣柜里真的有一个声音，也在背这篇课文！小欢都快吓死了，他想逃出去，可门是反锁的。他壮着胆子挪到柜子边，怯生生地拉开柜门。

柜子里竟然蹲着一个和小欢差不多岁数的小男孩，他皮肤白白的，脖子上挂着一串漂亮的蓝色项链。

小欢吓得瘫坐在地上。

那个男孩冲他摆摆手，说："不要怕，我一直在这里，我可以帮你背课文。"

一听到"背课文"三个字，小欢就忘记了害怕，好奇地看着男孩。

男孩微微一笑，把小欢拉进柜子，关上门，从自己的蓝色项链中取下一颗珠子，轻轻放在小欢的手里。

神奇的事发生了，那颗淡蓝色的珠子就像一滴水落进泥土，瞬间融化在小欢手心。

小欢只觉得浑身一震，刚才那篇课文如同放电影一般，清晰地映在脑海里。他一张嘴，课文里的句子就自动往外蹦……

第二天，李老师抽查，小欢一口气背诵了整篇文章，一点停顿都没有。这可是破天荒头一遭啊，不仅李老师惊讶得说不出话，周围的同学看小欢的眼神都充满了敬佩。

李老师趁热打铁，又布置了一篇更难的课文让小欢回去背。

小欢回到家，立刻关上房门，钻进柜子。那个小男孩还在，听了小欢的要求，点点头说："我可以帮你的忙，不过每次你都要拿一件玩具来换。"小欢想也不想，一口答应，马上用一辆坦克换了一颗珠子。

第二天，小欢当着来听课的校长的面，不仅把课文顺着背了一遍，还一字不差倒着背了一遍。

校长震惊了，他决定好好推广这个教学成果。小欢成了小明星，他开始在电视上表演自己的背诵天赋，唐诗、宋词、荷马史诗、资本论，他都能背得滚瓜烂熟。

当然，这都是那些蓝色珠子的功劳。小欢会背的文章越来越多，他的玩具越换越少。

后来，校长提出让小欢挑战吉尼斯世界纪录——背出圆周率10万位！

小欢钻进柜子，这次男孩面有难色，他的项链只有最后一颗、也是最大的一颗蓝珠子了。他说，这一次要小欢拿所有的玩具来交换，还要小欢在柜子里呆一天，换他出去玩一天。

小欢犹豫了一下，还是答应了，他拿出自己最后几件玩具，依依不舍地给了男孩。

男孩把珠子取下来，放在小欢手

心，然后似笑非笑地冲小欢眨眨眼，慢慢蹒跚出柜子，柜门关上了。

小欢呆在黑暗里，忽然有些害怕，他伸手推门，门怎么也开不了；想大喊，却喊不出一丝声音。他只能透过门缝看着外面的景象。

屋里寂静无声，没有任何变化。

晚上，小欢看见了爸爸，爸爸在屋里喊着他的名字，可他就是回答不了。再后来，李老师、校长都来了，小欢使劲地拍门，可没有任何反应。最后他看见警察来家里拍照、问话，爸爸失魂落魄地站着，满脸都是泪水。

小欢明白，他再也出不去了，他将在这个柜子里一直待下去。

几年后，爸爸要搬家了，这是小欢最后一次见到他。小欢透过门缝看到：爸爸老了很多，他目送几个工人抬着沉重的大柜子下楼。小欢长久地跟爸爸挥手再见，他觉得爸爸看见他了……

这个柜子被卖给了二手家具店，重新油漆以后，静静等着下一个买家。

小欢仍然在柜子里，现在他的脖子上也挂了一串淡蓝色的项链。

小欢知道，他要等到另一个背不出课文的孩子，才能离开这个柜子。

你家也有一个这样的柜子吗？

（题图：佐　夫）

（第四届九分钟原创电影锦标赛优秀故事，活动详情见故事中国网）

我的故事　我的梦

全国优秀故事征文大赛隆重启动

人生如船，梦想如帆，扬帆起航，故事为伴。"安亭·国际汽车城杯——我的故事我的梦"全国优秀故事征文大赛第一阶段征稿已告一段落，其间，我们收到新老作者佳作多篇。第二阶段征稿即将拉开帷幕，诚邀您用优秀作品分享追梦人生的精彩一刻。

一、主办单位：上海故事家协会、《故事会》杂志社、上海市嘉定区安亭镇人民政府

二、承办单位：故事会·中国故事创作与讲演安亭培训基地

三、参赛稿件要求：

1．题材不限，风格不拘。内容可涉及社会万象、人生百态、生活热点、民生点滴，以及个人际遇中的难忘足迹、精神追求上的可藏财富等。本大赛诚邀广大学生朋友参与，欢迎用故事记录精彩的校园生活。

2．体裁须是"故事"，可以第一或第三人称叙述。要求情节可读，人物鲜活，语言生动，故事性强。

3．尚未公开发表的原创作品。

4．作品一般在3000字左右，内容精彩、篇幅精短的小故事尤为欢迎。

四、奖项设置：一等奖：2名，奖金各5000元；二等奖：5名，奖金各3000元；三等奖：10名，奖金各2000元；鼓励奖若干。

五、参赛办法及截稿时间：

1．可通过电子邮件或邮局投寄方式参赛，本期责任编辑电子邮箱：yanyichao1004@sina.com；本刊地址：上海绍兴路74号《故事会》杂志社，邮编：200020。已和我刊有联系的作者可直接将稿件发给编辑。请注明"'我的故事我的梦'参赛稿件"字样。

2．应征稿件均须标明作者真实姓名、通讯地址、邮政编码及联系电话。

3．应征稿件一律不退，请自留底稿。

4．第二阶段征稿时间即日起至2014年2月28日止。

六、评奖事宜：

1．所有应征稿件，均以作品质量为衡量标准，不论资历，公平竞争。

2．征稿活动结束后将邀请有关专家组成评审委员会，在广泛听取读者反馈的基础上进行评比。

3．部分优秀作品将在《故事会》杂志上优先刊发。

4．部分优秀作品的作者将优先参加由《故事会》杂志社举办的笔会。

大师是怎样炼成的

□万里秋风

遇到大师

张大路没学历，又怕吃苦，已经奔三十了，还不找份正经工作，只是琢磨着怎么轻轻松松挣大钱。最近，他迷上了鉴宝节目，每天都做着捡漏的美梦。

这天，张大路又去古玩市场转悠。不过他人不傻，钱也不多，没敢轻易下手。

突然，一个老头进入了张大路的视线。只见他身穿竹布褂子，脚蹬老北京布鞋，仙风道骨，极有风度。老头迈着方步东走走西看看，然后在一个摊上随意捡起一个小笔筒问道："这个多少钱？"

摊主笑着说："给个三四百拿走吧。"

老头掏出五百，给了摊主，笑着说："别找了，算我请你喝酒的。"见摊主一脸疑惑，他进一步解释说，"这是个老物件，五百块是我占了大便宜啦！"

摊主却是连连摇头，不相信这是个老物件。

不管摊主信不信，张大路是信了。他偷偷地跟着老头，一路走出古玩市场，向北拐进了当地知名的古玩街。不同于古玩市场的鱼龙混杂，古玩街上是一间间正规铺面，随便一间的流动资金都有上百万。

老头轻车熟路地走进了一家叫

"雅古集"的店铺。张大路也装模作样，跟了进去。一个店主模样的人，对张大路视而不见，一门心思招呼老头："林老，什么风把您给吹来了？"

老头往店里的紫檀太师椅上一

坐，慢慢悠悠拿出笔筒，说："请您上眼。"

店主接过笔筒，翻来覆去看了很久，才说："这是您从哪儿淘来的？您要愿意出手，我出十万。说实话，这宝贝本来至少值三十万的，可惜上家自作聪明，又做旧了一次，就掉价啦。"

老头点点头，说："英雄所见略同。写个收据，把钱打我卡上。"

张大路在旁边看得目瞪口呆，他心说，如果我能拜他为师，以后那是"钱"途无量啊。于是，他又跟着老头走出雅古集，来到僻静处，他猛地挡住了老头的去路，添油加醋地把自己的情况和对老头的仰慕诉说了一番，求老头无论如何要收自己为徒。

老头听完，淡淡地说："我劝你还是别浪费时间了，古玩不是谁都能玩的。"

张大路还想说什么，老头已经拐了个弯，走进了隔壁的高档社区。张大路想跟进去，却被保安拦住了，只好垂头丧气地离开了。

但张大路已经看见了发财之路，岂会轻言放弃？他每天都在老头的社区门口伏击，然后默默地跟着他，老头去哪儿，他就去哪儿。他越跟越确信，这个老头是值得自己追随的大师！因为，他一次次地目睹大师几百几千收来的东西，转手就能卖几万甚至几十万！

终于有一天，大师被张大路感动了，他问张大路："你要拜我为师，就必须严格遵照我的指示。行吗？"

"行！"张大路说完，激动得翻身拜倒在地，磕了三个响头，总算是正式拜了师。

质疑大师

接下来，大师给张大路下达了第一个指示——当质检员，并且每周都要拿优秀员工奖。大师解释说，他当年就是一个优秀的质检员，而自己之所以能有今天的成就，全赖当时磨练了眼光。

本来张大路是无意干这种普通工作的，但现在知道自己是走在成为大师的路上，自然干劲十足，果然每周都被评为优秀员工。

转眼两个月过去了，大师再没有进一步的指示了。

张大路心里有点着急，便试探性地问大师，下一步应该怎么做。

大师并不直接回答，而是讲起了故事："有一个愣小子上少林寺学艺，每天揉面做馒头，做了足足七年，师父也没有教他一招半式。愣小子急了，跟师父理论。师父便让师兄弟们一起上，围攻愣小子，没想到一交手，师兄弟们反而被他打趴下了。"

张大路听完故事，恍然大悟：本事是不知不觉学会的，大师是不知不觉炼成的。他告诉自己：没准哪天大师说一声："行了。"自己跑出车间，冲到古玩市场，也能把地摊上的宝贝捡得干干净净。

带着这样的憧憬，张大路又干了两个月，由于表现出色，他被破格提拔为了小组长。张大路还和一个不错的女孩谈上了恋爱。但他怕谈恋爱会影响自己成才，又忐忑不安地去咨询大师。

没想到，大师十分赞许地说："谈恋爱好！就是你自己不找，我也正想给你介绍呢。这是很关键的一步。接下来你还要结婚生子，培养孩子成才。"

张大路听到这里，心凉了一截，质疑道："您别和我开玩笑了。拜托您，就教我一点真本事吧。"

大师闻言，气呼呼地说："好小子，那我就教你一招。"说完，他带着张大路来到古玩摊上，他在前面走，张大路在后面跟，走了一圈后，他告诉张大路，那边摊上有个砚台，只要不超过五千块，便可以买下来。

张大路过去一番讨价还价，两千块买下了那方砚台。张大路拿着砚台反复端详，怎么也没看出这东西值钱。

大师却说："这砚台是清朝的，至少值五万，你跟我学艺一场，卖的钱分你一半，也算师徒一场。"

张大路将信将疑地去了雅古集，大师说这家店主比较有眼力，为人也

慷慨。张大路把砚台往柜台上一放，店主扫了一眼，便说："这是赝品，最多一千块。"

张大路大怒道："这是清代的，至少五万，你别糟践了好东西！"

店主不怒反笑，一脸同情地说："小伙子，你捡漏捡疯了吧？"他坚称这是个赝品，张大路被人骗了。

张大路争不过店主，只能怏怏不快地走出店铺，向大师求助。

大师听完，似乎并不意外，他笑着说："人家看你说不出这东西的

好处，又慌慌张张的，怕是来路不正，所以压你的价。我去帮你讨回公道。"

于是，大师带着张大路又"杀"回了雅古集。

店主见了大师，赶紧站起来相迎。

大师不慌不忙地说："小徒今天自己上路，就吃了老板你的一闷棍啊。"

店主一愣，他看看大师又看看张大路，顿时明白过来，赔着笑脸说："他要早自报家门，我哪还敢蒙他啊？这方砚台我收了，五万。"

从雅古集出来，大师把两万五千块钱递给张大路："这个给你当本钱。咱师徒就此分手，以后出去别说是我的弟子，免得砸了我的招牌。"

此时，张大路对大师已是深信不疑了。他把钱塞回给大师，还说："我知道错了。以后我要再对您有半点疑心，半点不恭敬，随您处置。"

大师语重心长地说："我告诉你，我做的一切都是在为你铺路。靠古玩能挣钱，但不稳定。你有份稳定的工作，才能建立家庭，让儿女接受好教育。你这辈子是不会有大出息了，只有靠儿女成才 实话实说，为师玩古玩的头几年，也没捡到过漏。只是到了这几年才豁然开朗，一看一个准，这就叫水到渠成啊。"

虽然张大路有点不理解这番话，但还是不懂装懂，拼命点头。

大师箴言

自此以后，大师开始让张大路去古玩市场练眼力。张大路不敢拿大物件，只拿小玩意儿。他拿给大师去看，大师也会耐心地替他掌眼，告诉他能值多少钱。

张大路拿到雅古集一报价，果然八九不离十。张大路暗自庆幸，自己在不断进步，总有一天也能成为大师。

张大路拜师一年整，他双喜临门。第一是他被提拔为车间主任，第二是他的爱情修成正果，成家了。于是，他又迫不及待找到大师，请他指示下一步的行动。

大师严肃地说："接下来自然是抓紧要孩子。"

一个月后，张大路的媳妇果然有喜。张大路赶紧给大师发了短信报喜，但大师却没有回复。

张大路决定亲自去大师家报喜，他想起不久前自己淘了块两千块的玉佩，大师看了，说应该值个一万块。于是，他决定拿到雅古集出手，也好给师父买点礼物。

到了雅古集，张大路把玉佩往柜台上一放。店主却小心翼翼地说："你怎么还来啊？"

张大路反问道："我为啥不能来？你看看这块玉佩。"

店主一反常态，将玉佩推了回来，说："这东西我先不收，你先回去给林老估估价再说吧。"

张大路莫名其妙地收起玉佩，来到大师家。在门禁系统里，大师低沉地说了声："门开着，进来吧。"

张大路走进大师家，发现大师正在自斟自饮，看来已经喝了不少了。张大路心里一紧，赶紧问说："您怎么了？"

大师冲他招招手："孩子，来陪我喝一杯。你不是一直想成为我这样的大师吗，今天我就把秘诀告诉你。"

张大路听了，赶紧在大师旁边坐了下来。

大师又干了一杯，然后说："我收到你的短信了，先恭喜你要当爹啦。接下来，你要好好工作，努力上进，培养你的孩子读书。记住，不管多苦多难，一定要让孩子受教育，有个好前程。然后让你儿子当官，当科长，当处长，当局长，就像我儿子一样。"

张大路一惊，他心说：大师果然是大师，还有个当局长的儿子。他急切地请教："然后呢？"

大师苦笑着说："然后，你就变成大师了。你可以随便到哪个摊上捡一样破烂，告诉别人这是宝贝，然后拿到古玩店去，店主自然会给你个好价钱。有时值十万，有时值二十万，有时还能值一百万。"

张大路像是明白了什么，脱口而出："那些东西都不值钱，对吗？"

大师点点头："没错，那些钱本

来就是别人存在店里等我去拿的，我就是拿双一次性筷子去，他们也会说是唐明皇用过的。我儿子知道我喜欢古玩，就把这当成了他收钱的渠道。昨天他被双规了。我问他为什么这么干。他说，古玩这东西本身就没有标准，全看买卖双方的心情和喜好。再说，就算是赝品，买的人自己承认走了眼，买错了，卖的人也不犯法啊。他说，他都交代好了，只要我咬紧牙关，说是捡漏来的，绝对不会有问题。你说我，傻不傻？还一直以为自己真是什么大师呢！"

听到这里，张大路不知道该如何安慰大师，只好问他，接下来有什么打算。

大师又喝了口酒，说他已经打电

话自首了。然后，他会把这套房子卖了，筹点钱，让儿子少判几年。

张大路想了想，又问了一句："那我以后   "

大师语重心长地说："孩子，古玩是个好东西，可水太深，骗子太多，不是谁都能玩的。你现在工作不错，好好干吧，那才是正路。你要不信邪，就按照我的路重走一遍；你要信我，不管将来你孩子干啥，让他记住走正路，别总想捡漏，漏是什么，就是坑啊。"

张大路犹如黄粱梦醒，大师当了傻子，自己也跟着当了傻子，可他发现自己一点都不恨大师，反而还很感激他。

这时，楼下传来了警笛声。

大师起身，对张大路说："我这一自首，要牵出古玩市场里的一大串王八来。没有他们，我儿子也不敢收钱，把工程包给草台班子，也就不会砸死人。你说是不是？"

张大路眼含热泪，恭恭敬敬地说："是！我再求大师一件事，您给我的孩子起个名字吧，您是师公啊。"

（题图、插图：刘为民）

□ 方成钢

乡下的乌龟进城来

高翔和妻子结婚五年，终于迎来了两人爱情的结晶——珊珊。

老父亲听闻孙女呱呱坠地，连夜从老家送来一只野生大乌龟，给儿媳进补。

高翔送走了父亲，便准备杀龟。高翔的岳母是礼佛之人，赶忙劝阻说："乌龟是吉祥的象征，我们以前还特意去买来放生，保佑全家平安健康。如今，你却要把它杀了吃掉，你不为了自己，也要为珊珊积点德啊！"

高翔一听岳母话都说到这份上了，便立刻承诺，明天就去放生！第二天，他带上这只大乌龟，开车去了城郊的大河边。那里风景秀美，还有过高翔夫妻俩甜蜜的回忆，是个再合适不过的放生地点了。

到了河边，高翔却大吃了一惊：几年不见，这里竟成了嘈杂的开发区。

吃惊归吃惊，高翔还是把大乌龟直接扔进了河里。

说来奇怪，那大乌龟刚沉入水底，就冒了上来，还快速划动着四肢，蹿回了岸边。

高翔一看，莫非它舍不得我？于是，他俯下身去，对那大乌龟轻声念叨："去吧，伙计，你重获新生啦！"说完，高翔又在岸边捡起一根树枝，把大乌龟推下河里。

这回，那只大乌龟的身体刚一沾水，又再次调头，更快更猛地划了回来。

咦，这是个什么情况？不行，送佛送到西，放龟要放到底。高翔卷起裤管，抱起大乌龟，就向河中心走去。走了好几步，他放下大乌龟，才向岸边走去。巧的是，他前脚上岸，大乌龟后脚就跟了上来。

只见大乌龟趴在地上，伸着细长的脖子，睁着一双绿豆小眼，可怜巴巴地看着高翔。

正在高翔不知所措之时，他只觉沾水的皮肤一阵瘙痒，一挠一条红印。他联想大乌龟的种种反应，不禁感慨起来：河水被污染啦，难怪大乌龟不肯下水，它在这里不是重获新生，而是一路去死啊。

无奈之下，高翔只好把大乌龟带回了家。

一到家，高翔就一头冲进浴室，

痛痛快快洗了个澡。他洗完澡后，不等岳母发问，就把放生的来龙去脉交代了一遍。

岳母听完，不由双手合十，口中念念有词："南无阿弥陀佛！看来，这乌龟和我们家有缘，就放在家里好好养着吧。"

接下来的几天，高翔在阳台上搭起了一个小水池，给这只从乡下来的乌龟在城里安了个小家。还给它取了一个响亮的名字——"忍者"。

可养了几天，高翔就发觉不对劲："忍者"每天一动不动地趴在水池底，不肯吃自己放进去的小鱼小虾。

最后，高翔只好打电话给自己的老父亲咨询。

老父亲却满不在乎地说："人要是饿了，还能啃树皮呢，何况一个畜牲？你再饿它几天，我就不信它不吃！"

还别说，等过了几天，高翔再去看"忍者"时，果然发现先前投放的食物不见了，想必是"忍者"偷偷地吃了。

从那以后，"忍者"对于高翔的喂食一概接受，来者不拒了。

一晃一年多过去

了。珊珊开始蹒跚学步,咿呀学语了。"忍者"也肥硕了不少。高翔每天下班后就在家抱抱孩子,养养"忍者",很是惬意。然而到了2013年3月份,禽流感在全国范围内大爆发了。一时间,众人都谈"禽"色变。

在这种背景下,高翔的岳母郑重宣布:"在禽流感危机解除之前,全家都吃素。"

吃素的日子真不好过啊,别说高翔了,就连"忍者"吃惯了鱼虾,对瓜果菜叶,也很不感冒。

好几次,高翔去看"忍者",都看见它对着水面上漂着的菜叶视若无睹,只是伸长了脖子,期待地望着高翔。

高翔看了是又好气又好笑,无

奈地对它说:"别说你了,我也一个多月没沾过肉了。你就将就着吃点吧。"

没想到几天后,"忍者"就开荤了。

这天,高翔正在上班,突然接到岳母的电话。挂了电话,高翔就心急火燎地往家赶。

一进家门,岳母就控诉起"忍者"来。

刚才,老太太在做饭,珊珊一个人去逗"忍者"玩,被狠狠地啄了一口。等老太太听到哭声,赶到水池边,"忍者"早已蜷缩到龟壳里,不肯出来了。

高翔看着珊珊手上的伤痕,心如刀割。妻子更是咬牙切齿,恨不得立刻宰了"忍者"。最后,还是岳母拍板定论:将这只野性难改的乌龟逐出家门。

于是,高翔又带上"忍者",开车来到城郊的大河边。

高翔对着犯错后一直缩头缩脑的"忍者"说:"我们的缘分就到这里了。你回河里去吧,无论如何你也不要上来了,就是上来了,我也不会带你回去了。"说完,高翔狠狠心,将"忍者"扔入河中。

说来真是奇怪,这次"忍者""扑通"一声下去后,就像是被解放了一样,马上划动四肢,眨眼的工夫就没了踪迹。

高翔站在岸边很久，没看到"忍者"浮出水面，却看到几个男人，准备下河游泳。

高翔冲领头的那个中年男人说："大哥，这河水可脏了，我上次在这里下过一次水，皮肤奇痒无比，过了两天，才慢慢恢复过来。"

中年男人似乎并不惊讶，他说："嗯。我们第一次下水也有这种症状，多游几次就适应了。咱这几年，吃的是啥，喝的是啥，还有啥好怕的呀！"

一阵"扑通扑通"的入水声，男人们相继跳入河里。

高翔看着这些身影，突然明白了，为什么"忍者"刚来城里，一下水就逃了上来，而这次一入水，就不见了。不是它通人性，听懂了自己的话，而是这些日子，它吃的喝的都和城里人一样，练出了"百毒不侵"的本领啊。

高翔想到这里，不由又喜又忧。喜的是，乡下的乌龟进城成了洋气的"忍者神龟"；忧的是，城里的小珊珊长大又将面对怎样的世界呢？

（题图、插图：张恩卫）

延伸阅读

本文是凤凰网原创文学大赛故事参赛作品。扫描右侧二维码，了解大赛详情。

故事会 ■ 新浪 微故事大赛

9月征集主题：秘密

篇幅最短、含"金"量最高的故事，等待你的挑战！

《故事会》杂志和新浪微博（weibo.com）联合主办微故事大赛继续进行，邀请各路故事名家、草根英雄和世外高人展开较量！

本次大赛所有作品通过新浪微博平台征集（@故事会微故事大赛），每月一个主题，当月设金奖1名，奖金1300元；银奖2名，奖金650元；优秀奖11名，奖金150元。另设年度奖项。优秀作品将在每月《故事会》上刊登，并结集出版。7月对手主题结果已经揭晓，详情请登录故事中国网（www.storychina.cn）查看。

9月微故事征集主题：秘密。好奇心是人类的天性，所以探索秘密永远会引起人们的兴趣……本月请你讲述一个关于秘密的故事。正文字数在130以下，力求情节出人意表，立意隽永深远，文字鲜明生动。本月的微故事达人或许就是你！截稿日期：9月21日。（本期刊物特别选登8月微故事大赛优秀作品，详见P75）

连"降"三级

□ 赵　谦

李铁云是新上任的常务副县长。这天，他接到了母亲从老家打来的电话，说父亲又降级了，从县上的饭店降到了邻村的食堂。

李铁云听了，不由叹了口气，这可是掉面子的事情。要知道，李老爷子是远近闻名的厨师，先前一直在省城星级大酒店掌勺。可是不知怎么的，年前老爷子竟然自降身份，去了县里的一家高档饭店烧菜。没多久，老爷子又降到了镇上一家小饭店，本应该就此打住了，可是万万没有想到，如今竟然又去了农村食堂。

李铁云真想不明白，老爷子虽然年纪大了，但是厨艺炉火纯青，

是不是在省里干不下去了，不然为何自降三级呢？

李铁云决定回去一趟，他现在最担心的是老爷子的精神状态。十多年前，老爷子从国营单位下岗时，就暴跳如雷，最后得了重病。眼下的状况比十年前更糟，李铁云打算先探探情况，实在不行，就干脆让他老人家辞职养老算了。

李铁云驱车近百公里，来到老家。家里只有母亲一个人。

母亲说李老爷子去上班了，还说他自从到了村食堂后，连一天也没有闲着。

李铁云一愣，一个村食堂有多忙啊？他马上打电话给父亲。老爷子在电话里着急地说："今天客人不少，我现在很忙，你先休息吧。"说完就把电话挂了。

李铁云来了好奇心，他决定去食堂看看。他来到邻村的这家食堂。看得出，来这里吃饭的人还真不少，广场上停满了大大小小的轿车。他从门口往里一看，里面有几个妇女，有的在杀鸡宰羊，有的在用石磨碾小米。

这时，一辆小车停在食堂门口，下来好几个人。其中有人惊呼一声："这不是李县长吗？"然后过来一群人，把李铁云团团围住，这些都是这个村里有头有脸的人。

带头的村长诚惶诚恐地问："您

何时来的，怎么也不打个招呼呢。今天巧了，省里来检查工作。您一起进去喝一杯！另外，也借这个机会，请您指导一下工作吧。"

李铁云忙摆摆手，说："我就是路过，周末了还指导什么工作啊？忙你们的去吧。"不管村长他们如何苦苦挽留，李铁云转身走了。

这天晚上，李老爷子很晚才回到家里。父子俩聊了一会儿家常，老爷子就坐在桌前看起书来。

李铁云有些好奇，走上前去，发现父亲看的竟然是一本关于烹饪的书。他问说："您还用得着看这个？"

老爷子呵呵一笑，认真地说道："活到老学到老嘛，如今新食材层出不穷，尤其是加工一些野味的时候，既讲究传统，又提倡创新，两者如何结合，大有讲究，不学习，就跟不上形势，就面临着淘汰啊。"

老爷子的这番话让李铁云很是惊讶。原本，他这次回来就是想劝老爷子想开些，但看目前老爷子的状况，哪有什么怨气呀。

夜深了，老爷子亲自下厨，炒了几个拿手好菜，转身又到里屋拿出一瓶好酒。李铁云一看商标，吓了一大跳，竟是一瓶茅台。

老爷子乐呵呵地说："看不出来吧，爹也让你尝尝这正宗的好酒。"顿了一下，老爷子突然说，不能这样喝，就吩咐母亲给他们一人来碗小米粥，要把茅台和小米粥掺着喝。

李铁云忍到此时，终于忍不住了，小心翼翼地问道："爹，您从省城星级大酒店一直降到乡村食堂，您真没怨言？"

一听这话，老爷子急了："谁说我降了，实话告诉你吧，其实呀，我是连升三级。"

李铁云叹了口气，暗自琢磨，老爷子是不是受了什么刺激，怎么净说胡话呀？

老爷子见李铁云的表情，就较起了真来，说道："你要是不信，就问问你妈，我工资是不是比原先多了好几千，接待对象的级别是不是高了好几级？"

母亲在一旁连说："是的是的。"

李铁云却感到越来越奇怪了：在一个小食堂里上班，工资却多出几千块，这里的干部脑子有问题？

父子俩一边喝酒，一边聊天。李铁云慢慢了解了真相。原来从去年开始，领导们就开始战略转移，不在城里吃喝了。这样一来，乡村食堂就成了最好的据点。也正因如此，星级大饭店的高级厨师才被高薪聘来，现在乡村食堂才是真正需要他们的地方啊！

说到这里，李铁云有些疑惑地问："纪委不是一直在突击检查，怎么还有人敢顶风作案啊？"

老爷子忍不住笑起来："说你什么好啊，说重了是官僚主义，说轻了是书生气。老爸也教你几招。我们食堂有一批特殊的壶，是双层的，上面一层是小米粥，下面一层是茅台酒。在把手上有个不起眼的小开关，需要什么就倒什么。还有，你看饭桌上干部们边喝酒边卷旱烟，其实都是事先把软中华烟'开膛破肚'，然后倒出里面的烟丝来用……"

李铁云反应过来，气愤地说："中午，我还看见有人提着一兜煎饼进去，这里面肯定也有名堂！"

老爷子呷了一口酒，故意问："你

猜猜他们在煎饼里卷了什么？"他故意停了几秒钟，才说，"是龙虾、鲍鱼、海参这些名贵的东西。听说他们还准备在旅游区的山上留出一块地来，专门种特供菜，养特供鸡、鸭和猪！"

李铁云越听越气，没想到，竟然有人为了吃喝，如此乱搞一气。

就这样，父子俩聊了一夜，第二天上午，李铁云走了，临走时嘱咐老爷子好好爱惜自己的身体。

李铁云的母亲好奇地问老伴："这茅台是你买的？"

老爷子回答说："我哪里舍得买这个啊！这是用真瓶子装的假酒。儿子没有尝出来，看来他不经常喝酒，那我就放心了。"

过了几天，村长来食堂找李老爷子，说："大叔，从今往后，您不必亲自下厨了，就做做管理工作吧，工资照开。"

老爷子爽快地答应了下来，不过他说："我还有绝活没展示呢！要不，今天我就给您露一手？"

村长当然点头说好。等菜端上来的时候，众人都惊呆了，原来李老爷子今天就烧了三道菜，每道菜上面都有张卡片。第一道是醋溜白菜，卡片上面写着：清清白白；第二道是清炒莲藕，上面写着：亮亮堂堂；最后一道是拔丝山药，上面写着：千万莫沾。

做完这顿饭，李老爷子就辞职不干了。按照父子俩的约定，李铁云回去后就向省纪委汇报情况，上面很快派人来调查这个乡村食堂，不久，食堂就关门了。

这天晚上，李铁云跟老爷子打电话，谈起这事，他感激地说："爹，多亏了您的提醒，这回总算刹住这股胡吃海喝的歪风邪气了。"

谁知，老爷子在电话那头长长地叹了口气："食堂是关了，可村里又安排了几个年轻厨师，外出培训去了。"

李铁云连忙说，这样好，学点技术，造福村民呀。

老爷子却说："你不知道，他们这是在搞技术储备呢！等这阵子风声一过，这批学成归来、身怀绝技的厨师又该上岗了。"

（题图、插图：谢 颖）

您手中有没有得意之作？本刊辟有二十多个原创性栏目，如新传说、我的故事和中篇故事等；您读到或听到什么有趣事可以和大家一起分享吗？3分钟典藏故事、外国文学故事鉴赏和谈段子等都是本刊推荐性栏目。热忱欢迎来稿，可从邮局寄发，也可从网上传递。邮寄地址：上海绍兴路74号《故事会》杂志社，邮编：200020；如为电子邮件，本期责任编辑信箱：yanyichao1004@sina.com。

阿  当钉子户

□ 叶 雪

最近，阿P人逢喜事精神爽，见人就问："你知道'富二代'、'官二代'，那你知道'拆二代'吗？告诉你，P爷我，就是拆二代。"原来，阿P老家的房子在当地城市改建的地块上，就要被拆了。他索性搬回老家，安安心心等着拿钱。

村民们对拆迁政策比较满意，每家都能得到几套回迁房，还能拿一笔钱，大部分都早早签完协议，等着住新房。过了两天，一个穿黑西装的中年男人，走进了阿P家。

阿P热情地握住他的双手，激动地说："同志，你终于来了，我一定积极配合，快点把拆迁协议拿出来吧！"

黑西装不拿协议，而是小心翼翼地把门反锁了，还刻意压低了嗓门说："我不是拆迁办的，我是开发商。

这次来，我是要和你谈笔生意。我多给你百分之三十的补偿款，你留下来当钉子户！"

阿P一听，立刻警觉起来。要弄死钉子户的开发商，很多！出钱雇人当钉子户的开发商，没有！

黑西装见阿P一脸戒备，叽里呱啦地解释了起来，原来开发商花了高价买地，想先造能挣钱的商品房，晚造安置房。但是他们又和政府签订了协议，先拆先建，阿P村子正好在安置房的位置上，开发商便想雇他当钉子户，这样便能晚点造安置房了。

阿P虽然弄明白了这件事，但是仍很为难，那钉子户的日子可不是好过的，别说要受开发商的折磨，村民这关也不好过。

黑西装明白阿P的顾虑，他拍

着胸脯保证："你是和开发商合作的钉子户，我们肯定不会为难你的。"

阿P又问："那政府和其他拆迁户能同意吗？"

黑西装继续游说道："你问到点子上了，这就是多给你百分之三十的原因啊。你只要顶住各方面压力，打死不走，等商品房先盖起来，预付款拿到了，你就可以解脱了。"

本来阿P是不想干这些伤天害理的事的，但他稍微思索了一下，便答应下来，并放出狠话：要做史上最牛钉子户。

第二天，开发商的人便上门来了。这回不是那个斯斯文文的黑西装，而是几个五大三粗的壮汉。

阿P见他们来势汹汹，不禁吓了一跳。

没想到壮汉左右看看，小声对

阿P说："P哥，上头交代过了，今天来就是演个戏，走个过场！"说完他大喝一声，"你别他妈的给脸不要脸！"然后一使眼色，身后的两个手下操起屋里本就破烂的家具开始乱砸，砸了几下，壮汉小声提醒阿P，"P哥，赶紧报警，我们先走一步了。"说完一挥手，带着人走了。

阿P赶紧报了警，警察过来时人都跑了，阿P说当时吓糊涂了，啥也不记得了。警察无奈，做了个记录也就走了。这样一来，所有人都知道开发商已经"努力"过了，但是吓不走阿P。

第三天，政府派人上门来做工作了。来人是个文质彬彬的眼镜男，陪同他来的居然还有黑西装。

眼镜男在阿P破旧的桌子上拉开图纸，耐心地告诉阿P："你看，这里是一个大商圈，这里是个大公园。市政府下大力气迁址，就是为了带动全市共同发展。这是多好的事啊，你怎能因为个人私利影响全局呢？"

阿P听了，不为所动。他瞟了一眼眼镜男身后的黑西装，义正辞严地说："根据物权法，这是我的房子，我有权不走。法律的尊严不容践踏！"这句话轻轻松松就把眼镜男挡了回去。

到了第五天，村长阿成来找阿P谈话了。这简直是钉子户阿P遇到

P就是阿P，说到做到，他就是不肯搬走。阿成气得拂袖而去。

阿P不肯搬，自然有人来帮他搬。当天晚上，几个蒙面男子闯入了阿P家，有的封他的口，有的抬他的脚，将他架到了院子里。然后，男子们纷纷拿出了撬棍、钢镐，摆出一副要拆房子的架势。他们从房子的墙角开始，埋头苦干起来，没一会儿就累得直喘粗气了。

这又是来的哪路神仙？就在阿P纳闷之时，忽然传来了警笛声，几个警察跳下车，将蒙面男子们一网打尽。那些人原本想逃，但拆房子干得太累了，又拿着东西不好跑，全被抓住了。

当警察扯下蒙面男子们的面罩，阿P不禁大吃一惊，这几个都是本村的小伙子，领头的不是别人，正是阿成！阿成他们被警察带走了。

阿P一个人蹲在院子里，脑子乱糟糟的。突然，一群村民拥了进来。

阿P有了前车之鉴，紧张地问："你们想干什么？"

阿成的老婆拉着五岁的儿子走到阿P面前，大喝一声："跪下。"

阿P吓得两腿一软，"扑通"就跪下了，这把所有人都吓了一跳。

此时，阿成的孩子也怯生生地跪下了，他说："阿P叔叔，求求你，去让警察叔叔放了我爸爸。"阿P听

的最大挑战了。为啥？因为他们俩可是从小一起长大的好朋友。

阿成一开口，便打起了感情牌："阿P啊，咱兄弟俩说点掏心窝子的话，这回政府好不容易定下一个大家都能满意的方案，要是单独多给了你，别人还不造反啊？你为了多拿几个铜板，拖累大伙回迁的进度，有意思吗？"

阿P跳了起来，说："我当钉子户，怎么还会妨碍了其他村民呢？你们不是早就签好协议拿到钱了吗？"

阿成说："你不知道，现在房子值钱，村民们都愿意多换点面积，不愿意要拆迁款，所以都眼巴巴地盼着回迁房早点造好呢。现在你当了钉子户，回迁房住不上，上市里租房又太远，咋能不受影响呢？"

阿P被他说得哑口无言，但阿

· 阿P系列幽默故事 ·

了，连连摆手说："我没让警察抓阿成啊！"

村民们一听，七嘴八舌议论起来。有骂阿P自私自利的；有说阿P利欲熏心的；还有提议集资给阿P，请他早点搬走的。

阿P看着满村的父老乡亲，气得直跺脚："你们都误会我啦！放心，明天我就去警察局，把阿成他们接出来。"

村民们听了，当然不信，但是也闹了大半夜了，大家只好不情不愿地散去。

等村民们一走，黑西装就给阿P打了电话，他说："兄弟，你受惊了。不过你不用担心，有我的人在保护你呢。你看，今天你刚遇上危险，我们就报警了，放心吧。"

阿P立刻一字一顿道："既然是你出钱，让我当钉子户，当然就要负责！"

黑西装又好声好气地安抚了几句，并且明确告诉阿P：只要再坚持一天，商品房那个地块的拆迁就完成了。

阿P表示等他好消息，就挂了电话。

隔天，阿P却没有在家等黑西装的电话，而是去了警察局，把阿成他们保了出来。不仅如此，阿P还上交了昨晚黑西装的电话录音。根据阿P的举报，开发商很快就被查出了多项违纪情况，遭到重罚。

村民们这才恍然大悟：原来啊，阿P一直都没想当钉子户，他是怕其他村民受不了诱惑，或者吃苦受罪，所以身先士卒，去当卧底，收集黑心开发商的犯罪证据呀。村民们都直夸阿P做得好。

阿P忍了那么多天，终于沉冤得雪，他忍不住自夸道："我阿P是谁？我是史上最牛钉子户！我是充满正义感正能量的'拆二代'！"

(题图、插图：顾子易)

· 本刊信息传真 ·

法律知识故事征文

本刊推出的"法律知识故事"，通过发生在我们身边的、短小而具体、在法理上容易混淆的个案，生动、形象地宣传法律知识。为鼓励作者深入生活，写出高质量的法律知识故事，我刊决定面向全国征文。本次征文也欢迎读者和法律界人士提供相关素材、案例，一经录用，即付稿酬。

来稿方法：1. 从邮局寄发，请在信封上注明"法律知识故事"字样，本刊地址：上海市绍兴路74号《故事会》杂志社，邮编：200020。2. 从网上传递，可寄以下信箱：fabianji@126.com，请在主题上注明"法律知识故事"字样。凡已和我刊编辑有联系的作者，稿件可继续投给原编辑。

果园姑娘

□ 刘江波

　　有个叫张立的男孩，参加了今年的高考，但只考到了一所冷门的大专。他一想，即便毕业了，也不会有好前途，便索性放弃升学，去了山里的二姨家。

　　二姨视张立如己出，她听说张立不想读书了，虽然失望，但仍表示支持。

　　其实，张立想留在二姨家，还有个原因，因为这里有他青梅竹马的李娟。李娟没有参加高考，而是选择在家打理果园。两个年轻人彼此都有好感，只是都没捅破那层窗户纸。

　　这阵子，张立因为经常去李娟家的果园玩，获得了灵感，一口气写完了20万字的小说，名字就叫《果园姑娘》。

　　初稿完成那天，张立兴奋地抱着一摞稿纸来找李娟。

　　偏巧那天李娟要上树干活，没时间当这第一个读者。

　　张立性子急，把稿子往李娟手里一塞，替她去上树干活。虽然他也爬过树，但在树上干活还是第一次，他摇摇晃晃，摘了半筐果子，忽然淘气起来，拿起果子去扔正在认真看稿的李娟，没想到脚下一滑，摔了下去。

　　幸亏张立被果树拦了一下，再加上李娟也挡了他一把，所以张立没有摔伤。等他拍拍身子站起来，却见李娟一脸痛苦，捂住左腿，站也站不起来。

　　张立暗叫一声糟糕，看来自己砸伤她了！此时，远处又传来一声声李娟的爸爸李叔的呼唤："小娟——"

　　李娟一听脸色变了，她急忙推了张立一把，说："快走，让我爸知道是你砸的，非和你拼命不可！"

张立知道李叔是有名的暴脾气，害怕得逃走了。回家后，他赶紧托二姨去看看李娟。

没想到，二姨竟然连连摇头，她说："李叔那人最宠闺女，肯定饶不了我们，人家问你要钱是小事，万一李娟落下残疾，你能养一辈子吗？"

张立听二姨这么一说，心里直打鼓。

这时候，表弟虎子放学回家了，

他说，看见李叔带着李娟去卫生站了，李叔气得脸色发紫呢。

二姨吃了一惊，她赶紧打发张立出去躲躲，等这事消停了再回来。

张立有点犹豫，这样太对不起李娟了，但一想到李叔可怕的样子，他还是答应了，当天晚上他就离开村子，去了城里。他在城里一边打工，一边继续写作。

一个多月过去了，张立都没敢回二姨家，也不敢联系李娟。因为二姨告诉张立，李娟真的落下了后遗症，一条腿跛了，但是李娟应该没有告诉李叔，不然他不会没有动静的。

张立心里又感激又愧疚，他想回去看看李娟，可二姨却说："你别小看这姑娘，她瘸着腿来家里找过你一次，看来是想让你娶她。你真能和一个瘸腿生活一辈子吗？"

张立想大声地回答："能！"但自己心里也没有底气。一次偶然的机会，张立结识了一个剧作家，对方似乎对《果园姑娘》很感兴趣，想把它改成剧本。

这是个千载难逢的机会，但是张立却开心不起来，因为他的稿子还在李娟手里。回去？还是不回去？张立犹豫了一天，还是决定回去一次。

隔天一大早，张立趁着天没亮回了村。他拿了些营养品，壮着胆

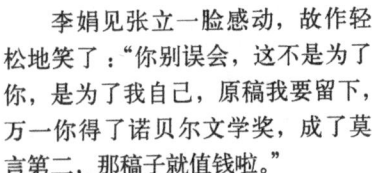

子去看李娟。

但是李娟不在家，李叔倒挺友好，给张立倒水切水果。

良久，李叔才吞吞吐吐地说："阿立，你在城里走动，交际广，拜托帮我们小娟留意有没有合适的对象，离婚的、有点小毛病的都可以啊……"

张立嘴上胡乱应承着，心里却很不好过：这么好的一个姑娘，都是因为我……我却不敢承担责任，我简直不是个男人！正在他胡思乱想之时，李娟回来了。她看了张立一眼，大大方方地打了声招呼。

张立不敢看她的眼睛，直接问起了《果园姑娘》的原稿。

李娟一听，脸上现出了失望的神色。她沉默了几秒，说："我明天还给你！"

张立听完，暗暗舒了口气，但是心中不免又疑惑起来：为什么要明天才还给我呢？这是不是缓兵之计呢？

好不容易熬到第二天，张立又来到了李娟家，这次只有她一个人在家，她非常干脆地把稿子递给了张立。

张立接过来一看，这不是自己的原稿啊，再一细看，认出了这是李娟的字迹，想来是她看到原稿涂涂改改，便重新抄写了一遍。张立抬头打量李娟，只见她眼里都是红血丝，显然是抄了整整一夜！张立的心被狠狠地震了一下。

李娟见张立一脸感动，故作轻松地笑了："你别误会，这不是为了你，是为了我自己，原稿我要留下，万一你得了诺贝尔文学奖，成了莫言第二，那稿子就值钱啦。"

张立把稿纸放下，上前一把拉住她的手说："明天你在家等我，我有事和你说。"

晚上，张立告诉二姨，他要对李娟负责。二姨瞪圆了眼睛问："你要娶一个瘸子？你要想清楚，这可是一辈子的大事！"

张立把稿纸拿出来给二姨看。二姨看完小说，眼睛湿了，她说："孩子，你自己做主吧。"

隔天，张立来到了李娟家的果园，说想和李娟出去走走。两人在村里溜达了一会儿，张立说自己想留下来，因为在李家果园，灵感特别多。

李娟听完，指了指自己的腿，冷冷地问："过日子不是三天两天，你可想好了，将来你一旦成名了，你能把这样的老婆带出门吗？"

张立动情地抓住她的胳膊，肯定地说："能！反正我的腿就是你的腿！"

李娟还来不及回应，猛然间有几个孩子惊恐万分地跑过来，边跑边喊："不好了，虎子掉水里了！"

张立李娟大吃一惊，连忙跟着孩子们往不远处的河边跑去。张立看到虎子在河里挣扎，还有几个小孩在岸上哭叫，他却只能干着急，自己不会游泳啊！

危急时刻，李娟干脆利落地跑到了河边，一头扎进水里，她从小水性就好，只见她几下就游到了河中央，一把拉住了虎子。虎子被救上来了，吐了几口水，还是昏迷不醒。李娟抱起虎子，又拼尽全力，往卫生站跑去。

等二姨哭天喊地地跑进卫生站时，虎子已经脱离了危险。

二姨抓住李娟的手，都不知道说什么好了。一边的张立却是一言

不发，眼睛牢牢地盯着李娟的腿不放。

李娟发现了张立的目光，她急忙一瘸一拐地往外走。

张立跟了上去，走到没人的地方，一把扯住她说："别装了，你跑得比我都快！说，为什么要装瘸骗人？"

李娟红着脸激动地说："当时，我的腿差点断了，很疼　没想到，我还没出院呢，就听说你逃去城里了！我心说，你还没当大作家呢，就嫌弃起人来了，以后在一起生活几十年，怎么保证不变心啊？于是，我装瘸去你二姨家，想干脆把你吓得一辈子别回来了！没想到　算你还有一点良心！"

张立听完，又是高兴又是惭愧，上前抱住李娟转了一圈。一不小心，他崴了一下脚，"哎哟"叫唤了一声，跳了几步，咧着嘴说："我遭报应了，腿断了，你别嫌弃我啊！"

李娟一把扶住张立，认真地说："如果真的断了，我的腿也就是你的腿　"

（题图、插图：谢　颖）

延伸阅读

您想阅读这位作者的其他精选作品和创作感言吗？请扫描右边的二维码。更多精彩，立刻体验。

杀 鬼

□ 周武刚

赵长吉是个刀客，生性豪爽不羁，胆儿特大。有一回，城西秦财主家里闹鬼，他放出话来：悬赏一百两银子，请人杀鬼！

赵长吉天不怕地不怕，想见见鬼长啥样，于是他自告奋勇来到秦府，说要杀鬼。

秦财主求之不得，备妥了酒菜，款待赵长吉。酒足饭饱之后，秦财主

一家避到厢房。赵长吉则提着刀，来到猪圈。他放倒了一头最大的肥猪，开膛破肚，仔细清洗，然后钻进了猪的肚子里。

到了午夜时分，恶鬼来了！借着朦胧的月光，赵长吉看见恶鬼伸出一对巨爪，摁住身边的一头肥猪，"噗"的一声抓破猪肚皮，便开始大啖美食。

说时迟那时快，赵长吉"腾"地杀了出来，以迅雷不及掩耳之势，先一刀斩断恶鬼的利爪，接着刺向它的眼窝。一番恶斗后，赵长吉终于杀死了恶鬼。

秦财主闻声赶来，喜不自胜，当场赏给赵长吉一百两银子。

赵长吉指着地上恶鬼的尸体，问他："这尸首怎么处理？"秦府没人敢碰，秦财主便求赵长吉帮忙处置。

赵长吉也不推辞，他收好银子，将恶鬼的尸体甩到膀子上，便悠哉游哉地回家去了。到了家，他掏出赏银一掂量，不太对劲，再仔细一验，这一百两都是假银子。天杀的狗财主，

赵长吉提刀要回秦府，但此时他经过一番恶斗，早就筋疲力尽了，他看着地上的恶鬼，决定先吃点肉再说。

于是，赵长吉烧了一大锅开水，活像烫猪一般打理恶鬼尸首。褪去鬼尸上又长又粗的黑毛后，露出里边白嫩如雪的皮肉，他心说：一看就是好肉，这也算托了秦财主的福了。

赵长吉割了一块恶鬼的腿肉，配着酒吃，鲜美的滋味无法形容。他的气也消了，心说：没有这秦财主，我也吃不上这等绝味。罢了罢了！

过了两天，赵长吉发现，这鬼肉真是稀罕玩意儿！别的肉放一两天就不新鲜了，这鬼肉却是越放越香，吃了还长力气。

不知怎么地，赵长吉吃鬼肉，鬼肉大补的事情，竟然传到了秦财主耳朵里。秦财主拍着桌子说："按理来说，这鬼肉可是我秦府的。"说完，他带上家丁，气势汹汹地找到了赵长吉。秦财主一看，几日不见，赵长吉更加高壮了，那胳膊上的肌肉跟小山丘似的，想来那鬼肉的确是好东西，于是他张口便要讨还鬼肉。

赵长吉听了，一口回绝了。

秦财主不敢硬来，便说："那我买便是了，你说，多少钱？"

赵长吉不怒反笑道："你打算再给我多少两假银子啊？"

秦财主只好灰溜溜地回了府。但他越想越不甘心，越想越觉得鬼肉是好东西，一定要抢回来。终于，他想出了一个好主意。

隔天一早，天刚蒙蒙亮，赵长吉一开门，便看到秦财主站在家门口。这回，他是孤身一人。赵长吉没好气地问："您又有何贵干呐？"

秦财主先是向赵长吉赔礼道歉，接着又掏出了二百两银子，说要弥补过失，求赵长吉分一点鬼肉给自己。

赵长吉眼皮都不抬一下。

秦财主见这情形，竟哭了起来："赵兄弟啊，实不相瞒，我要买这鬼肉也不是为了我自己，我是为了我亲娘啊，她得了重病，郎中都说没救了。我听说鬼肉有大补之功效，便想给我那苦命的亲娘吃啊——"

赵长吉见秦财主哭得情真意切，不由心生怜悯，回家割了一大块鬼肉给他。

秦财主乐颠颠地接过肉，一路捧着回了家，心说：这莽夫也太好骗了！其实，他根本不是拿鬼肉给娘吃，而是回家自己享用。但是人算不如天算，他一吃完，就七窍流血而死了。

鬼肉的故事在当地越传越广，越传越玄。后来，一位道士云游到此地，听说了这个故事，说明了其中的道理：鬼肉确实大补，但若是心头有鬼者吃，必死无疑！

（题图：黄全昌）

谁说了算

□ 张圣东

林军和妻子陈芳都是公司白领，日子过得挺滋润。只是他们工作压力太大，结婚后一直没要孩子。

不过最近陈芳意外怀孕了，虽说不是计划之内，林军还是决定将错就错，生下这个孩子。

陈芳开头也答应了，但没过几天就反悔了。

林军问她为什么。

陈芳小心翼翼地告诉林军："这两天，我在竞聘行政主管，还是先把孩子拿掉，以后再生吧！"

林军立刻劝道："升职是很重要，但生孩子更重要！要不你先辞职，等生完孩子再说？"

可陈芳对这次升职志在必得，不想要孩子。

两人为这事闹得很不愉快。吵到后来，林军也不吭声了，心说：反正孩子也怀上了，你还能咋的？

半个多月过去了，就在林军以为妻子妥协了的时候，这天陈芳特别干脆地说："孩子没了！"见林军没反应过来，她又补充道，"我去医院做了人流。"

林军这才回过神来，勃然大怒，怒气冲冲地吼道："什么？你背着我做了人流？这可是一条命啊，你说不要就不要？"

陈芳还要强词夺理，说："我不是一直说不要的嘛？是你一直不答应

啊！"

"我不答应，你就可以自作主张吗？"

陈芳见林军满脸怒容，也有点害怕了，满脸歉意地说："老公，对不起，这次是我自作主张了。等我升好职，我们再要孩子吧！"

林军愤怒地喊道："不，现在已

经不是生不生孩子的问题了，这事一定得有个说法！"

原来，陈芳一直觉得林军性格好，对自己也挺宽容，没料想这次是真的触碰了林军的底线。不久，林军提出离婚，而且还把陈芳告上了法庭，以陈芳擅自终止妊娠，侵犯自己的生育权为理由，要求损害赔偿。

不久，法庭开庭审理了此案。法庭上，陈芳流下了忏悔的泪水，她对法官说："事业和孩子对我都很重要。但这次的升职机会是千载难逢的，而孩子呢，以后还可以再要。在无法两全其美的情况下，我只好放弃孩子。"

对陈芳的这番话，林军是据理反驳："陈芳在我不知情的情况下，擅自人流，不仅伤害了夫妻感情，还侵犯了我作为丈夫的生育权，所以除了离婚，我还要求得到相应的经济赔偿！"

林军的话听起来合情合理。陈芳也觉得这场官司自己输定了。不料，法庭最后的判决让人大跌眼镜——终止妊娠是妻子的权利，林军败诉。

可林军不服这个判决，他继而又向中院提出离婚诉讼，并要求妻子陈芳赔偿精神损害抚慰金三万元整。

但中院仍维持了原判。同时，

中院在多次调解无效的情况下判决林军和陈芳离婚，对林军要求陈芳赔偿精神损害抚慰金三万元整的诉求仍然不予支持。

陈芳虽然不愿意自己的婚姻就此走上不归路，但通过这两次审判，她终于明白：生育权最终是由妻子说了算，而且，如果丈夫有生育愿望，但妻子不同意而产生重大分歧时，法院可依法判决双方离婚。

律师点评：

《谁说了算》这个故事主要涉及的法律问题是：夫妻之间生育子女权利的适用和理解。

根据《中华人民共和国妇女权益保障法》第五十一条规定：妇女有按照国家有关规定生育子女的权利，也有不生育的自由。

为此，《妇女权益保障法》赋予

已婚妇女不生育的自由，是为了强调妇女在生育问题上享有独立的权利，不受丈夫意志的左右，是为了对抗将生育视为已婚妇女所负担的主要义务的传统生育观念。据此，是否生育子女应由妻子自己决定，妻子自行终止妊娠的行为并未违反法律，所以，生育与不生育，国定法律赋予了妇女决定权。

另外，《最高人民法院关于适用〈中华人民共和国婚姻法〉若干问题的解释（三）》第九条明确规定：夫以妻擅自终止妊娠侵犯其生育权为由请求损害赔偿的，人民法院不予支持；夫妻双方因是否生育发生纠纷，致使感情确已破裂，一方请求离婚的，人民法院经调解无效，应依法准予离婚。

（题图、插图：丁德武）

仁木悦子（1928－1986），日本推理小说家，一生坎坷，四岁时因病瘫痪在床，父母又相继离世，与长兄相依为命。她十八岁开始写作，《猫知道》获第3届江户川乱步奖，《赤猫》获第34届日本推理作家协会短篇奖。

真相

□俗　人　改编

敦夫是一个年轻记者，一直寄宿在远亲西内家。他和西内家的两个孩子，十九岁的美树和十六岁的直彦关系都很不错。

最近，美树找了一份兼职，如果工作到晚上，大家便会轮流去车站接她。因为，西内家附近发生过好几起强奸案，据警方分析，这是连环案，罪犯是一个操大阪腔的年轻男子。在最近的一起案件中，他还刺死了一个见义勇为的大学生。

这不，惨案又发生了。

这天晚上，敦夫去接美树。他走在僻静的小巷里，害怕得汗毛直立。突然，不远处传来了一阵慌乱的脚步声，紧接着，美树凄厉的叫声划破了寂静的夜空。

糟糕！敦夫赶紧往声音处奔去。那里很暗，他只看到一个男人飞奔的背影。

敦夫想要去追，却被什么东西绊了一下，他低头一看，只见地上仰躺着一个男人，男人浑身散发着酒气，胸口插着一把尖刀，已经停止了呼吸。

敦夫确认美树无恙后，立刻拨打了报警电话。

美树稍微平复了一下心情，颤

抖地指着地上的男人，问："山坂叔叔还活着吗？那个男人很高，他想要……他用手扼住了我的脖子。幸好山坂叔叔及时出现，他一边喊'混蛋，放开美树'，一边冲过来救我，却被那个男人一刀刺中了……"

敦夫见美树情绪激动，赶紧先护送她回家。两人前脚踏进家门，直彦后脚跑了进来，他一边跑一边大声喊："不得了了，刚刚清本接到了警察的电话，说是山坂叔叔死啦！"

美树一听，又"呜呜呜"地哭了起来。敦夫便把事情的经过讲了一遍。

直彦听完，又絮絮叨叨讲了很多。

由此，敦夫大致了解了山坂家的情况：死去的男人叫山坂龙平，有两儿一女，一家人靠一间小装裱店勉强度日。山坂太太早年离世后，山坂龙平便一蹶不振，整日借酒浇愁。他的长子清本和直彦是同班同学，清本是个能干的孩子，成绩优异，经常帮人补课，补贴家用，今晚，他就是在自己家帮直彦补课时，得知了父亲的噩耗。

很快，山坂龙平的事迹便被传扬开来，这个原本不名一文甚至遭人轻视的小人物，由于醉酒还是别的什么原因，以生命为代价，完成了一次义举，被人们追捧为"市井英雄"。

但作为一名记者，敦夫有一种感觉，这并不是真相，起码不是全部的真相。

很快，山坂龙平落葬的日子到了。敦夫也受报社指派，参加了葬礼。

葬礼是隆重的，警察局长致辞，并颁发了见义勇为奖状和奖金，群众们自发来给素不相识的英雄送行。

敦夫第一次看到了山坂清本，他是一个高大瘦削的少年，他抱着父亲的遗像，表情还没有致辞时说错英雄姓名的警察局长来得哀伤心痛。

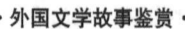

葬礼结束了，人们纷纷散去。敦夫注意到，一个七八十岁的老太太，一直站在山阪龙平的墓前，不肯离去。

敦夫默默地走上前去，他表明了自己的记者身份，然后小心翼翼地问："请问，您是——"

老太太不是东京人，有很重的口音，她说："我是龙平的姨妈。他小时候在我家呆过很长一段时间。以至于回到东京，他还因为浓重的大阪腔被人嘲笑……"

"大阪腔"这几个字，如一道闪电，照亮了敦夫的思绪。说实话，他一直对一个细节心存怀疑，案发

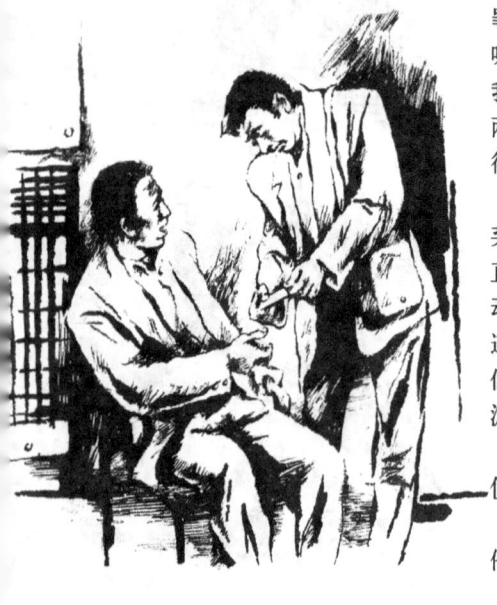

地点几乎伸手不见五指，为什么山阪龙平却能准确的辨认出受害者是美树呢？除非，山坂龙平就是那个罪犯！

敦夫大胆地推测：山坂龙平由连环强奸案得到灵感，他精心布局，一路尾随美树，准备操着大阪腔，伪装成连环案的罪犯进行犯罪。不料，突然出现了一个见义勇为的人。在对抗中，对方误杀了山阪，惊慌地逃跑了，至今不敢露面。

敦夫很快去向美树求证这种推测的可能性。

美树一脸不可置信地说："这太荒谬了！我说过，罪犯很高大，而山阪叔叔却只有一米六。还有一点，罪犯身上没有酒味，山阪叔叔的酒味却很重。敦夫先生，也许你要说我惊慌过度，但是我总不可能把这两个特征都记错了吧？"这番话说得敦夫哑口无言。

随着时间的流逝，敦夫渐渐放弃了寻求所谓的真相，他利用美树、直彦和山坂家的关系，撰写了一篇动人的长篇报道《英雄的孩子》。报道引发了社会的广泛关注，好心人们捐钱捐物，帮助山坂家的孩子们渡过难关。

这天，敦夫刚到办公室，同事便告诉他，一位医生一直在等他。

医生一见敦夫，就自我介绍说，他是山坂龙平的主治医生，他从报

上得知了山坂先生的事迹，想要资助山坂家的孩子。最后，他叹息着说："我原以为他会死于癌症，没想到却死于歹徒的尖刀。"

这句话让敦夫心中又起波澜。

医生继续说道："山坂龙平是我的患者，三个月前，他查出得了晚期胃癌。他希望我坦白告诉他病情。他还说，自己有三个孩子，必须为孩子们早做准备。我只好告诉他，快则一两个月，慢则六七个月，他便会离开。前不久，我去国外参加研讨会，一回来就知道了山坂先生的噩耗。虽说很悲痛，但这又何尝不是一件好事呢？他死得很光荣，孩子们也有了依靠，烦请你——"这之后，医生又说了点啥，敦夫也没听进去。他想，自己终于知道了事件的真相。

敦夫很快打发走了医生，赶往山坂家。家里只有清本一人，也许是因为父母早逝吧，这个十六岁的少年看起来更像是一个三十岁的成年男子。

敦夫凝视着清本，清本也毫不回避。两人对视了几分钟之后，敦夫开门见山地问："你父亲不是市井英雄，他是自杀死的。因为他知道自己活不长了，想为你们留一点钱，所以就和你自编自演了这么一出戏，由你演强奸犯，由他演好人，骗取见义勇为奖金。"

清本怔了怔，回道："父亲没有买保险，也没有钱住院看病。爸爸说如果以这种方式死掉，世人会同情我们。但是你错了，他不是自杀的。"清本稍作停顿，坚定地直视敦夫的双眼，说，"父亲把计划告诉我，我和他整整吵了三天，劝他放弃。但是我知道，他是对的。如果只有我一个人，我大可以辍学打工，勉强度日，但是我还有弟弟妹妹。所以，我不得不参与到父亲的计划里，不过我也改动了计划，我了解自己的父亲，他是一个非常软弱的人，所以才会整天酗酒，逃避现实，这样的人是没有勇气把刀插进自己的胸口的。所以我帮他……这是我最后能帮他做的事情了。"

敦夫听了，心中涌起一种复杂的情绪。他继续追问说："真彦，从头到尾都知道这个计划吧？"

清本答非所问道："我需要一个不在场证人！记者先生，这就是整个事件的真相，你会再写一篇《骗子的孩子》吗？然后和我们一起掉进地狱里去吗？"

敦夫没有作答，只是一言不发地起身离去。

这年年末，警方逮捕了一名大阪籍的二十四岁男子，他承认强奸多名妇女，并误杀一名大学生。但他拒不承认谋杀山坂龙平。

（题图、插图：张恩卫）

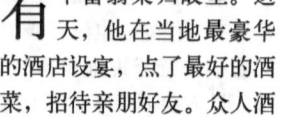

瓶盖里的精明

有个富翁荣归故里。这天，他在当地最豪华的酒店设宴，点了最好的酒菜，招待亲朋好友。众人酒足饭饱，十分尽兴。

酒店领班见富翁出手阔绰，便动起了歪点子，他在结账时，多报了好几瓶酒水。不料富翁一听，就沉下脸说："你多报酒水钱了！"

领班早已派人收走了桌上的酒瓶，料想富翁是死无对证，便坚持说，没有多报。

富翁也不多争辩，而是从烟灰缸里拿出几个瓶盖，冷冷地对领班说："虽然酒瓶早就拿走了，但是瓶盖却在这里，一个不多

一个不少，请你好好数一数。"

领班万万没想到，富翁会把瓶盖留下来。他只好说："先生，是我数错了。"说完，重新报了正确的金额。

富翁听完点点头，语重心长地说："别看我花钱如流水，但我也不是那么好骗的。不然，我也不会有今天。今天，我要多给你一百元，当然不是奖赏你，而是要提醒你，每当你看到这张一百元，就会想到今天的事。年轻人，你的路还长，千万不要被蝇头小利蒙蔽了双眼。"说完，他把一百元放到桌上，然后走出了酒店。

（作者：尹成荣；推荐者：张　帆）

病房旅馆

西班牙有一家小旅馆，濒临破产。正在老板发愁之际，他年迈的母亲又查出得了重病，必须住院治疗。老板马上把母亲送到医院，但这里人满为患。很多病人只能先在过道里住下，有些病情较轻的，甚至被医生要求先回家，等有病房时再来治疗。

母亲见这情形，嚷嚷着要回家："这里闹哄哄的，家里又宽敞又清净，比这里好多了！"

这让旅馆老板思索起来：如果能让病人到自家旅馆来住，不但为医院减轻了负担，还会为自己带来商机。他当即找到院长，提出了自己的想法。

很快，院方去考察了旅馆的环境和卫生，双方欣然签订了合约。

于是，一些病人先转到了旅馆里。这里有单人间、双人间、多人间，病人可以自由选择。一日三餐由旅馆供应，口味清淡，注重营养搭配。

另外，医院还派了两名护士在旅馆值班，进行日常护理，医生也会定期来查房，如果发生紧急情况，也是随叫随到。

就这样，旅馆成了一家小型医院，但住在这里的病人却没感觉住院的压抑，而是感觉自己是一个普通的旅客。现在，旅馆的入住率几乎达到百分之百，比旺季时还高。

旅馆老板也因为对社会作出了贡献，受到了当地政府的嘉奖。

（作者：汤小小；推荐者：张　剑）

一位女士在机场候机，为了打发漫长的等候时间，她买了一盒小熊饼干和一本书。她找到一个位子，坐了下来，将饼干放在一边，专心致志地读书。突然，她发现身旁坐下来一个年轻人，他居然打开了自己的小熊饼干，旁若无人地吃了起来。

女士有点生气，她想提醒年轻人，饼干是自己的，于是也慢条斯理地伸出手，取了一块饼干放到嘴里。这时，她用余光瞄到，年轻人竟恬不知耻地冲自己笑了笑，然后又拿了一块自己的饼干。

女士自认是个有修养的人，不想把场面弄得难堪，便一块接一块地吃起了饼干。没想到，她每吃一块，年轻人也跟着吃一块。当剩下最后一块饼干时，年轻人不太自然地笑了笑，拿起那块饼干，掰成两半，一半给女士一半自己吃。

女士接过那半块饼干，气得肺都要炸了，心说：怎么会遇上这么厚颜无耻的人。这时，广播里开始播报登机通知，年轻人冲女士点了点头，便收拾掉饼干盒，起身离开了。

女士正想叫住他，突然，她发现自己另一侧的座位上，还有一盒小熊饼干，原封未动。她恍然大悟：年轻人也买了一盒和自己一样的小熊饼干，自己刚才是误会了年轻人，一起吃掉了他的那盒饼干。

女士明白了真相，不禁羞愧得满脸通红。她告诉自己：以后评判别人应该先想到好的一面，而不是急于作出负面的判断。**（推荐者：沁　尔）**

（本栏插图：佐　夫）

候机楼的故事

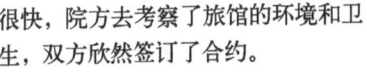
学写作文，从读故事开始

三袋米

这是一个真实的故事。

在那个物质还很匮乏的年代，有一个苦难的家庭，母亲一人含辛茹苦将儿子拉扯长大，等儿子考上了重点中学，自己却患上了严重的风湿病，干不了农活了。

那时的学生每到月末都得交30斤米到学校食堂。儿子知道母亲拿不出那么多米，便说要休学回家帮忙。

母亲执意不肯，她甚至扇了儿子一巴掌，说："再也不许提'休学'两个字。米我一定会按时交的。"

第一个月的最后一天，母亲一瘸一拐地走进了学校的食堂，气喘吁吁地从肩上卸下一袋米来。

负责掌秤登记的师傅打开口袋一看，眉头就皱了起来，他说："你们这些做家长的，总喜欢占小便宜。这里有早稻、中稻、晚稻，还有细米，简直把我们食堂当杂米桶了。"母亲臊红了脸，连说对不起。

第二个月月末，这位母亲又背着一袋米走进食堂。

师傅照例开袋看米，还是杂色米。师傅一字一顿地对她说："我再说一遍，不管什么米，我们都收。但品种一定要分开，混在一起煮出来的是夹生饭。这个月就算了，下不为例。"

母亲有些惶恐地请求道："师傅，我家的米都是这样的，怎么办？"

师傅挖苦她说："你家的田能种出百样米，怎么还不上中央台的新闻啊？"遭此抢白，母亲不敢吱声。

第三个月，母亲又来交米。

师傅一查验，用几乎失去理智的语气呵斥道："咋还是杂色米呢？你今天是怎么背来的，就怎么背回去！"

母亲看得出来，师傅是铁了心不肯收这袋米了。她双膝一弯，跪在师傅面前，说出了真相："其实，这米是我讨饭讨来的啊！"

师傅大吃一惊，眼睛瞪得溜圆，半晌说不出话。

母亲坐在地上，挽起裤腿，露出一双僵硬变形的腿，她抹了一把泪，说："我有严重的风湿病，连走路都困难，更甭说种田了。儿子懂事，要退学帮我，这怎么可以呢？所以，我怕儿子和乡亲们知道，每天天蒙蒙亮，就揣着空米袋，去十多里外的村子讨饭，然后挨到天黑后才偷偷摸摸进村，将讨来的米聚在一起，攒到月底送来学校……"

很快，校长知道了这件事，他怕那对母子知道了伤自尊，便偷偷减免了儿子的学杂费，直到三年后，儿子以高分考上重点大学。

毕业典礼那天，学校里锣鼓喧天，主席台上堆着三只米袋子。校长指着袋子，动情地说了三袋米的故事，说完，他激动地说："下面我们有请这位伟大的母亲——"

学生们掌声雷动，注视着这位伟大的母亲一步一步往台上挪。人群中的儿子一眼认出了自己的母亲，几步冲到她面前，搂住她嚎啕大哭起来。

多年过去了，这个三袋米的故事一直在校园里流传着。学校的礼堂里还陈列着三个米袋，这是不是当年那位母亲留下的已经不重要，重要的是，每个学子都应该铭记：母爱，是最重要的粮食。

（推荐者：大　鼎）

（题图、插图：谢　颖）

本期主题：先生的故事

古时候，私人或者地方开办的学校叫做"私塾"，私塾里面授课的老师被称为"先生"。在传统故事里，出现过很多形象各异、个性鲜明的先生，有可敬的、有可怜的、有可笑的、有可恶的……今天，让我们一起翻开历史，让各位先生出来透透气吧。

白先生教书

从前，有位白先生到一个山区学堂教书。这个人本来就没啥本事，也不知道应该教什么，只是为了混口饭吃。他看学堂里有一个门，就教娃娃们说："一个门。"

娃娃们就念："一个门。"

念了一个多月，他又教娃娃们："两扇窗。"如此又念了一个月。

白先生看这样教来教去也不是个办法，时间还长着呢。忽然有一天看见学堂外有三棵柳树和四棵桑树，顿时有了主意，就接着教："三棵柳，四棵桑。"

就这样，娃娃们就把这"一个门，两扇窗，三棵柳，四棵桑。"念来念去，整整念了一学期，个个都背得滚瓜烂熟。

这天，县上派人检查。

娃娃们就大声地齐声朗诵："一个门，两扇窗，三棵柳，四棵桑。"

检查的人听了，觉得还可以，就接着问："你们还会什么？"

娃娃们你看我，我看你，不约而同地摇摇头。

检查的人一看，这白先生是个混日子的人，就判他挨棍——一个门打一下，两扇窗打两下，三棵柳打三下，四棵桑打四下。打完，检查的人问白先生有啥话要说。

白先生很高兴地说："打得好。我正要教娃千丈崖呢，幸亏还没教哩。要是教了，今天我就要活活被打死啦。"

儿相陪哩。夫人不等他开口问，主动说明了事情的前因后果，然后她便先行退出了。

等先生反应过来，想要推门而出的时候，才发现门已经从外锁死，他高声呼叫"夫人"，夫人不理。情急之下，先生打破窗户，跳窗而出。把夫人气得连说他"不知好歹"。

先生一脸正色道："这姑娘年方十八，我只愿她将来能嫁一个好人家。我年老多病，不能辱没了她。"夫人知道无法勉强，只好作罢。

不久，这位二十多年没有生育的夫人居然怀孕，还生下了一个儿子。他们的儿子十七岁省试头名，十八岁会试高中，后来官至宰相。

当地的人都说，上天被先生的德行感动了，因此赐了一个好儿子给他。

先生拒婚

有位先生，在县里开了一家私塾，授业解惑，极受人敬重。可是，他婚后二十多年没有孩子，夫人便劝其纳妾。

先生却说："我虽没有儿子，可是善尽职责，为国为民培养有用之材，这是真正的有后。况且有子无子皆由命定，不是强求所得！"

夫人苦劝无果，便索性自作主张，到邻居家下了聘礼，把他家年轻的女儿迎进了家门。然后，夫人修书一封，佯装生病，让先生速速回家。

先生接到家书，立即从县上赶回家里。但他回家推门一看，咦，夫人好端端的，还摆好酒席，让邻家女

子虚乌有

从前，有位教书先生，误人子弟，被人告到县衙受审。

县官问他："你教书常念白字吗？"

先生大喊冤枉："纯属诬告，子虚乌有！"

县官一听不对，说："什么乌有？你把'乌'说成'鸟'字，当堂出错。你认打还是认罚？"

先生害怕挨打，只得说：

"认罚。"

县官提笔下判："罚鸡三只，兔两只。"

先生赶紧回家拿来一只鸡。县官见了，责问道："你为何就送一只鸡？"

先生回答说："大人你写的不是'罚鸡三只，兔两只'吗？"

县官听了，哭笑不得。

巧立契约

有一个吝啬的富翁为儿子聘请教书先生，讲明只提供粗茶淡饭。

有位教书先生前来应聘。他听完条件，说怕口说无凭，便写下了一张契约："无鸡鸭亦可无鱼肉亦可青菜一碟足矣。"

富翁一看，这当然好啦，便欣然应允。

哪知，吃第一餐饭时，教书先生就大喊起来："怎么都是素菜，没有荤菜？"

富翁赶忙拿出契约，大声朗读："你不是说'无鸡鸭，亦可；无鱼肉，亦可；青菜一碟，足矣'吗？"

教书先生拿出笔墨，唰唰唰在契约上添上了标点，只见契约上写的是：无鸡，鸭亦可；无鱼，肉亦可；青菜一碟足矣。

富翁没有办法，以后只能每餐都给先生吃肉。

有位教书先生，教了很多学生，其中一个还做了大官。为此，他很是得意。

有一天，先生路过一片田地，看见一个老农汗流浃背地在耕田，他嘲笑说："人分三六九等，无用的人只能在这一亩三分地里流尽汗水。"

老农听完他的话，笑着说："我汗流浃背地劳作，能够收获粮食。哪像先生努力半生，只教出个祸国殃民的贪官。"

先生听完气愤地说："我教出来的学生怎么会祸国殃民？"

老农嘿嘿一笑，不紧不慢地说："种韭菜子只能长出韭菜，还能长出

无礼的先生

芹菜吗？像你这种傲慢无礼的人，还能教出济世之才？"

先生听完气得拂袖而去："狗嘴里吐不出象牙，我岂能和你一般见识？"

不久先生的大官学生果真因为傲慢不羁、中饱私囊，被皇上降罪杀了头，他也因此受到了牵连。

鸡腿先生

有一个穷困潦倒的私塾先生，每天只能吃些青菜萝卜果腹，常常被人笑话。

但最近，先生却天天吃鸡腿。每天晚上，他都把饭桌摆在家门口，桌上放一碟酱油，一支蒸鸡腿，扒几口饭，就抓起鸡腿在酱油里蘸一蘸，然后放到嘴里，啧啧有声地撕咬。

这一天，邻居大婶丢了一只大母鸡，在家门口大声叫骂："哪个混蛋，偷了我的鸡？"

这一骂，引来了好多人围观。众人议论纷纷。有人便说了："那个穷酸先生天天吃鸡腿，他哪来那么多钱？一定是他偷的鸡。"

大婶也觉得可疑，便去找先生理论。但先生坚称，没见过大婶的鸡，更没有偷过鸡。双方各执一词，互不相让，闹到了衙门里。

衙役来到先生家里搜查，很快

·岁月流金 一脉相承·

就搜到了一支大鸡腿。

大婶见了，立刻嚷嚷起来："看看看，这就叫人赃俱获。"

先生涨红了脸，数度张口，却说不出一个字来。

"不对呀！"衙役在一旁却开口说话了，"这是什么鸡腿呀，硬邦邦的？"说完，他用鸡腿敲敲桌子，发出了"砰砰砰"的声音。

事已至此，先生也只好说实话：原来他怕人家笑他穷，吃不起鸡鸭，只好用木头削了一根鸡腿，一来蒙骗众人的眼睛，二来也给自己解解馋。

自此，这个私塾先生得了一个"鸡腿先生"的雅号。他觉得很是羞愧，便辞去了学堂教职，卷起铺盖，回到老家，发愤读书。经过三年苦读，他终于考取了功名。

青出于蓝而胜于蓝

一位先生与一个学生合伙烤饼吃，一共烤了五个。

每个人都想要吃三个。

学生先拿了一个饼吃着，正在他盘算如何能吃到三个饼时，只见先生一下子就拿了两个饼，叠起来吃。

先生一边吃，还一边感叹："据说双夹饼很好吃，今日一尝，果然不同凡响。"

学生一听，很快吃完了手中的那个饼，一把抄起剩下的两个饼，也叠起来吃。

学生解释说："既然先生觉得双夹饼很好吃，那我也必须试试。"

这位先生自以为是棋高一着，结果却让学生占了便宜，还无话可说。

先生独吞

从前有位先生，在城隍庙内办私塾。教的几个学生，年龄有大有小。

这天清早，有四个小学生来到城隍庙前，一人一文，共凑了四文钱，在摊子上买了一碗凉粉。正准备吃时，突然上课的钟声响了，他们只好把凉粉存在小摊上，先进学堂上课。

先生在院子里敲钟时，隔着敞开的庙门，将这事看得一清二楚。于是，他出来将这碗凉粉吃了个一干二净。

中午放学了，四个小学生听说先生吃了他们的凉粉，心里不服气，又不敢直说，便在庙门内的墙壁上，一人一句，写了一首诗：

"四个学生，凑钱四文，买碗凉粉，先生独吞。"

接着，有几个大学生出来，以把守庙门的泥塑神像为题，一人一句，也在墙壁上写了一首诗：

"四个金刚喜洋洋，身披铠甲闪金光，脑袋长得漏斗大，屙屎足足有半斤。”

待学生走完后，先生出来锁大门，发现了墙壁上的诗。

两首诗都是竖着写成，小学生写的在下方，大学生写的在上方，上下每行都对得很整齐，乍一看就是一首诗。

先生上前看诗，一边看，一边念道：

“四个金刚喜洋洋，四个学生；身披铠甲闪金光，凑钱四文；脑袋长得漏斗大，买碗凉粉；屙屎足足有半斤，先生独吞。”

先生讨工钱

从前有个财主想请教书先生，大家都知道他待人刻薄，都不愿意上门。可有个姓卢的先生却偏偏找上门去。

财主与卢先生约定，除了管饭以外，只给他八文钱的工钱。卢先生还是满口答应了。

到了年底，财主把八文钱交给卢先生。

卢先生大惊，质问财主：“我整整教了一年书，你怎么只给我一个月的工钱呢？”

财主却说：“跟你讲好了的，一年八文钱，你怎么说是一个月八文钱呢？”

两个人你说是一年八文钱，我

说是一个月八文钱，谁都不让谁，就跑到了县衙打官司。

两人到县衙时，已是半夜时分。

县官刚刚断完四起案子，桌上那支蜡烛已经快点完了，此时又见有人来打官司，心中有些不耐烦，于是对他们说：“现在天色已晚，我出一个对子，不等蜡烛点完，你们若能对得出来，我就给你们断案；若是对不上去，那就明天再来。”说罢，他就出了一个上联，“一支烛，断四案，普照东西南北。”

卢先生脱口而出道：“八文钱，教一载，怎度春夏秋冬？”

县官见卢先生不仅对得工整，还趁机告了状子，禁不住连连点头，便对财主说道：“人家这么好的学问，辛辛苦苦教了一年的书，你只给八文钱，叫他怎么过日子？赶快按八文钱一个月付工钱，如若不然，加倍重罚！”

财主听了，哪里还敢说半个“不”字。

木匠巧对

相传，有个财主雇了一位私塾先生。

这位先生自恃有学问，不把别人放在眼里。

一天，财主雇了一个木匠师傅

墙上题联

给自家做牛栏、猪栏等。

吃饭时，私塾先生看到木匠师傅和自己同坐一桌吃饭，便撇着嘴，很不是滋味，但又不好讲出来。

木匠看在眼里，也不作声，只是大口大口吃着饭菜。

次日，财主儿子过生日，财主请了一桌酒。

私塾先生一看机会来了，一上桌，就对财主说："今天喝酒，可要对对子，对得出来，喝酒、吃肉。对不出来，就不能吃喝。"

财主点头说好，他又问木匠师傅怎么样。木匠师傅也答应了。

私塾先生先说："三点头，淡泊酒；三鸟旁，鸡鹅鸭；富家要请酒，不离鸡鹅鸭。"说完，他便端起酒杯，拿起筷子，喝酒吃菜了。

财主接道："三食旁，馍馃饼；三草头，蒜葱芽；富家要吃饼，不少蒜葱芽。"说完也端起酒杯，拿起筷子，喝酒吃菜了。

两人连看都没看木匠一眼，便推杯换盏起来。

木匠师傅看看他们两人，不慌不忙地说："三木旁，栅栏杆；三撇头，先生牛；我要造起栅栏杆，关起先生牛。"说完，他也端起酒杯，拿起筷子，大吃大喝起来。

私塾和财主听罢，惭愧地低下了头。

相传有一个吝啬的财主，办了一个私塾，天寒地冻时不愿花钱生火，学生们的毛笔冻得写不出字来，一个个将毛笔尖放在嘴边用热气融化。

因此，学生们的嘴唇都染上了墨迹。

教书先生也冻得直打哆嗦，便要求财主生火取暖。但财主始终不肯答应。

无奈，教书先生在墙上写了一句上联，然后，就不辞而别了。他写的上联是：

口含冻笔唇沾墨

教书先生走后，财主想请别的先生来任教，可是，一年过去了，谁也不愿来。

有一天，外地有位书生从此经过。财主请他留在私塾住宿。当晚，书生眼看灯油已快用尽，还不见财主送油来，只好睡觉。待到天明，书生目睹墙上的那句上联，才明白了是怎么回事。于是，书生提笔，写了一句下联：

手拨残灯指带油

书生写完了下联，就离开了财主家。

后来，这个吝啬的财主始终未请到教书先生，只好将私塾关了。

（戴　萌　搜集整理）

（本栏插图：陆小弟）

相遇是缘，相识是分，相守是
大小姐，会有怎样的命运？

当穷酸小伙计遇上任性

□ 周 胜

自有安排

1. 以身抵债

北宋时，青州地界发生了一次大地震，一个叫白虎村的村子整个儿被垮塌的山体掩埋了。几天后，一对姓蒋的夫妇路过白虎村，他们在村口发现一个六七岁大的男孩。他怀里抱着一只白猪仔，奄奄一息地躺在路边。蒋氏夫妇见小孩可怜，加上自己膝下无儿无女，便把小男孩带回了百十里之外的桃花村。

小男孩经历了大灾难，心灵受到巨大伤害，在很长的一段时间里，他都不愿意跟别人交流，问他姓啥叫啥，他也说不清楚，一天到晚抱着那头一起经历生死的小猪仔。久而久之，村里人干脆就叫他——猪郎。

时间一天天过去，猪郎心中的阴影逐渐淡去，但对那头小猪仔的感情却丝毫没变，不管是和小伙伴们玩耍，还是帮家里干农活，他都把猪仔带在身边，就连睡觉他也让猪仔睡在自己的床角边。

蒋氏夫妇看着猪郎恢复了生机，也很高兴。他们也善待那头猪仔，亲热地叫它"猪猪"，把它当成家里的一份子。

岁月如梭，一晃十年过去了，一家人幸福平安地生活着。直到有一天，蒋老爹病倒了，躺在床上命悬一线。大夫催促蒋家赶紧抓药治疗，否则回

天乏术!

蒋家是贫苦农家，家徒四壁，哪有钱治病。这时，猪郎已是一个小伙子，他怎能眼睁睁看着养父死去？于是，他一咬牙，说："娘，咱把猪猪卖掉吧。"

蒋大娘一听，泪流满面。她太了解儿子与那猪猪的感情了。当晚，猪郎抱着猪猪流了一夜的泪。

次日上午，青州城南的舒屠夫得了消息，带了伙计来拿猪。舒屠夫看猪估价，给了蒋大娘三贯钱。伙计便拿了绳子五花大绑地绑了猪，抬走了。听到猪猪的哀叫声，猪郎的心都揪到了一起。但猪毕竟是猪，和爹的命比起来，猪郎别无选择，他收拾一下心情，赶紧去给爹抓药，他现在唯一的希望就是爹的病能尽快好起来。

第二天天刚破晓，猪郎正在服侍爹喝药，突然听见屋外有"哼哼"的声音。蒋大娘倒吸了一口冷气："怎么是猪猪的声音，它不是　　"

猪郎奔出去一看，果然是猪猪。屋外下着大雨，猪猪浑身湿透了，腿上、屁股上粘满了泥巴，冷得瑟瑟发抖，嘴里委屈地"哼哼"叫着，看来它是拼了命逃回来的。

猪郎抚摸着猪猪，眼泪一滴一滴地滴在它身上。

晌午不到，舒屠夫找上门来了。他大为恼火，埋怨道："从没见过这么邪门的猪，竟然能跃过丈把高的猪圈围墙，自个儿找着道回来　　活见鬼了！"

蒋大娘忙回答："这猪的确与我家有些情分，所以才千方百计地逃了回来。我们也舍不得卖它，这不是没法子吗？但说定了的买卖，我家也不悔，你们既然来了，再把猪绑回去就是了。"

舒屠夫哪里肯依："不成，这猪太邪门，不要了，退钱！"

蒋大娘苦苦哀求道："我男人命悬一线，退钱等于断药，断药等于断命啊！"

舒屠夫瞪着眼睛，唾沫飞溅道："断不断命，那是你家的事，我没理由做这赔本生意。你这猪既然认人，那你们把它杀了，杀死了我们再把它抬回去。"说话间，一个伙计将一把杀猪刀塞到了猪郎的手里。

猪郎拿着刀，手颤抖着。他的面前，一边是患难与共一起长大的猪猪，一边是有救命、养育之恩的养父，猪郎情何以堪！只听"咣当"一声，猪郎把刀丢在了地上，说："让我抵债吧！"

一听此言，众人都惊了。那舒屠夫眼睛一亮，赶忙问道："怎么抵？"

猪郎回答道："我给你家干活，只要能救我家猪猪和爹爹一命，我什么苦都能吃。"

舒屠夫一听，心中突然生出一分敬意，再细细一打量，只见这后生长得面堂红润，天庭饱满，肩宽腰细，倒是一把干活的好材料！舒屠夫心中已有三分欢喜，但嘴上却说："算我倒霉吧，那你就给我干三年的活抵债，话先说定——只管吃住，分文不付。"

蒋大娘别无他法，只得含泪应允。猪郎去收拾了些换洗的衣物，又抹着眼泪，与爹娘说了些话儿，便随舒屠夫一行离开了蒋家。

说起这个舒屠夫，在青州地界还是有点儿名气的。他在城南开了一家屠宰场，雇了七八个虎背熊腰的壮汉专门为他宰猪，又在城南的一条街的街头街尾各设了一个肉铺。舒屠夫是个人精，他趁猪价低时，把猪买回来圈养起来，待到肉价涨了，再屠猪卖肉。有人在背后说：舒屠夫宰的不是猪，是人！

但这舒屠夫再怎么可恶，倒有一点好处——顾家！他孝顺老母，对两个女儿——蓉儿和媚儿也是宠爱有加。前些年，舒屠夫死了老婆，本想娶个填房，但女儿们坚决反对父亲再娶，他也只得作罢。

且说猪郎被舒屠夫带回了舒家。这舒屠夫有个规矩，凡逢年过节，下面的伙计都得给他的母亲磕头行礼。这新来的伙计第一件要做的事，也是给老太太磕头。猪郎依礼行事，给老太太磕了八个响头。

随后，舒屠夫叫来一个叫李小二的伙计，带猪郎去屠宰场学做事。

舒家宅院与屠宰场仅一墙之隔，李小二带着猪郎出了厅堂，走过后院，又过了一个长廊，来到一个墙角转角处，却听转角的那边传来嬉笑声："姐姐，快些，听说爹爹赚回一个小伙计，我们去瞧瞧。"

李小二一听声音，立刻紧张起来，赶紧把猪郎拉到一边，然后恭恭敬敬地候着，并提醒猪郎："头低下，头低下。"

猪郎哪里反应得过来，只顾抬头四处张望。就在这时，从墙边转出两个妙龄女子来，好一对天仙，但见右边那位：白衣罩单，皓肤似玉，身形苗条，文雅秀美。又见左边那位：一身绿衫，肤白胜雪，婀娜多姿，明眸善睐！

猪郎见了，心里不由"噗通噗通"乱跳起来。

左边那姑娘突然吼道："看什么看，没见过啊！"

"低头，低头！"李小二又一次提醒道。

猪郎这才意识到自己失礼了，赶紧低下了头。

左边那姑娘依然不依不饶："一点礼貌都不懂，下人见了主子要低头立好，不知道吗？"

"好了，媚儿，他刚来，别吓到他。"右边那女孩说话了，"猪郎，你的事我听说了，没想到你小小年纪，倒是个有情有义的汉子。"

那个叫媚儿的女孩戏谑道："我看他是猪情猪义！"

猪郎吓得只是点头，半个字都不敢说。

右边女孩说："你别怕，我叫蓉儿，你在我家好好做事，要认真跟小二他们学本事。"

接着，那个叫媚儿的，又喋喋不休地数落了一通，然后挽着蓉儿的胳膊又说又笑地走了。

李小二长舒一口气，回头埋怨道："都叫你低头了，你却没听见！这大小姐蓉儿还好说话；这二小姐媚儿可是个小辣椒，千万别去招惹她，不然有你好受的！"

猪郎吓得连连点头。自此，他开始了在屠宰场的生活。

转眼间，猪郎到舒家已经有三个多月了。期间，蒋大娘抽空来看过猪郎一回，带来了蒋老爹病情好转的消息。猪郎得知，好不欢喜。他在舒家也就安下心来。

2. 小试牛刀

这天，猪郎看见舒屠夫和三个伙计汗流浃背地抬着一头大白猪从外面回来。他看看几个满身大汗的人，又看看那头猪，不觉失口道："一头猪，用得着这么多人去吗？"

这句话可把那几个伙计惹恼了，心说：咱忙活了大半天，天远地远地把猪抬回来，没功劳不说，还被一个小学徒说三道四！他们正要上去收拾猪郎，却被舒屠夫拦了下来。舒屠夫暗道：这些日子，这小崽子干活卖力，本本分分，今日为何如此不知轻重？便道："你小子口气不小呀！那你觉得，三四百斤重的大活猪几个人能弄回来？"

猪郎答道："一人足矣！"

众人一听，都大笑不止。要知道，这抬猪可有讲究，它要用专门的行头——"猪搭子"。所谓"猪搭子"，是用竹篾和两根结实的木棒编成的一个长方形的竹挡板。猪被摁倒在地后，就被四脚朝天地绑在"猪搭子"上。猪小，由两个人用一根木棒穿过系在"猪搭子"上的绳子，一前一后地抬；若遇上大肥猪，就得用一根粗木棒作为横梁，横梁前后各要两个人，每两个人再分别用一根抬杆，抬起横梁的两端；若遇上再重的猪，抬的人手里还得拿一根撑竿，待到歇脚的时候，就用撑竿撑住抬杆，这样就不用蹲下去再费力起身了。所以，抬猪是一件既费神又费力的事。而如今，这小崽子竟然口出狂言，说什么"一人足矣"！

舒屠夫眼珠子一转，说道："这样，昨日我在李家村买了两头猪，我们已经抬回了一头还有一头四百斤的猪，你一人去拿。如果你拿不回来，就要在我家多干一年；如果你拿回来，便每月给你十文工钱。"

猪郎一听，两眼发光，问道："当真？"

舒屠夫答说："一口唾沫一个钉！"

猪郎当即答应下来。接着，他将一根粗麻绳缠绕在腰间，又将一个舀水的木瓢扣在头上，哼着小曲，在众目睽睽之下出发了。

李小二望着他的背影，喃喃自语道："这是唱的哪一出？"

舒屠夫不屑地哼了一声，然后说："他是想用绳子套住猪的脖子，再在木瓢里放上猪食，这样连拉带哄地把猪弄回来。真是自作聪明！祖宗八辈前就有人试过这种法子了，行不通！"

到了黄昏时，太阳已经半截掉进山里头了，众人还不见猪郎回来。舒屠夫躺在摇椅上，半眯着眼睛，打着扇，哼着小曲，他心里正得意着呢：猪郎这小子，又得白给老爷干一年了。正当他得意忘形之际，突然耳边传来了李小二叫魂一般的声音："东家，东家，猪郎带着猪，回来了！"

舒屠夫闻听，一骨碌从椅子上爬了起来。

夕阳下，只见猪郎将木瓢当做扇子，悠哉游哉地扇着，身旁跟着他的好兄弟猪猪，猪猪的脖子上系着根粗麻绳，麻绳的另一头还系着一头黑猪，屁颠屁颠地跟在猪猪后边！

舒屠夫心里一震，心说：猪猪和猪郎一起长大，通人性，自然会心甘

情愿跟他走。他用猪猪再去带别的猪，那当然不用抬了！

舒屠夫叫人收了黑猪。猪郎拍了拍猪猪的屁股，只见它叫了两声，便撒开腿，跑开了。

舒屠夫把猪郎叫了过来，拉着脸说道："猪郎，你这可是作弊，不行啊！"

猪郎问："这怎么叫作弊呢？"

舒屠夫说："君子一言驷马难追，当初我们是说好了的，只许你一人去，可你却带了你的猪兄弟去，这不是作弊是什么？这工钱呀，我不能给你！"

猪郎听完，一脸沮丧，低头不语。

"不得强词夺理！"说话的是舒老太太。原来舒老太太听说猪郎用自家的猪把买的猪带回来了，觉得挺稀奇，就来看热闹，没想到来晚了一步，听到了他们的谈话。

舒屠夫见母亲来了，赶紧让座。老太太坐定，舒屠夫奉上茶。舒老太太说道："猪郎是带他家猪去的，但猪毕竟不是人，归根到底还是他一人去。你做东家的，不可食言。"

那舒屠夫恶狠狠地瞪了猪郎一眼，无可奈何地对母亲说："母亲说的是，以后每月给他十文钱就是了。"

猪郎谢过老太太的恩典，转身打算回去干活，没想到走过院里却遇见了舒家姐妹，猪郎赶紧低头站好。

蓉儿不急着走，而是好奇地问：

"猪郎，听说你和家父打赌，还赢了，可有此事？"

猪郎恭敬地回道："回大小姐话，确有此事，东家已经允诺了。这事还多亏了老太太做主呢……"

媚儿不耐烦地说："别叽叽歪歪的，赶快把事情前前后后说一遍！"

猪郎便把和东家打赌的事说了一遍。

媚儿刨根问底追问说："猪头，那你出门的时候，拿木瓢做啥呀？"

猪郎老老实实地说："路上热，我一边走一边给猪背上淋些水。猪被宰杀这是猪的命，但它活着的时候还是要好好地对待。"

媚儿一听，笑说："没想到，你这猪头还有点猪情味嘛。"

猪郎见媚儿笑了，也憨憨地挠着头，笑了起来。可他还没笑两声，就被媚儿抢过手中的木瓢，劈头盖脸地打了起来。猪郎抱着头只是躲，蓉儿赶紧上前拦住。

媚儿跺着脚说："姐姐，你看那猪头好不得意，刚才他笑的时候，竟敢偷瞄了我一眼，姐姐，帮我一起打他！"

蓉儿挡在两人中间，劝道："好了，媚儿，别闹了。"

"不成，姐姐，你看，这猪头还在偷笑呢……哎呀，他又在瞄我姐姐！"

猪郎赶紧止住笑，低了头，垂下

手，候着。

蓉儿从媚儿手中夺下木瓢，递给猪郎，命道："你先下去做事吧。"

猪郎接过瓢，恭敬地退了三步，然后转身离去。等转过墙，猪郎却把瓢扣在头上，转着圈乐了起来。

3. 大显身手

光阴荏苒，转眼间两年过去了。

这天，舒屠夫弄回来一头八百斤重的大青猪。这猪是县太爷家的，吃得好，运动量又大，那真叫做膘肥体壮。准备宰杀时，媚儿非要来看，看爹爹他们是怎样结果这个庞然大物的。

舒屠夫叫了四个虎背熊腰的伙计。从猪圈到屠宰房，有个通道，通道两头各有一个实木栅栏，待杀的猪就是经过这条通道来到屠宰房的。对付这等大家伙，得小心行事，几个人各有分工：一人负责拽猪的尾巴，两人负责掰猪的腿，再一人负责拉猪的耳朵，四个伙计合力把猪放倒在杀猪台上死死摁住，舒屠夫操刀杀猪，猪郎则在一旁打下手。

一切准备好了，大青猪已经进了通道，猪圈的栅栏关上了，屠宰房的栅栏打开了，那大家伙嘴里嘟噜着走进了屠宰房。舒屠夫提起三尺杀猪刀，给四个伙计使了眼神，他们便小心翼翼地向大青猪围拢过去。

一旁观看的媚儿看到大青猪，不

由脱口而出道："好大的家伙！"

猪郎笑着安慰媚儿道："别怕，没事的。"

四个伙计已经接近了大青猪，说时迟，那时快，四人齐动手，拽尾巴，拉耳朵，掰猪腿。

猪挣扎着，叫唤着，那尖锐的嚎叫声震耳欲聋。四人艰难地将大青猪连推带拉，终于弄上了杀猪台。

舒屠夫赤膊上身，横着杀猪刀，对准了猪的咽喉，就在他要动手时，却不料那大青猪猛地一蹬腿，负责摁猪腿的两个伙计没提防，被蹬翻在地。负责拉尾巴和拽耳朵的伙计哪里还制得住它，大青猪从杀猪台上翻身而起，四腿一蹬，扑向了舒屠夫。

舒屠夫躲闪不及，被扑翻在地，他抢起刀想去砍那猪，谁料那猪竟先一步扭过头来，朝舒屠夫的手腕咬了一口。

"啊——"舒屠夫疼得大叫一声，刀也"当"的一声掉落在地。

那两个没被踢倒的伙计还算机灵，赶紧冲上去，一人拽尾巴，一人拉耳朵。

可大青猪发飙了，头顺势一掀，将拉耳朵的伙计掀了出去，摔在了墙壁上。拽尾巴的伙计更惨，大青猪猛地回转身，那伙计哪儿还拽得住尾巴。大青猪冲上来，朝着他裆下一顶，人就被抛到半空中，再"砰"的一声，

重重地落到了地上。顷刻之间，一群人纷纷被放翻在地，叫苦连连。

正在看热闹的媚儿被眼前的一幕吓呆了。这时，大青猪已经调转身来，发疯似的朝媚儿冲了过来

媚儿惊慌失措，那猪腾空而起！

就在千钧一发之际，媚儿只听得"呀"的一声，感到一只强有力的手推了她一把，她被推到了一边。她扭头一看，原来是猪郎！

只见猪郎手上多了一把连环钩，连环钩平时是用来挂猪的。连环钩有两个铁钩，中间由铁环相连，一头的铁钩大而粗，用来挂住屋内的横梁，另一头的钩小且锋利，用来勾进猪的肉里。此时猪郎将大的那个铁钩挂在了自己的肩上，另一头小的铁钩已经勾进了大青猪的下颚！只见猪郎瞪圆双眼，右手缠绕着铁链，身体向猪的

另一旁侧倾斜拉着，两脚配合着斜蹬在地面上，左手用力地摆动，以增加惯力。那大青猪则吼叫着，奋力抗争，四只猪蹄死死地撑在地上

到此，有人定要疑惑：这猪郎何来如此神力？殊不知，他在桃花村终日与猪猪为伴。村里人笑说，猪猪一半是在地上长大的，一半是在猪郎怀里长大的。原来，猪郎喜欢抱着他的猪猪，这猪一天天在猪郎怀里长大，猪郎的力气也在不知不觉地长大，待到猪郎十来岁时，他可以轻松地将一百多斤的猪猪一口气抱到后山上，待到十四五岁时，他抱起那三百来斤的猪猪，就像抱一只猫咪一般。

再说此时，猪郎与大青猪像拔河一样僵持着。

猪郎不敢怠慢。他心生一计，使劲地晃动着铁链，猪下颚的伤口被撕裂开了，血顺着铁钩滴落下来。猪痛苦地叫唤着，它越是挣扎，铁钩就勾得越深，猪熬不住疼没了力气，慢慢地开始让步

猪郎就这样一直将猪从门口拖到杀猪台边，然后大喊道："东家，刀！"

这时，舒屠夫也定下神来，赶紧捡起地上的刀。可这时，他才发现自己的手已经受了重伤，刀拿起来了，却没了杀猪的力气。

那大青猪见了刀，又尖叫

着，不顾疼痛做最后一搏，青石地板上多出一道道猪蹄划过的痕迹。

猪郎又叫道："刀，给我！"

舒屠夫赶忙把刀递到猪郎的手上，猪郎向前跨了半步，右手将连环钩向上用力一提，猪头被吊得仰了起来，前腿也离了地。猪郎左手横刀，对准那猪突出的咽喉用力一捅，刀身刺进了咽喉，猪叫唤着，前腿在空中胡乱地蹬着，后腿不停地踢着石板，甚至摩擦出了青烟。

猪郎将左手变拳为掌，将刀把朝前一推，刀身连同刀把一起送进了猪的身体里。猪郎腾出左脚踢过接血盆来，接着手一提，抽出尖刀，顿时那猪血激射而出，势如喷泉 血涌着，猪抽着气，嘴里哼着，最后它后腿一软，瘫在了地上。

猪郎这才放下了连环钩，那大青猪躺在地上再也不能动弹了。

这是什么杀猪的手法？伙计们看得目瞪口呆。舒屠夫杀了半辈子的猪，也是第一次见到这种杀法，心中是佩服得五体投地。

此时，媚儿跑了上来，关切地看看猪郎的肩膀，问："你受伤啦？"

猪郎低头一看，自己的肩膀上渗出了血来，想来是把连环钩挂在肩上，被磨去了一层皮。他若无其事地笑笑，说："不碍事，小伤。"

但媚儿仍苦着一张脸，嗔怪道："都流血了 还没事！"

舒屠夫在一旁看见女儿如此这般神情，心里不禁七上八下捣鼓起来

此时，伙计们一个个爬起来，赶紧去扶东家。

媚儿这才想起，爹爹也受了伤，脸一红，慌忙扔下了猪郎，来服侍爹爹。

4.私定终身

猪郎单刀杀烈猪的事不胫而走，青州城里的屠夫们都在派人打听猪郎的消息。他们都希望，猪郎在舒家的工期满后，能到他们那里做事。

舒家的伙计和猪郎相熟，自然都不想猪郎走。但令他们不解的是：眼见猪郎的工期将满，东家也没半点要留猪郎的意思。还有这次猪郎救了二小姐，杀死了大青猪，也不见东家说一句猪郎的好。真不知道这东家还有没有一点人情味！

猪郎却没把这事放在心上。他只是纳闷：之前，媚儿还天天拿药来给他敷，隔三差五还来欺负他，这两天怎么连人影也不见了呢？

这天，猪郎正在屠宰房里磨刀，却发现媚儿已经站在门口看他多时了。他觉得，媚儿的表情有些异常，便担心地问："二小姐，怎么啦？"

媚儿仍旧站着，一声不吭，眼睛里泪汪汪的。

猪郎心慌了，他从未见媚儿哭过，赶紧放下刀，走到她跟前去。

不料，媚儿一巴掌拍到猪郎的肩上，拍完扭头就跑，跑了几步又停下了，再回头时已是满脸泪水，她说："爹爹前天叫县太爷家提亲来了！"说完哭着跑开了。

猪郎一听，只觉得自己腿一软，一屁股坐到了地上，头重重地低了下去。其实，猪郎早就料到，会有这么一天，但他没想到，这一天居然来得这么快。

接下来的日子，猪郎做事没精打采、神情恍惚。一天，李小二找到猪郎，他说："东家被猪咬伤的手需要南山上的一味草药，二小姐让你陪她上山采药去！"

猪郎无奈，只得跟着媚儿前往南山。二人租了一辆马车，进了山。他们寻了好久，才在一个老柴夫的指引下，合力在峭壁处摘得草药。他们谢过老柴夫，朝山下走去。

一路上，媚儿像一只出笼的小鸟，欢笑着、跳跃着，还唱了起来："这情哟　是那开在峭壁上的花儿　想要采摘它哟　拿出勇气来"

猪郎哪里快乐得起来，看到媚儿那开心的样子，猪郎更加苦闷了，暗自道：定是媚儿相中了那县太爷家的公子了，哎，也好，她能幸福就好，总比跟了我这个穷小子好吧

一路上媚儿也没理会猪郎。当来到一个岔路口时，媚儿终于对猪郎说话了："猪郎，我知道一条近道，我们走近道吧。"

猪郎不言不语，只是默默地跟着。二人下了山，走出林子，猪郎却发现眼前是一条小溪，他脱口而出道："没路了！"

媚儿站在溪边，任性地说："你背我过去。"

猪郎一听，急了，脸红脖子粗地说："不成！"

"为啥？"

"就不成！"

媚儿气得小脸通红："猪头，你背不背？"

"不背，不背，"猪郎也一反常态，不肯退让，他说，"女孩子不能随随便便让人背的，女孩子只能让自己的丈夫背！"

"我不管，我不管，猪头，你到底背还是不背！"

"我就是不背！"

"你！"媚儿真的火了，"好，我自个儿过去，大不了着凉，大不了一病不起！"说着，她竟真的往溪里走去。

猪郎一看，赶紧上前拦住。

媚儿一边推开猪郎，一边嚷着："滚，有多远滚多远！"

猪郎急了，先一步跳进了溪里，低声下气地说："好好好，我的小姐，我背还不成吗？"猪郎赶紧转过身，弓着腰，做好背的动作。

那媚儿早在背后转怒为笑,她走上去轻轻地趴在了猪郎厚实的背上。

猪郎背着媚儿,小心翼翼地趟到小溪的对面。猪郎转过身把媚儿放在岸上,刚一放下,媚儿却把头伏在猪郎的耳边说道:"猪郎,记住你刚才说的话,女孩子只能让自己的丈夫背!"媚儿说完,扔下猪郎,欢笑着独自跑了。

猪郎呆立在溪水里,自言自语道:"小姐干什么要我?这是搞什么嘛,都要嫁人了,还这样,让我怎么办!"他坐在溪边伤心地哭了。猪郎哭了整整一下午,他知道自己是个下人,一个穷小子,他能做些什么嘛:去向东家说亲?那是自取其辱!带着媚儿私奔?媚儿会同意吗?爹娘又怎

么办?

正当猪郎苦闷之时,忽然听见有人在唤他,抬头一看,是李小二来了。

李小二骑了一匹马,他到了猪郎跟前,说道:"我遇见二小姐的马车,她说你在这条道上,我这才一路寻来。"说罢,李小二递给猪郎一个包裹,里面是猪郎平时的衣物,还有一些铜钱。李小二转告东家的话,说猪郎的工期到了,以后就不用再回去干活了。

猪郎接过包裹,他的心都碎了。李小二哪里知道猪郎的心事,但他也是难得出来一趟,竟在溪边玩了起来。

不知不觉,太阳快落山了。

李小二这才紧张起来:"麻烦了!天色已晚,你回桃花村也晚了,我回青州也晚了,这荒山野岭的 对了,我听说前边山上有个梨花山庄,要不我们去借宿一宿吧。"

猪郎哪有心情,但又架不住李小二的软磨硬泡,只能随了他。

5·山上奇遇

两人牵了马,来到山上,回头望去,太阳已经落到了山的那边。天色暗了下来,两人又行了一段路,见前面树林中隐约有灯火。他们走近一看,果然有一座大宅院。

李小二将马拴定。两人上了青石台阶,李小二敲了敲门。

不一会儿,宅门打开,出来一个

打着灯笼的侍童。

猪郎和李小二上前行了礼，李小二解释说："我们两个到这里游玩，因为贪玩，耽误了回家，希望你们行个方便，让我们借宿一宿。"

那侍童听了，客气地说："不妨事，我家老庄主慷慨好客，他吩咐过，但凡有游人借宿，不论贫富，都好生接待，二位，请随我来。"

两人跟着侍童进了一个很大的四合院。只见院里古木参天，院墙上红灯高悬。他们穿过中堂又来到一个大院，院里种了好些奇花异草，还有假山水池，三人径直来到正厅门外，侍童道："二位稍等，待我禀报老庄主。"不一会儿，他就出来道，"老庄主有请。"

两人走到大厅里，只见主位上坐着一位老者，七十上下，却是鹤发童颜、精神矍铄。

两人低头去拜，然后自报家门解释了一番。

老者听完，赐了坐，令侍童奉上茶水糕点。然后，三人边喝茶，边聊些家长里短。谈话间，老者突然定眼看着猪郎，疑惑地问道："敢问猪小哥，你刚才说，是桃花村人？"

猪郎点头称是。

"好生奇怪啊！"老庄主嘀咕道，"为何我觉得你好生似曾相识？"

猪郎听他这么一说，心里"咯噔"一下，他想起养母曾经说过自己的身世，便赶紧说道："实不相瞒，桃花村的蒋氏夫妇是我的养父母。十二年前，他们从一个叫白虎村的地方把我救回了家。"

老庄主一听，"嗖"的一声跳起身来，"啊呀"叫唤了一声竟晕了过去！

众人大惊，围了上来，七手八脚的，掐人中的掐人中，喂茶的喂茶。

半晌，老庄主终于回过神来："恩人啊，恩人啊！"他颤抖地握住猪郎的手，娓娓道来，"十二年前，我从登州访亲回家，途经白虎村时见天色已晚，便借宿于村口一户农家。夜间，主人邀我在村口流水河边的凉亭内吃茶赏月。突然间，地动山摇，在凉亭垮塌的一瞬间，主人把我推到了河里，我被河水直冲而下，我挣扎着回头去看，夜色蒙蒙中，只见村子背后的大山坍塌下来，整个村子便消失了我被河水冲了很远，最后奋力爬上岸。我依稀记得吃茶时，主人家的孩子正在亭子外边逗小猪玩耍，我想他应该活着。当时我脚受了伤，爬了三天三夜，结果晕倒在半路上，幸亏一位好心的过路人救了我。他还告诉我，白虎村全村老小，没发现一个活口。回到梨花山庄后，我一直记着那户农家的恩情，便吩咐下去，凡是借宿的路人，不论是富贵贫穷都好生接纳，没想到今日竟然迎来了恩人之后啊，真是老天开眼啊！"

猪郎听了，好不伤心，老庄主也悲喜交加。侍童担心老庄主悲喜过度，便安排他早点歇息。猪郎二人也被安排进了客房。

次日，两人一早起来，找老庄主辞行。侍童却说，老庄主已先一步，出庄办事去了。但他走前交代，要好生款待恩人，他随后便回。

猪郎和李小二觉得不辞而别，有失礼数，只得继续留在庄里。

快晌午时，两人被告知：老庄主回来了。于是，他们赶紧来到厅内，不单看到了老庄主，还有一位锦衣长者。

老庄主介绍说，锦衣长者是当地的保长。

保长对猪郎点点头，然后说："老庄主把你的事都跟我说了，今日叫我来是要我作个见证，他为报你父母的救命之恩，想把这里的房产地产赠送与你，契约已经拟好，我们已经签了字画好押，你收下此契即可。"

猪郎一听，惊慌失措，哪里肯收。

老庄主诚恳地说："猪小哥万万不可推却，老夫年事已高，犬子在登州经商，家资颇丰，几次三番派人来接我过去，以尽孝道。再则，这也是老天有眼，让我能在有生之年回报救命之恩，也算了却了老夫的一桩心愿。还望小哥成全。"

李小二也在一旁敲边鼓，劝道：

"常言道——长者赐，不可辞。"

保长也劝道："小哥，接受吧，这是善有善报啊！"

猪郎听到此处，泪如泉涌，他双膝跪地，伸出双手接过了契约。众人无不欢喜。

几日后，李小二辞别老庄主，回舒家去了。猪郎则留了下来，老庄主说，庄上有很多事还要向猪郎交代。

一天，猪郎和老庄主正在厅堂议事。侍童带进来一个商贩，那商贩说要收购大量的山货。老庄主觉得纳闷，怎么突然之间要这么多的山货且要得这样急切。

那商贩答道："县太爷家的公子

娶媳妇，要大摆宴席，这些山货是给他家摆酒用的！"猪郎听完，只觉得眼前一黑，心如刀绞。

老庄主把猪郎的反应看在眼里。这几天，他和猪郎朝夕相处，也已经知道了猪郎和媚儿的事。于是，老庄主先帮商贩安排好发货事宜，然后对猪郎说道："幸福是需要争取的，你和媚儿，一个有情一个有意，老夫觉得你应该勇敢去搏一搏。"

猪郎辗转反侧，思考了一晚上，次日天明，老庄主又一再劝说鼓励，猪郎最终听了劝，决定回舒家提亲。猪郎在庄上选了几匹快马，带上侍童和几个下人朝青州飞奔而去。

6. "缘"来如此

众人快马进了青州城，刚到城南街，就听到阵阵喜乐爆竹声。众人快马加鞭，来到舒家大门前，正好遇上了县太爷公子的迎亲队伍。

猪郎勒马拦住迎亲队伍的去路，大声喝道："留下轿中人！"

有人抢亲！原本欢庆的场面顿时肃静下来。迎亲的队伍中有一位眉清目秀的青年，他骑着高头骏马，身着乌纱绣花锦衣，胸系大红丝巾花，此人正是县太爷家的公子。

左右家丁见有人胆敢抢亲，正要动手，却被公子抬手阻止了。公子对着猪郎拱手行礼，问道："敢问这位公子，我为何不能娶她走？"

猪郎瞪着怒眼道："你爹是县太爷，你不是好鸟！"

公子反驳道："荒唐，谁说父亲当官，儿子就一定不是好人？"

猪郎一时语塞，愣怔了一会儿，才说："我与媚儿早已私定终身，你就是不能娶她！"

那公子大笑起来，他说："你与媚儿私定终身，我娶我的蓉儿，你来搅和做甚！"

围观的人听了，哄堂大笑起来。

猪郎一听，懵了。他翻身下马，来到轿前，正要掀轿帘，却被家丁拦住。

"猪郎，不得无礼！"轿子里面果然传出蓉儿的声音。

众人又是一阵大笑。猪郎好不尴尬，忙赔礼道歉："大小姐，猪郎失礼，失礼了！"

领头的媒婆见此情形，扯着嗓子吆喝起来："新娘起轿————"

猪郎挠着脑袋，还没回过神来，耳朵却被人揪住。他一看，是媚儿！他忙讨饶："放手啊，媚儿，疼！"

媚儿哪里肯饶，一直揪着猪郎的耳朵，从前门转到舒家后院来，才放了手。她压抑着喜悦，佯装发怒道："好你个大猪头，大白天的，来抢我姐姐！"

"哪有　　我以为他娶的是你！所以　　"

"笨蛋，猪头，我说过是我出嫁吗？"

猪郎不服气地说："那你那天干吗哭得像个泪人儿似的？"

"姐姐要出嫁了，妹妹能不伤心吗？你这猪头！"

这时，院子那头突然闹哄哄的，传来了舒屠夫的声音："猪郎，猪郎！你又回来做什么？"猪郎一看，只见舒屠夫满脸怒容，身后还跟着一票亲朋好友、左邻右舍。

猪郎赶忙上前，双膝跪地，媚儿也跟着跪了下来。猪郎回禀道："东家大人，我是回来提亲的，我要娶媚儿，还望东家成全！"

"笑话！屁话！"舒屠夫唾沫飞溅地骂了起来，"真是癫蛤蟆想吃天鹅肉，一个穷小子凭什么娶我家的二闺女，做梦，白日做梦！"

媚儿一听，赶紧说："爹爹，媚儿不嫌他穷。"

舒屠夫见女儿如此，气得眉毛都快着火了！

"他不是穷小子！"这时，人群中站出几个人来，他们正是梨花山庄的下人，说话的是老庄主的侍童，"他现在是我们梨花山庄的庄主！"

其他人不禁议论起来："啊？他不是舒家的小伙计吗？怎么摇身一变成庄主了？"

那侍童便在人群中侃侃道来，把事情的前前后后说了一遍。

人群中有长辈赞叹道："好，好，真是父亲积德，儿子受福啊！"

舒屠夫可不管这些，他还是阴着脸，一声不吭。

也有邻居劝舒屠夫说："猪郎人品正直，又是一把干活的好手，如今还继承了梨花山庄的产业，可以说是门当户对了，我看媚儿跟了他，错不了。"

但舒屠夫仍挥着手，摇着头，抖着脸上的横肉坚决说："不妥，不妥！"

"有什么不妥的？"这时，李小二扶着老太太来了！那老太太声音洪亮、掷地有声地说道，"我看妥得很，傻儿子啊，你难道看不出来吗，这里边有天意！这猪郎为何早不遇晚不遇那老庄主，偏偏在这个节骨眼上遇到了他！这呀，就是上天的安排，天意不可违！这婚事啊，我准了！"

舒屠夫一听，呆了半晌，才不情不愿地说："那就依娘亲的意思办吧。"众人一听都欢呼起来。

这真是有情人终成眷属。不久，猪郎先派人去桃花村，将蒋家夫妇和猪猪一起接到了庄上，然后风光迎娶媚儿，在山庄里大摆筵席，庆祝三日。

三日后，老庄主辞别众人，只带了侍童一人，坐了一辆马车向登州去了。猪郎与媚儿骑马送出二十余里，方才依依不舍地折回。

老庄主的马车一路行去，过了几

个山坳又绕过一道山梁，最后拐进一片树林。树林里有一破庙，庙前拴了两匹快马。

那侍童"吁"一声停住马车，回头禀道："老庄主，他们已经到了。"侍童下了马车，扶老庄主下来。老庄主迈开大步，一人径直走进庙里。

这庙早已废弃破旧不堪，各路神像都布满了灰尘、蛛网。庙内的一张春台却被人收拾得干干净净，上面放有两只烛台，烛台上的蜡烛已经燃去了一大半。春台的那边坐了一人，旁边还立着一人。

那坐着的人见老庄主进到庙里，赶紧起身，拱手作揖道："老庄主，一路辛苦。"

老庄主见状赶紧还礼道："舒大官人，久等了。"原来，那人竟是舒屠夫！

老庄主在舒屠夫对面的一张凳子坐定。舒屠夫忙对立在身旁的人唤道："小二！"那人正是舒家伙计李小二。

李小二心领神会点了一下头，走到老庄主的一边，从肩上取下一个包袱，轻轻地摆放在老庄主的面前，然后小心地将包袱打开——里面全是黄灿灿的金锭子！

老庄主点点头，将金子重新打包收好，说道："舒大官人，你真是用心良苦啊！"

舒屠夫长长地舒了一口气道："不这样做不行啊。不这样做，我怕老太太不舍得让媚儿嫁给猪郎；再说，我也怕亲朋好友、左邻右舍在背后笑话这门婚事门不当户不对。但我家媚儿既然已经情定猪郎，我又有啥办法呢？媚儿性子随我，刚烈如火，我若一味反对，定会闹出事来。好在这猪郎倒是一条好汉，我也十分喜欢，所以便设下此计来　此事多谢老庄主成全！"

老庄主道："不谢！老夫定会保守秘密，您只管放心。"

舒屠夫听了，连连拱手作揖，然后便告辞了。

老庄主目送着舒屠夫的背影，连连感叹："可怜天下父母心！"

（题图、插图：杨宏富）

@ 我爱读科幻　我温柔地注视着她，她却转过头根本不理我；我轻轻搂着她的腰想把她抱起来，她却手脚乱舞不让我靠近；我小心翼翼地解开她的衣服，她却软绵绵的让我无处用力；我累得浑身冒汗，却得不到她一个满意的眼神……唉，第一次给女儿换尿布，好累！

@ 菊韵香　终于拿到了第一个月的工资，他兴奋不已。女友早就相中的裙子，必须兑现；再买一盒礼品，去看看未来的丈母娘；师傅对自己很关照，得请他吃一顿；还有哥们……钱打点不开了，怎么办？他想都没想就拨通了母亲的电话："妈，我没生活费了，赞助点呗。"

@ zq2011_10450　她又跑来找他哭诉没人喜欢她，看着她梨花带雨的脸庞，他鼓足勇气第一次对她说："我喜欢你。"谁知道她听了却破涕为笑："哥们你别逗我了，走，陪姐出去喝两杯开心。"他心里默默地怨念：这种女汉子，活该你没男朋友。她却在心里暗暗地盼望：快说，快说你是认真的啊……

@ 杨信社　县长进村考察，来到了老张家。老张第一次和大人物握手，激动得不行，握了一会儿，老张想撤开，可县长仍然握着他的手嘘寒问暖，老张只好继续保持握手状。这时老张发现县长往人群里瞟了一眼，只见一个扛机器的小伙正在手忙脚乱地捣鼓，有人训道："怎么搞的，连镜头盖也打不开？"

@ 吃素的沙漠狼　他想帮妻子洗菜，刚进厨房，便被她笑吟吟地推了出来："去看电视吧！"他想抽烟，刚从烟盒掏出烟，妻子马上给他递过打火机……第一次享受这种待遇，他有点受宠若惊，待儿子带着女友刚出门，他就迫不及待地说："你今天真给我长面子。"妻子瞪了他一眼，说："自做多情！我是给未来媳妇示

真是
能忽悠

□ 吴模定

王林生和李强是大学同学，读的都是文秘专业。

大学毕业，王林生进了市交通局，李强进了民政局。

这天，李强办完事，路过交通局，就决定去看看老同学王林生，听说他最近春风得意，已经进入"培养梯队"了。

王林生见了李强，端茶递水，非常热情。两人刚坐下聊了几句，王林生桌上的电话就响了。他看了一下上面显示的号码，立刻拿起电话，恭敬地说："刘局长，您好！您有什么重要指示？"

"小王啊，我在一位老同事那里，

范如何当好妻子！"

@缺钙西瓜　她有点结巴，平时老师都不让她回答问题，怕耽误时间。班里来了一位新的语文老师，课上，新老师让同学们用"第一次"造句，大家都把小手举得很高，只有她默默低着头。新老师把她叫了起来，她小声回答道："这是……老师第一次让……让我回答问题，我……我

好高兴。"

@费弗里Feffery　小李有恐高症，这天女朋友拉着他去蹦极，小李不好推脱。蹦极的生意特别好，工作人员让会系的游客自己系绳扣，小李哆哆嗦嗦地系好绳扣，工作人员看了他一眼，问："请问，您蹦过极吗？""当当当当然。""那您把扣系在脖子上是啥意思？"

麻烦你给我找一份文件，是去年市人事局发的12号文件，他想借看一下。"

"好！好！刘局长，请您稍等一下，我马上就给您找。"

挂上电话后，王林生起身给李强续上茶水，然后坐下，又聊了起来。

李强怕耽误他工作，便说："你赶快找文件呀，你们局长还等着哩。"说完，起身欲告辞。

王林生一下按住李强的肩膀说："没事的！你只管放心坐，快十一点了，等会儿我们一起去吃中饭，痛痛快快喝两杯。"

李强心说：这个王林生胆子可真大，竟然不把局长放在眼里。他不由暗暗为老同学捏了把汗。

大约过了一刻钟，王林生才拿起电话拨打，语气谦恭而又真诚地说："刘局长，对不起，让您久等了。我把这三年来的文件一个一个地翻看过了，可就是没有找到您要的12号文件。不知道是不是在其他科室或者其他领导那里？要不我去问问？局长，您别客气，这是我应该做的呀！"

一旁的李强等他挂了电话，疑惑地问："你根本就没有找，怎么知道文件丢了呢？"

王林生得意地说："我记得，这个文件是被分管人事的郑副局长拿去的，他一直没还回来，八成是弄丢了，你叫我怎么找？"

李强又糊涂了，说："那你直接明说不就得了，为什么要捱一会儿再告诉刘局长呢？"

王林生推心置腹地告诫李强："你想想，如果我接电话时直接说没有，刘局长一定会认为我办事不认真，不想去找。如果我直接说是郑副局长弄丢了文件，那就更不好了，一旦引发了领导之间的纠纷，那倒霉的还是我。而我过一会儿再打电话去说没有找到，效果就大不一样了，他会认为，我认真对待他的指示，而且工作认真踏实……"

李强听了王林生的解释，暗自感叹：士别三日，当刮目相看。老同学这么能忽悠，真是让人无言以对。这天，尽管王林生盛情挽留，李强还是没留下吃饭，聊了几句，就告辞回去了。

按理说，王林生能忽悠，会经营人际关系，应该能在官场上平步青云。但此后，他却止步不前。他不知道，当时刘局长打电话的时候，郑副局长也在旁边，听了只言片语，以为王林生打了自己的小报告，所以就把他打入冷宫了。

而李强这个不善于忽悠，只知道老老实实死干的人，虽然比王林生晚了好几年进培养梯队，但起码一步一个脚印，走得踏实！

（题图：安玉民 梁 丽）

·诙段子·

当胖妻遇到瘦夫

相互扶持是基础，相互调侃是乐趣。

◆ **瘦夫**：我俩站在一起，就是对一句话的完美诠释。

胖妻：哪句话？

瘦夫：(我) 轻于鸿毛，(你) 重于泰山。

◆ **胖妻**：为什么你对我不是一见钟情，而是二见倾心呢？

瘦夫：因为我无法一次将你磅礴大气的身躯看完整。所以只好先行存盘，到了第二次见面时，才将你浏览完毕，于是二见倾心。

◆ **胖妻**：谈恋爱时，你总是说，对我挺有感觉。老公，现在，你还对我有感觉吗？

瘦夫：当然。当你站在我身边时，我十分有安全感；当你出现在我面前时，我有十足的压迫感；当我搂着你的腰身时，我有一种真实的存在感。

◆ **胖妻**：老公，我俩都在一起生活这么久了，你对我的整体评价是什么？

◆ **瘦夫**：你是一个左右逢"圆"(缘)的人，无论在公司还是家里，都挺被看"重"的。

◆ **瘦夫**：你知不知道什么叫做小鸟依人？

胖妻：你站在我身边的时候，就挺小鸟依人的。(**推荐者**：极品咖啡)

动物控诉大会

动物们聚会，聊着聊着，聊到了人，竟然个个义愤填膺，七嘴八舌地控诉起来：

◆ 驴说：有人自己愚蠢，却总说蠢驴。

◆ 牛说：有人自己说大话，却说是吹牛。

◆ 猫说：有人自己搞阴谋诡计，偏说是玩猫腻。

◆ 狗说：有人自己的心眼歪了，却说狼心狗肺。

◆ 鼠说：有人自己长得丑，反说贼眉鼠眼；有人自己眼光短浅，反倒说鼠目寸光。

◆ 虎说：有人办事不专心致志，却说虎头蛇尾，我和蛇何时生过那样的怪物？

(**推荐者**：牛 牛)

· 谈段子 ·

- ◆ 吃货的思路是什么？好吃你就多吃点，不好吃多少也要吃点。
- ◆ 吃货的格言：今天吃喝不努力，明天努力找吃喝。
- ◆ 吃货的精神：吃得更多，吃得更饱，吃得更好！
- ◆ 有的饭桶相当于吃货，但吃货却不一定是饭桶。两者的根本区别在于，饭桶很能吃，吃货很会吃。
- ◆ 吃货不是在吃，就是在去吃的路上。
- ◆ 永远别问一个吃货："吃了没？"这对吃货来说根本不是问题，要问就问："吃好了没？"
- ◆ 真正的吃货敢于直面粗壮的大腿，敢于挑战隆起的小腹。
- ◆ 如果你问吃货："美食跟身材哪个更重要？"他们会反问："身材是什么？能吃吗？"
- ◆ 对吃货来说，这世上唯一不能吃的就是——亏。
- ◆ 爱吃东西的人，多数不是什么坏人。他们拼命追求美食，没有时间去害人。

（作者：水果沙拉；推荐者：解　敏）

雷人的学生答卷

- ◆ 元旦时，我们全家一起到历史博物馆，参观"冰马桶"。（正解：兵马俑）
- ◆ 早上起床整理"遗"容后，我们到学校集合，一起搭车去毕业旅行。（正解：仪）
- ◆ 昨晚，我左眼皮跳个不停，当时就感觉会有"胸罩"，果然今天皮夹就被扒走了。（正解：凶兆）
- ◆ 报上说重金属污染过的牡蛎，可"治"癌。（正解：致）
- ◆ 星期天准备外出逛街时，匆忙之间不小心给"肛门"夹到，手又红又肿，真倒霉。（正解：钢门）
- ◆ 我认为自己是个品学兼"忧"的好学生。（正解：优）

- ◆ 我的历史老师长发披肩，个子矮小，脾气不好，还有一点点"胸"。（正解：凶）
- ◆ 但愿人长久，"一颗永流传"。（正解：千里共婵娟）
- ◆ 哲学系的老师在期中考试时，只考了一题：什么是勇气？有个学生一分钟就交卷了，考卷上只写了五个字：这就是勇气！老师给了他满分。到了期末考试，老师依然只考一题：这就是题目，请作答。那个学生很快又交卷了。这回他多写了几个字：这就是答案，请给分！

（推荐者：李　悦）

（本栏插图：安玉民　梁　丽）

这篇在网上流传的故事，无论是结过婚的，还是没结过婚的，都值得一读。

夫妻吃瓜

这天中午，王远下班回家，热得满头大汗。他打开冰箱一看，里面冰着半个西瓜。他喜出望外，拿出来三下五除二啃了个干净。

正在这时，妻子徐蔓也回家了，一进门就嚷嚷："渴死了！热死了！"她直奔冰箱而去，但打开一看，就愣住了。王远问她："你在找西瓜吗？我吃了。"

妻子的脸上掠过一丝不快，她又拿起杯子去倒水。一提水壶，里面也是空空如也。她一下子就火了，指责丈夫说："你也不知道烧点水。回家这么长时间都干什么了？"

王远听了，也生气了，反问道："凭什么都是我干？"为这事，小夫妻俩冷战了一个星期。

星期六，王远独自回到父母家。母亲一见儿子就问："蔓蔓怎么没来？"

于是，王远就把他们闹别扭的事原原本本地说了。

母亲一听就责备他，做事不该只顾自己而不顾别人。

王远却不以为然，他说："不就是吃了半个西瓜嘛，有什么大不了的？"

父亲听完只是吩咐："你也不用替自己辩解。明天你们都过来一趟。"

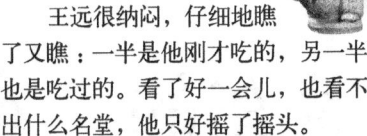

第二天，王远带上徐蔓又去了父母家。

一进门，父亲就支使王远出门买醋。

等他买了醋回来，父亲说，徐蔓有事先出去一下。说完，他就抱出半个西瓜给儿子："看你热得一头汗，吃点西瓜，解解暑。"那半个西瓜足有四五斤重，父亲递过来一个勺子，说，"吃不了就剩着，让蔓蔓回来吃。"

王远接过勺子，大吃起来，吃了不到一半，肚子已经胀了，吃不下了。父亲收好西瓜，徐蔓也从外面回来了，母亲便招呼大家吃午饭。

一家人吃完午饭，父亲突然抱出两个半拉西瓜放在桌上，问儿子说：

"你看看它们有什么不同？"

王远很纳闷，仔细地瞧了又瞧：一半是他刚才吃的，另一半也是吃过的。看了好一会儿，也看不出什么名堂，他只好摇了摇头。

父亲指着西瓜，解释说："这一半是你吃的，那一半是蔓蔓吃的。蔓蔓吃之前，我也说过'如果吃不完，就把剩下的给你老公吃'。你看蔓蔓是怎么下勺子？从旁边往中间掏，一半吃完了，另一半却没动。再看你，从中间开始掏，把瓤都吃了，把旁边留给别人。谁不知道瓜瓤甜呀？从这点小事上看，蔓蔓就比你有心得多。"

王远听完，脸一下子红了。

父亲停了一下，又意味深长地对儿子说："两个人过一辈子，能有多少轰轰烈烈的事？夫妻的感情体现在哪里？就体现在平时一滴油、一勺饭、一瓢汤上。上次你为吃西瓜的事和蔓蔓吵架，明明是你不对，还振振有辞。你想想，要是蔓蔓跟你一样，事事都只想着自己，久而久之，你会怎么想？"

真是一语点醒梦中人，王远惭愧极了，他一边给徐蔓夹菜，一边说："老婆，你多吃点吧。等会儿回家，咱再买个西瓜，你看我表现！"

徐蔓和王远父母听到这话，都笑了起来。　　（推荐者：邵欣露）

（题图、插图：安玉民　梁　丽）

·海外故事·

潜在的
罪犯

□ 翰林书僮

洛克年届四十，是一所监狱的资料管理员。他的理想是成为一名犯罪心理学专家。

最近，洛克的妻子怀孕了，他更加渴望成为专家，从而名利双收。他潜心查阅大量资料和案例，终于发现了一条成名的捷径：锁定一个潜在的罪犯，在其犯罪之时，及时制止，并公诸于众。

很快，洛克便有了目标，是一个叫迈克的新邻居。迈克内向沉默，很少和人交流。让洛克注意到迈克的，是两人的一次偶遇。

当时，洛克在监狱探监室里，偶然看到了迈克的身影。他随手一指迈克，同事便说："你也认识迈克？他每周都来，看他那对禽兽不如的父母。"

洛克一听，立马来了兴致。他跑进档案室，翻查迈克父母的案件，这一查让他颇为惊喜：原来迈克父母犯下的是一起轰动一时的杀女案件。据他们交代，当时两人喝醉了，觉得女儿哭闹很烦人，于是合力杀死了刚刚出生的女儿。至于当时八岁的迈克在哪里，如何逃过一劫，他们全然不知。而迈克的笔录显示，他受了巨大的刺激，记忆化为了一片空白。

看完迈克父母的档案，洛克知道，自己要找的人就是迈克！案发时迈克已经八岁了，他很有可能躲在衣柜里，目睹了整个惨案的发生。如果真是这样，那么迈克绝对是一个潜在的罪犯，要知道，很多罪犯都有不幸的童年，受到过严重虐待

82

或者精神刺激。

洛克将迈克定为目标之后，便开始有意识地接近他。洛克每天一下班，就去找迈克聊天，开始是一些生活琐事，然后有意无意地谈各种罪犯，有杀人的，有虐童的，试图勾起迈克的记忆。

另外，洛克还把迈克的事发布在博客上，主题是：我的邻居会犯罪吗？博客点击量急速上升。有好事者兴致勃勃地帮洛克出谋策划。当然，也有人指责洛克是在引导人犯罪。

但让洛克沮丧的是，越是深入接触，越是发现：迈克除了有点内向，其他都很正常，压根没有犯罪的意图。

于是，洛克又换了一招。他去探视迈克父母，以警察的身份告诉他们："你们的案子给迈克的童年蒙上了阴影，他很有可能会犯罪。但是，如果你们愿意坦诚地和他谈一下当年……"

话没说完，一直冷漠平静的迈克父母竟然惊声尖叫，并且拒绝再和洛克对话。

洛克只得失望地离开，他心说：如果迈克能有他父母一半的神经质，事情就好办了！

不久，洛克的妻子生了个漂亮的小公主。

洛克非常高兴，特意请了半个月的年假在家当奶爸。他甚至把迈克的事也抛到了脑后。

这一天，迈克神情沮丧地来找洛克。

此刻，洛克正沉浸在初为人父的喜悦里。他抱着女儿和迈克打招呼，絮絮叨叨地讲女儿的事，最后还说："迈克，她真的是这世界上最可爱的小天使。我简直无法想象没有她的生活。"

半个月的假期很快结束了，洛克依依不舍告别妻女，上班去了。

下午，迈克来了。不过他不是来探监，而是来找监狱长的。

洛克又来了兴趣，在办公室外偷听起来。只听迈克冷静地说："我是来自首的，我犯罪了，应该进监狱！"

监狱长的声音一下子紧张起来，让他老实交代。

洛克则兴奋到了极点，他暗自得意：我果然是专家，没有看错迈克。

只听迈克继续说道："我知道我不可饶恕，可是我真的很妒忌。在妹妹出生之前，我是父母唯一的宝贝，可自从妹妹出世，他们眼里只有妹妹，还说她是世界上最可爱的小天使。那天晚上，我的父母喝了点酒，早早睡下了。妹妹开始哭，我哄她，她还是一个劲地哭。于是，我把她抱到厨房，像电影里演的那样，拿起刀，捅了下去，一下两下三下……然后，我回到了原来的世界，仍是父母唯一的宝贝。"

监狱长倒抽了一口冷气，他不敢置信地追问："根据档案，你失去了八岁之前的所有记忆，难道你一直在说谎？"

迈克立刻否认道："不，我没有说谎，我的确失忆过，但是今天当我拿起刀，捅下去，记忆便苏醒了。"

洛克听到这里，心脏猛地一抖。办公室里传来了迈克冷冷的声音："我的邻居，这儿的资料员洛克警官，之前他一直很关心我，可自从他有了女儿，便抛弃了我们的友谊，前几天我到他家，他对我毫不关心，眼里只有他的女儿。今天，我又去了他家，他的女儿也是一个劲地哭，她和妹妹的脸是那么相似。于是，我拿起刀……"

洛克听到这里，"扑通"一声，晕倒在地。

（题图、插图：佐　夫）

人才

□ 汪培君

小王刚到一家公司上班，就天天迟到。

第一天，小王说，爸爸被车撞了，所幸并无大碍，只是因为自己要送他回家，便耽误了上班。

领导觉得小王孝心可嘉，就没有批评他。

第二天，小王又说爸爸被车撞了。他解释道："其实昨天他就被撞骨折了，但一直忍着没说，半夜实在是忍不住了，才让我把他送去住院。"

领导虽然有点怀疑，但也没多说啥。

第三天，小王迟到的理由还是爸爸被车撞了。

领导忍不住质疑道："你爸在病房里，怎么会被车撞了呢？"

小王回答："这次是一辆车失控撞上了病房。"

领导连忙指出："那撞的也是墙，不是你爸。"

小王委屈地解释说："车头撞的墙，车厢后挡板撞的我爸。当时，车头'砰'的一声撞在墙上，后挡板'咻'的一下弹了出去，击碎玻璃飞进病房，正好落在我爸身上，他当场就没有了呼吸，护士立刻把他送进了重症监护室。"

领导只好作罢。

第四天，小王照旧迟到，理由依然是爸爸被车撞了。他言之凿凿地说："经过一天一夜的抢救，我爸仍然没有苏醒，所以只好转往省医院，但救护车开到半路，撞上了一

辆大卡车……"

领导乐了，他说："哪有这么巧的事？这样，如果你再编两次你爸撞车的理由不重样，我就批准你不计考勤。"

小王来劲了，麻利地说："救援车花了一天一夜才把我爸从严重变形的救护车里抬出来，不料肇事的大卡车上又掉下来一辆小汽车，撞在了我爸身上。"

领导听后乐呵呵地说："这下你爸要没命了，我看你再怎么往下编哟？"

小王继续说，其实肇事大卡车上拉的都是玩具小汽车，他爸没有

大碍，继续被送往省城。经过一天一夜的抢救，爸爸终于脱离了危险，不料出了手术室，在送去病房的路上，突然冲下来一个车，狠狠地撞在爸爸的太阳穴上……

领导忙问，这又是啥车。

小王不忙着回答，等吊足了胃口，才慢悠悠地说："有两个陪床的在楼梯口下象棋，一不小心，滚下来一个'车'！"

领导听完，猛地站起身，握着小王的手说："你吹牛脸不红，心不跳，扯远了还能自圆其说，真是人才啊！明天，你就去不计考勤的销售部报到！"

原来如此

□ 李景辉

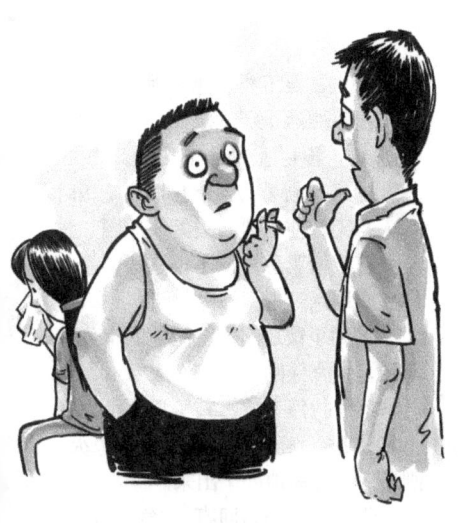

金胖子和老婆都是火爆脾气，总是为了一些鸡毛蒜皮的小事吵架。正巧隔壁新搬来了一对夫妻，两人特别安静，从不吵架。

金胖子特别羡慕，便去向那家男主人讨教不吵架的秘诀。

男主人想了想，回答说："我和她各住各的房间，每个房间都有电视和电脑，互不妨碍。"

金胖子如获至宝，告诉老婆要向隔壁两口子学。老婆说没意见，但没钱买电器。

金胖子便拿出私房钱买了新电视和电脑，放到大卧室给老婆用，把旧电视和旧电脑放到小卧室自己用。但是老婆知道他存私房钱，又和他大吵了一顿。

金胖子吵完了想，看来还得厚一回脸皮，去隔壁取经。

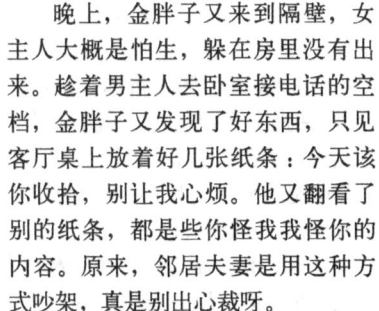

晚上，金胖子又来到隔壁，女主人大概是怕生，躲在房里没有出来。趁着男主人去卧室接电话的空档，金胖子又发现了好东西，只见客厅桌上放着好几张纸条：今天该你收拾，别让我心烦。他又翻看了别的纸条，都是些你怪我我怪你的内容。原来，邻居夫妻是用这种方式吵架，真是别出心裁呀。

金胖子觉得这个办法好，动笔不动嘴，不就吵不起来了吗？

他把想法和老婆一说，老婆瞪圆了眼睛，反驳道："有话不用嘴说，还得写到纸上，你不嫌累呀？"

金胖子坚持意见，又和老婆吵了起来，两人越吵越凶，惊动了邻居的男主人来劝架。

金胖子急切地问："瞧这婆娘！快快快，你还有啥不吵架的妙招吗？"

男主人回答说："和老婆离婚，出来和人合租呗。"末了，他还补充一句，"就跟我一样！"

·幽默世界·

都是开车惹的祸

□ 马凤文

张全刚毕业时骑自行车，前几年又换上了摩托车，就在去年，他更上一层楼，买了一辆轿车。一有车，张全的生活发生了明显改变，出门都开车，与人聊天也三句不离"车"。

这天，张全奉老婆之命去超市，刚发动车，迎面过来一人。张全一看，是朋友刚子。张全赶紧停下车，问刚

子去哪里，要不要载他一程。

刚子跟遇上了救星似的，一屁股坐进了车里："张哥，帮帮忙。"

原来，刚子的弟弟在饭店吃饭时与人打架，他正要赶去解决问题。张全知道事情紧急，便不再言语，一心向出事地点赶去。

等到了饭店门前，门前的车位都满了，张全让刚子先下车去看看，自己则继续找停车位。转了五分钟，好不容易盼到一个车位，刚停下熄火，刚子火烧屁股地冲了出来。

张全问："怎么回事，你急什么？"

刚子惊慌地说："对方以为我是来帮弟弟打架的，正追我呢。"

"快上车！"张全拉上刚子就进了车。可前面突然来了辆车，堵死了去路，后面又站了个老人，看来腿脚不便，半天没挪出一米远。张全急得满头大汗，他连按了几下喇叭，没把前车赶走，也没让老人躲开，倒是把对方招来了。他们不管三七二十一，把张全和刚子拖出来一顿痛打。

幸亏路人及时报警，但张全还是挨了好几下打。

一个民警来了，问张全："这事和你没关系，你咋还挨打了呢？"

张全咧着嘴说："车被堵个正着，走不了。"

"车出不来，人可以跑呀。"

张全还咧着嘴说："我开惯了车，都忘记自己有腿了。"

·幽默世界·

乞丐打架

□金 麒

张小涛每天上班都要经过一家酒楼，这天，他看到酒楼门口有人打架，原来是一胖一瘦两个乞丐在抢矿泉水瓶。

张小涛仔细一看，那瓶里也只剩一点点水了，他心说，乞丐也太可怜了，为了喝点水，还要争个你死我活的。

于是，张小涛给了那两个乞丐一人十块钱，说："别抢了，你们去买几瓶水，喝个够。"

两个乞丐接过钱，呆呆地一动不动。

张小涛呢，继续赶着上班去了。

第二天，张小涛路过酒店，又发现那两个乞丐在抢矿泉水瓶。

看了一会儿，张小涛明白了，他们不光是抢水喝，还抢空瓶挣钱呢。于是，他对乞丐说："一个矿泉水瓶能卖几个钱？为了它打架值得吗？万一打伤了，讨来的钱可不够治病。听我的，明天开始，你们把捡来的瓶子平分，一人一半。"

两个乞丐听罢，连连点头。

张小涛给两人调解完，放心地离开了。

没想到，第三天，那两个乞丐又打了起来，原因还是抢矿泉水瓶。

这下张小涛急了，生气地说："昨天不是说好平分了吗？"

胖子委屈地说："他要诈，把装水的瓶子都分给了我，这太不公平了！"

瘦乞丐笑着解释说："实不相瞒，我们不是在抢水，也不是抢空瓶，而是在抢这里面的酒啊。"他见张小涛一脸茫然，便拧开瓶盖，凑到张小涛鼻子底下，"这家酒楼把茅台灌在矿泉水瓶里给领导喝，喝剩下的服务员不稀罕，我们稀罕。怎么样，香吧？这可是不兑水的哦！"

·幽默世界·

良心养猪

□ 苏景义

光明养猪场为了给上级送礼，买了好几万块的红枣、核桃等营养品，账没地方记，只能记成了猪饲料。

半年后，上级财务检查团来检查，发现了这个问题，检查团团长气势汹汹地问："猪饲料里怎么会有

红枣、核桃这些营养品？你当我是傻子吗？"

养猪场的场长忙解释说："领导，我们这是在用良心养猪啊。我们的猪除了常规饲料之外，还加喂1枚核桃，3枚红枣，5克黑芝麻。这样，猪肉里的微量元素就提高了，营养自然也就更好了。"说完，他还拿出预先准备好的《良心养猪操作规范》，分发给检查团团员。

看了材料，有人赞扬。

也有人质疑："这样成本是不是太高了？"

场长回答说："成本高也得做。不然，大家都降成本，养垃圾猪，怎么得了？这样，我们一起去现场看一看吧。"说完，他带领检查团来到猪场。

只见猪场生产线整洁统一，墙上贴着规章、食谱、操作细则。幼猪饲养栏里，还有两只小猪在争抢1枚红枣。

原本一脸严肃的团长也笑了起来："吃营养品长大的小猪果然聪明！"

很快，光明养猪场的事迹就上了电视。很多人慕名前来买猪。场长趁机将猪价提高了一倍。

没想到，来买猪的人更加络绎不绝了，大家都说："贵有贵的道理，良心猪，放心！"

（本栏插图：包丰一　顾子易）

故事会 2013 增刊·秋

STORIES

欢迎登录本刊主办的"故事中国网"（www.storychina.cn）

故事会 —STORIES—

2013年增刊·秋

社　长、主　编：何承伟

副社长：夏一鸣

常务副主编(兼绿版负责人)：吴　伦

副主编(兼红版负责人)：姚自豪

本期责任编辑：姚自豪　丁娴瑶

电子邮箱：dingxianyao@126.com

红版发稿编辑：

吕　佳　石莎莎　李　丹

美术编辑：王怡斐

电脑制作：郭瑾玮

本社办公室电话：021-64375030

上半月刊编辑部电话：021-64310547

下半月刊编辑部电话：021-64336469

（上海市绍兴路74号 邮编：200020）

主管：上海世纪出版集团

主办：上海故事会文化传媒有限公司

出版单位：《故事会》编辑部

发行范围：公开

出版、发行总监：张　凯

电话：021-64313938

广告业务：上海故事会文化传媒有限公司

广告总监：张　淮

广告业务：021-34010383

广告投诉：021-64333738

广告经营许可证

沪工商广字3100320080016号

发行：中国图书进出口上海公司

图上添花

（本栏插图：包丰一）

@筱明和我 两个警察扶着一个满脸是血的男人看医生，医生问："怎么了？"男人说："打架。"医生说："你看你好好的干吗打架，对方也受伤了吧？"

男人说没有，对方人多。医生说："那你很勇敢啊！"男人说："没有没有，我就是不服气他们人多。"这时，旁边的警察说："你少说两句行不行，偷东西被抓着，打成这样还有脸说？"

@同学你该吃药了 小豆子和朋友们说起小时候的糗事。他说记得那年六一儿童节，他参加表演舞台剧《白雪公主》，他演七个小矮人之一。出场时，所有小矮人都得先躺在地上，

然后跟着音乐慢慢站起来。当时扩音设备有故障，音乐过了十多分钟才响，小豆子却已经躺在地上睡着了。表演结束后，什么都没干的小豆子却火了，朋友们说："你是'一睡成名'！"

@我朋友是个奇葩 晚上自习，班主任不在，班里乱哄哄的。这时，年级主任从后门进来，把同学们训了一顿，于是，班里顿时安静了好多。

接着，年级主任从后门出去，一会儿又从前门进来了，他朝教室扫视了一遍，点了点头，说："这个班还不错，不像刚才那个班乱哄哄的。"

全班同学顿时都把课本挡在面前……

@灰太狼不在家 一天，一个毛贼在乡下偷鸡，刚抓住鸡的时候，却见到鸡主人出来了，他灵机一动，抓住鸡脖子，左一个耳光，右一个耳光，嘴里念叨着："让你啄我，让你啄我！"鸡主人过来说："你没事吧？"

毛贼说："算了，和畜生生什么气呢！"然后，他就大摇大摆地走了。

2

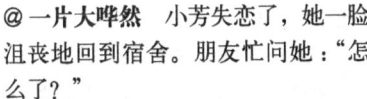

妙语惊人

@ 一片大哗然 小芳失恋了，她一脸沮丧地回到宿舍。朋友忙问她："怎么了？"

小芳说："他拒绝让我当'备胎'。"

朋友说："那他是对你负责，这个男人还不错。"

小芳哼了一声："他叫我当'千斤顶'。"

朋友问："什么意思？"

小芳嗤之以鼻地说："就是连备胎都没当成，只是换胎的时候用了一下！"

@ 翻斗车乐乐 "宝宝，今天你生日，想要什么礼物呀？"

"嗯 想要那种自制拼图。"

"自制拼图呀？那宝宝想要什么图案呢？"

"要在拼图上画上爸爸的样子。"

"宝宝是要拼好送给爸爸吗？"

"才不是呢，老师和小朋友都说，现在流行拼爹。"

@ 小米粒 小张问售楼小姐："以我目前月薪 5000 元计算，买一套二居室的房子需要按揭贷款多少年？"

售楼小姐沉吟半晌，说："计价问题涉及很多金融细节，一时半会儿也很难算出具体数字……"

小张听了，显得更茫然了。售楼小姐突然灵光一闪，轻轻咳嗽一声，说："先生，你知道精卫填海的故事吗？"

@ 就是爱蓝色 在医院里，一个大妈问一个护士："糖尿病是哪个科室啊？"护士就指着对面的内分泌科一室，对她说"内一"。大妈愣了一下，护士又重复了一遍"内一"，大妈终于有反应了，她对着护士，把衣服拉低了一点，小声地说："红色的。"

护士一愣，大妈边整理衣服边嘀咕："这年头问个路还有潜规则，要看内衣呢！"

窗外乐事

@ 冰冻西米露　法官说："证人，在你作证之前，我应该告诉你，在法律面前，你只能讲你亲眼看到的事情，不要讲从别人那儿听到的事，明白吗？"

证人点头说："明白了！法官先生。"

法官说："我有几个问题要问你。请你先告诉我，你是何时何地出生的？"

证人苦恼地回答道："天哪！我尊敬的法官，我无法回答您，因为这正是我母亲告诉我的。"

@ 墨水杯子　一位女士刚拿到驾照就买了车，这天，她开车至立交桥上时，不小心撞上了护栏，于是她便打电话给保险公司。

保险公司来人后进行勘验，然后让她把车开下立交桥，以免阻碍桥上交通。于是这位女士就上车继续开，保险公司的车在后面跟着，结果她一下没刹住车，和前面别的车追尾了。保险公司的人只得下车继续拍照，这时，被追尾的大哥惊呼："真牛啊，开车出门还带着个保险公司！"

@ 长青有松　一群病人在医院排队做听力检查，突然一个人冲上去找护士："我是 33 号，怎么我后面的号都去检查了还没轮到我？"

护士说："33 号已经过了，刚才叫你那么多遍听不到吗？"

那人怒道："听得到就不来检查了！"

@ 哎呀爸妈　丽丽家新买了一个皮沙发，可在搬运过程中不小心被碰坏了一个地方，于是厂家就派补皮的师傅来修补一下。修补完毕，师傅正要离开，丽丽却发现沙发的另一处还有一个不明显的凹痕，于是请师傅顺便一起再补一下。

师傅盯着凹痕看了一会儿，非常自信地对丽丽说："小姐，这个凹痕是这头牛还活着的时候就留下的伤疤，这我就不负责啦！"

趣闻天下

@枫树叶子 有一天，塞翁家的白马忽然脱开缰绳跑了，家人出去追了好久也没追上，回来后很是悲伤。塞翁却说："这未必是件坏事。"第二天，白马竟然把唐僧给驮来了……

众人很兴奋，把唐僧给吃了，个个成为长生不老的神仙，非常得意。塞翁却悲叹道："这未必是件好事啊！"到了第三天，来了一只怒气冲冲、手拿金箍棒的猴子……

@香草棒冰 大学里，男女宿舍遥遥相对。后来，男生们集资买了个望远镜，从宿舍时不时地朝着对面看。

突然，有一天，一个哥们大叫："我的妈呀，太给力了！"

男生们闻声围了过来，争着抢望远镜，有人终于抢到了，拿起望远镜

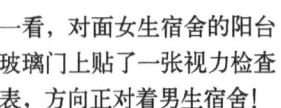

一看，对面女生宿舍的阳台玻璃门上贴了一张视力检查表，方向正对着男生宿舍！

@小键盘小丫头 女儿穿衣很新潮，老妈身材和她差不多，所以她便常把一些衣服送给老妈穿。这天，老妈从房间出来，身穿艳绿色夹克，里面搭一件亮黄色毛衣，下面还配着一条酒红色休闲裤！女儿不禁大喊："啊，老妈，你'潮'得也太逆天了吧！"

老妈深受打击，过了一会儿，她再从房间出来时，换了一身素色衣裤搭配绿夹克，她对女儿翻了个白眼，说："这下不逆天了吧？"

女儿大笑："这下奉天承运了！"

@夏在爱华 妻子向老王抱怨，儿子是个"超级网迷"，一上网就没完没了，妻子把儿子的作文本扔给老王说："你要是不信，就看看这个！"

老王打开作文本一看，前面几篇儿子写得都还不错，但翻到最后一篇时，他一下愣住了，这篇作文居然得了个零分。老王仔细一看，作文标题是："我的理想。"内容很简单，只有一行字："以下内容只有回复才能浏览。"

本栏欢迎来稿，读者、作者可将有新鲜感、有精彩细节的笑话佳作投寄给我们。来稿一经采用，最高稿费为一则100元。本期责任编辑电子信箱：dingxianyao@126.com。

化 缘

□ 孙凡利

陈大超是个副局长，每天忙得团团转。这天，他刚进办公室，就发现桌上放了封信，打开一看是封请柬，邀他周末去小城的一家饭馆。陈大超看了看落款——"山岗村村委"，心里一紧，预感到事情不妙，为啥呢？

原来，山岗村是陈大超的老家，交通不便，通讯闭塞，穷得叮当响。陈大超大学毕业后留在小城，算是彻底跳出了农门，但山岗村一有事，村委会就想到了他：前年修路，他被捐了两千；去年铺水管，又被捐了三千。近几年，陈大超被迫向老家献了一万多的"爱心"。陈大超那个局是清水衙门，平时也就靠那么一点工资、奖金，哪里经得住这么没完没了地献"爱心"呀！

这次邀请，八成又是来"化缘"的，不去吧，面子上过不去；去了就不能空手，这可如何是好？陈大超琢磨了一会儿，抓起电话，打给小城的几个老乡，摸摸"情报"，果不其然，他们都收到了村委的邀请，几个人一合计，决定不再沉默。

周末那天，陈大超步行到了饭馆。到后发现，市里的几位老乡全都赶了过来。工商局的大秦，不仅没有开车，还特意穿了身带补丁的上衣；交警队的王大头，把金戒指也放在家里，腰带从"鳄鱼"换成了人造革。剩下几位，也全都是轻车简从，看上去很是俭朴。

不一会儿，村书记赵得斌就赶来了，然后，他就安排老乡们去了楼上的一个包间。几个人刚坐下，菜就"噌噌噌"上满了。赵得斌从包里掏出两瓶好酒，挨个给大伙儿斟满，然后端起酒杯，说是"先干为敬"。

看这架势，这回"形势"大大地不妙，估计这个"赵书记"要狮子大开口，在座的人全都大眼瞪小眼，浑身不自在。

三杯酒下肚，赵得斌清了清嗓子，说："你们都在职能部门上班，都有专车，今天却都步行而来，看来各位老乡很是低调。这几年村里搞建设，没少麻烦各位。如今村里路也修好了，水也到户了，唯独有线电视……"这时，陈大超突然抢过话头，说："赵书记，我先说两句。"

赵得斌一看陈大超有话，就做了一个让他先讲的手势。

陈大超瞅了在座的一眼，率先讲了起来："我虽然是个副局，表面上挺风光，但家里刚买了房子，房贷重如山啊！"边说边揉了揉眼睛，不知是动了感情伤心起来，还是为房贷的事忧心忡忡，夜里睡不着觉，在抹眼屎。

陈大超说完，大秦接

着讲："我的日子也不好过，别看单位好，也就靠那点死工资。"王大头不甘示弱，接着说："咱都差不多，实不相瞒，我都三个月没买件新衣服了。"随后，到场的所有老乡都倒了一肚子苦水。

一旁的赵得斌听得目瞪口呆，张口结舌，不知说啥好。大家沉默了一会儿，赵得斌开口了："其实，我这次来……"

陈大超立马又抢过了话头："赵书记你别说了，理解万岁吧。"

赵得斌摆摆手："你们误会了，我今天……"

大秦赶紧插话："赵书记，都不容易啊！"赵得斌还想再说，王大头端着酒杯举到他面前，"吱"一声喝干，捂住了赵得斌的嘴，说道："一切全在酒中。"

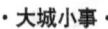

赵得斌一看今儿个这些人的表现，横竖是不让他开口说话，难免有些生气，也感到非常失落，他叹了口气，再也没有开口，一顿饭吃得相安无事。临结账时，陈大超把赵得斌按在椅子上："这吃饭的钱算我们的，你空手而归，总不能再搭上饭钱吧。"赵得斌也没拒绝，沉默地点了下头。

几位老乡把赵得斌送走，击掌相庆。第一次打赢反击战，他们决定庆祝一下，大秦发话了："下周末我做东，大家不见不散。"一伙人都很赞成，

还说到时候不醉不归，随后，几个人各自打的回家。

两天后，陈大超下班刚到家，儿子背着书包走到他身边，边掏书包边说："爸，今天有人到学校给你送奖状，你看看。"说着，掏出一个硬皮本。到儿子学校给老子送奖状，陈大超还是第一次听说，连忙接过来，打开，上面写着——陈大超被评为山岗村"荣誉村民"。

陈大超问儿子："谁给的？"

儿子说："是一位老伯，一看就是农村的。他说因为你为老家作了贡献，所以被评为荣誉村民。荣誉村民回老家，享受最高待遇，比如：到任何一家都可以喝茶休息，还可以吃地锅鸡、小野菜　　爸，咱什么时候去？"儿子抬起脸，等陈大超回答。

陈大超没回答，放下荣誉证，打电话联系了大秦和王大头。同样，他们也收到了荣誉证，也是孩子刚从学校捎回去的。三个人坐不住了，决定第二天集体回老家。

第二天一早，他们一块儿坐上了大巴。车在村口停下，三个人一看，乖乖，这几年变化真大，楼房高了，道路宽了。他们刚要往村里走，大秦就发现路边立着块崭新的石碑，上边刻着：陈大超捐款两千，秦松林一千五，王国祥——就是王大头，捐款一千……每一笔都明明白白。

三个人正议论着，有位村民上来

搭讪，认出三个人后，硬是把他们拉到了家，不由分说，三杯茶倒上，问："你们工作这么忙，怎么有时间回家呢？"三人打着马虎眼，说是想家乡了。说实在的，自从搬到城里，几个人还真很少回老家。

这位村民一边说着"欢迎"，一边跑到院子里抓鸡，很快就抓住一只，举着鸡，对三位说："这笨鸡不喂饲料，吃虫子长大的，中午咱拿它下酒。"三个人有些想不通，前两天让赵得斌吃了闭门羹，他难道回村后没对乡亲们说？咋还享受这待遇呢？

陈大超转弯抹角地问："村里的有线电视装了吗？"

"装了装了，镇里有补助，两天就装齐了，老百姓一分钱没花。"说着，这位村民打开了电视，"书记前两天进城就是去邀请你们，让你们没事常回家看看。你们也太客气，非留书记在城里住两天不可。书记回家对你们一顿好夸，说你们领他逛商场，去游乐园，可是见了大世面。"

三个人听呆了，那天从饭馆出来，就各自回家了呀，谁带他去逛商场、游乐园呀？三个人怎么都想不明白，就让这位村民去把书记也喊过来一块吃饭。

通过联系，赵得斌很快就到了。几个人见面，分外尴尬。赵得斌明白三人的疑惑，把这个村民支到一边，不紧不慢地说出了其中的原由。

原来，村民们很感激陈大超他们为村里作出的奉献，委托赵得斌进城颁发荣誉证书。可几位城里的老乡以为赵得斌又去"化缘"，就先下手为强，把他的嘴给堵住了。

赵得斌为了避免难堪，也有几分生气的意思，当场就没把证书拿出来。可不把证书交给他们，赵得斌回去没法给村民交代，于是就找了个旅馆住下来。第二天，他挨个打听到他们孩子读书的学校，分别把证书给了他们的孩子，并告诉孩子，他们的父亲都是好样的，都是不忘本的人。

由于赵得斌人生地不熟，一直找了两天，才把证书发完，回家后，他就谎称城里的老乡太热情，留他在城里住了两天。

三个人听完，都低着头不说话。陈大超把大秦和王大头喊到一旁，合计了一下，当场对赵得斌承诺："从今年开始，我们每年无条件为村里捐款两千元。"

赵得斌开心地笑了，握着大家的手，激动得一句话都说不出来……

（题图、插图：谢 颖）

红版编辑部各编辑邮箱：
姚自豪：yaobianji1950@126.com；
吕 佳：lujia411@yahoo.com.cn；
石莎莎：ssasha@163.com；
丁娴瑶：dingxianyao@126.com；
李 丹：lidan090@sina.com。

把名著倒过来看

《水浒传》

大将宋江功高震主，朝廷欲借刀杀人令其南征方腊，宋江不满，途中率手下108个弟兄占梁山为寇。

朝廷大惊，托李师师传信招安，宋江不理，并打败太尉高俅、"阉将军"童贯。

在朝廷诱惑下，不断有人"反水"，甚至连二头领卢俊义也逃下梁山，终于宋江攻打江州被俘。

手下纷纷逃命，部分投了官府做都头、知寨，发展好的甚至做到了教头、提辖；还有的占山为王打家劫舍，有的流落江湖杀人越货，还有的开黑店卖人肉包子，大本营梁山也被秀才王伦占去。

最终，108个弟兄被洪太尉一一捉拿，将他们的魂魄镇在龙虎山伏魔殿下。

《三国演义》

西晋惠帝智商低下，昏庸无能，国家一分为三，三家诸侯分割晋国。

刘备占据蜀中，讨伐荆州，他占据荆襄和曹操、孙权对抗时，诸葛亮归隐南阳。

没了军师，刘备东流西窜，先后奔逃于豫州、徐州、涿郡等地，一生颠沛流离。

最后，刘备身边只剩下了两员大将：关羽、张飞，他们在那个桃花盛开的季节里义结金兰，结为异姓兄弟，隐世做人，一个卖鞋、一个卖枣、一个杀猪。

（推荐者：吴新林）

世上三件事

一件是"自己的事"，一件是"别人的事"，一件是"老天爷的事"。

人的烦恼就是来自于：忘了"自己的事"，爱管"别人的事"，担心"老天爷的事"。

我们要轻松自在很简单：打理好"自己的事"，不去管"别人的事"，别操心"老天爷的事"。

（推荐者：金 边）

微博始祖是孔子

据考证，孔子是微博始祖，《论语》是最早的微博集，因为——

◆ 每条论语都未超过 140 字；

◆ 言简意赅、寓意深刻；

◆ 较为碎片化，多为孔子晒心情、交流哲理；

◆ 孔子有 3000 多粉丝，其中 72 人为加 V 认证的。

如果不被销号，估计老子也是孔子的粉丝。

（推荐者：辰　光）

好字歌

居家生活，知足就好；

老公晚归，回来就好；

老婆唠叨，顾家就好；

房屋大小，能住就好；

名不名牌，能穿就好；

两轮四轮，能驾就好；

老板领导，能忍就好；

一切烦恼，能解就好；

谁是谁非，天知就好；

天地万物，随缘就好；

世界纷扰，看开就好；

上班下班，平安就好。

（推荐者：徐小朵）

三 国 人 物 病 历 卡

杨修

病因：舌头过长。

病征：管不住嘴。

刘备

病因：四肢骨架发育失调。

病征：双耳招风、手长过膝。

董卓

病因：过度肥胖，胆固醇超量。

病征：脐上点灯，可三日不熄。

关羽

病因：皮下组织毛细血管过多。

病征：红脸。**（推荐者：星光少年）**

各科老师的婚礼祝词

◆ 数学老师：两点之间直线最短，两心相悦同心共圆。从此不做平行线，老公要把老婆当作中心点。

◆ 生物老师：要"浇水施肥"保持爱情必需的营养，要"勤除虫"改掉各自的毛病，多"通风晒太阳"，防止婚姻腐化和霉变。爱情小苗茁壮成长，早日结出幸福之果！

◆ 音乐老师：爱情是生活中最美的旋律，婚姻是人生中最大的乐章。保持节奏，调整音调，争取事业、家庭、健康的三强（腔）共鸣！

◆ 体育老师：生命在于运动，婚姻在于保鲜。祝愿你们突破各种障碍，不犯规，不越界。黄牌常记心中，红牌不要轻易亮起。向着美好生活—— 冲刺！

（推荐者：小　青）

是幽默，还是滑稽

· 诙段子 ·

◆ 某人手机被偷了，发现后赶紧拨打自己的号码，居然通了！然后他一通解释让对方还手机，对方问他怎么证明手机是他自己的，他想了想，说了手机密码，然后电话挂了。再打，语音提示"您拨打的电话已关机"。

◆ 今儿坐长途车，中途上来一位聋哑女卖书，一上来就掏出聋哑证和聋哑人工作证，然后就把书拿到我眼前晃，晃了大约一分钟，我不耐烦了，对她说："你看，后面那个人要买。"她立马把头转过去了……

（推荐者：报喜鸟）

民间招牌

最牛皮的卖烧鸡的：禽始皇；
最牛皮电焊的：焊武帝；
最牛皮卖冰糖葫芦的：糖太宗；
最牛皮卖馒头的：容馍馍；
最牛皮卖卤肉的：卤智深；
最牛皮卖门帘的：攀金莲；
最牛皮搞婚庆的：喜门庆。

（推荐者：柳 悦）

俏皮话

◆ 穿得少是天热，更少是前卫，一丝不挂是在澡堂子。

◆ 一根弦是独弦琴，两根弦是二胡，三根弦是三弦琴，四根弦是电线杆。

（推荐者：曹绍明）

一次讲完三个寓言故事

一次，乌龟和兔子赛跑，结果兔子太骄傲，被乌龟抢先了。

兔子拼死狂追，结果撞到树上死了，恰巧一个农夫经过这里，拿起兔子回家煮了吃。从此他便整日守在这里，不干活。

庄稼没人照料，短了不少，然后他就把庄稼一一拔高。

这就是龟兔赛跑、守株待兔和拔苗助长的故事。

（推荐者：秋水鱼）

（本栏插图：安玉民　梁　丽）

掉下来的
野猪

□李毓藩

这年夏天，虎柏水电站的傍山渠道建成了，正进行充水静态试验。所谓静态试验，就是给渠道灌注三分之二的水，将两头闸门堵上，搁置72小时，如果没有出现泄漏与崩塌，那么渠道就可以投入使用。谁知到第三天黄昏，眼看要大功告成却出了事。

说是出事，其实也不是什么大事，就是一头重达300多斤、巨无霸一般的黑毛野猪，掉进了渠道。渠道宽达4米，水深超过2米，野猪在渠水中拼命扑腾，就是爬不上渠岸，嚎叫声惊天动地。水电站不少职工都被招引来了，其中就包括站长黄照宏。

别人看热闹，黄照宏心里却急得很，一个劲咒骂野猪：娘的，你

早不掉，晚不掉，独独到了这个节骨眼上掉下来！野猪是省级野生保护动物，要是淹死在渠道里，电站还有责任呢。可要是等县里来人处理，最快也得要到明天上午。在这段时间内，万一野猪出了事，或者渠道让野猪拱开个大口子，漏了水，那就麻烦了！

黄照宏想是这么想，骂是这样骂，对野猪还是决定自救放生。他用电话通知渠道管水人员起闸，先将渠道的水放光再说。

一会儿，渠道的水就放光了，天色也暗了不少。那头野猪不受水扰了，却还是爬不上岸，在渠道中没头没脑地乱蹿，嗷嗷叫，像打雷一般。

急躁的野猪闹得黄照宏与所有

看热闹的人都不知所措。这时候，眼看天就要黑透了，黄照宏只好当场宣布，谁能解决野猪问题，既不让它受害，也不让它为害，重奖 500 元。

常言道，重赏之下，必有勇夫。黄照宏悬赏令一出，有人立马响应，这人就是电站食堂炊事员田光荣。田光荣是本地人，40 来岁，生得人矮体胖，平日在食堂是既做饭，也喂猪，外带放养一群羊，可谓里外一把手。当下，田光荣对黄照宏说："站长，天黑了，现在想将野猪弄上岸怕是没招，要是伤人就更糟了，最好到明天再说。"黄照宏说："等

一夜，它岂不要叫一夜？要是出事怎么办？"田光荣拍着胸说："我有办法保证野猪一夜无恙，渠道也不被破坏。"

田光荣到底有什么法子？原来电站食堂喂养了一头母猪，已经几个月了，长得颇有势头。当初喂这头母猪的目的，是希望用它改善电站职工生活。现在田光荣建议：将这头母猪赶入渠道，那头野猪就不会乱折腾了。

黄照宏没听出田光荣说的意思，诧异地问："这么做怎么能保证一夜无事？要是野猪将母猪咬死了，岂不是赔了夫人又折兵？"田光荣眼一瞪说："站长，你好糊涂呵，你想，家猪野猪本是一族，咱们是头母的，这头野猪是公的，梁山伯爱都爱不过来呢，会咬祝英台吗？"

田光荣这么比喻，大伙轰地笑了，黄照宏当下就批准同意了。于是，田光荣带着一群小伙子，将母猪从猪圈中赶出来，然后沿着小路赶到山上渠道一侧，不待母猪歇口气，众人用一根粗缆绳，将母猪兜肚拴了个活栓，不顾母猪吓得乱叫，慢慢地挨着渠壁放进了渠道中。

那头野猪在昏暗中见渠道上放下来一个活物，不知是何方神圣，顿时感到了威胁，就龇牙咧嘴地准备发起攻击，等到看清是一头白毛母猪时，紧张劲儿就一下子松懈了。

等母猪下到渠道时，双方互相愣瞧着不动弹，然后就天性使然地挨到一块儿蹭起来。转眼间，两头猪久别重逢一般偎依到了一起，那种爱恋速度真是快得惊人。这时候，黄照宏自然放了心，相信这一夜绝对平安无事。

第二天早晨，事情就变得简单易行了。黄照宏、田光荣等人一大早就来到渠道边，将尼龙网兜撒下去，兜住了渠道中的母猪，一把拖上了渠岸，赶回电站去了。

然后人们再沿着渠壁，放了一部昨夜连夜加工好的粗铁架，接着人就走开了。那头野猪也机灵，当即沿着铁架攀了上来，站立在渠岸边，仰着脖子、翘起猪嘴、突出獠牙，声嘶力竭地叫了好一会儿，然后才无奈地跑上了山，消失在丛林中。这时，人们已经拥着田光荣，用他刚领到的500元奖金，到电站小卖部潇洒去了。

野猪掉进渠道一事，就这样有惊无险地解决了，黄照宏开始放心地领着大伙，没日没夜地积极准备电站投入发电。谁知到放水发电平安运行的第二天半夜，电站值班人员突然听到附近的山林中，传来一声紧似一声的嚎叫声，那声音与掉进渠道中的野猪叫得一模一样，而且更显急迫。值班人员不安心了，赶紧向黄照宏报告。

黄照宏慌了神，他到现场听了一会儿，料定是那头野猪来了。黄照宏第一个反应就是害怕野猪伤人或影响电站发电。于是，他马上在电站周围布置了巡逻人员，保护电站与人员的安全。

可那头野猪怪得很，它虽然一个劲叫得邪乎，却只隐身山林，并不冲下山进行实质性攻击。为此，黄照宏除了加派人员巡逻，并下令开启电站所有照明设备，想用强光吓走野猪。这一招无效，黄照宏就命人在山上打锣，"当当当"的锣声乱响，惊得野猪一阵乱蹿，总算销声匿迹了。然而不容大家喘口气，野猪像是识破了机关，又冲到电站附近的山上叫起来，叫得比先前更惨烈。

黄照宏急得没门，只好使出绝招，下令将公安配给电站用的那支枪拿来，朝天"砰砰砰"一连放了三枪，那野猪吓得没命地跑进深山。黄照宏以为这下安宁了，没想到临近拂晓，野猪的叫声又在丛林中响起，惊得黄照宏的瞌睡都飞了。

好容易到了早上，四下里才安静下来，可要是野猪天天这样闹，没准闹出大事来，黄照宏一想到这事就头疼。这时，田光荣走进了办公室，乐呵呵地冲着黄照宏笑。黄照宏急忙说："看你这样子，肯定是有办法了，快点讲呵，我都急死了！"田光荣慢腾腾地说："办法你又不是不知道，就是要看你这个站长舍不得割肉？"黄照宏说："啥办法，说得这么严重？"田光荣笑着说："野物也是有情物，站长，你可能不知道，昨夜野猪在山上叫唤的时候，咱们电站这头母猪也在可着劲儿叫呢。其实，它们不是单纯地叫，而是互相呼应、互相期盼，憧憬着美好的生活。它们的愿望一天得不到实现，就会闹一天，两天得不到实现，就会闹两天。如果闹到最后绝望了，它们就可能鱼死网破，带来意想不到的恶果，到那时一切就都晚了。说到底呀，就是这头野猪想招亲做我们电站的女婿！"

黄照宏恍然大悟，哈哈大笑，说："好，我懂你的意思了，原来渠道一夜情，竟成为它们永久的思念。这样吧，为了野生动物与电站的安全，我们就圆野猪招亲的美梦，让它们结伴远行好了，也算是为野生动物的繁殖作了一点贡献。"

于是，这天晚上，黄照宏帮着田光荣，特意熬了一锅苕藤给母猪吃。母猪正吃得起劲，突然耳朵竖了起来，原来野猪的叫声又回荡在山林中，田光荣就开了猪圈门，母猪急迫地冲出猪圈，一溜烟上了山，一头扎进密林中，朝着野猪嚎叫的方向拼命跑去。

一会儿，嚎叫声就变成了低吟细语、喃喃有声；再过一会儿，一切就都悄然了，好像什么都没有发生过，只有电站发电的嗡嗡声，在暗夜中有节奏地鸣响。

（题图、插图：佐 夫）

您手中有没有得意之作？本刊辟有二十多个原创性栏目，如新传说、我的故事和中篇故事等；您读到或听到什么有趣事可以和大家一起分享吗？3分钟典藏故事、外国文学故事鉴赏和诙段子等都是本刊推荐性栏目。热忱欢迎来稿，可从邮局寄发，也可从网上传递。邮寄地址：上海绍兴路74号《故事会》杂志社，邮编：200020；如为电子邮件，本期责任编辑信箱：dingxianyao@126.com。

危险的
房东

□ 王明新

租　房

我刚工作不久，想租个便宜点的房子，与女朋友苏梦一起居住，但便宜的房子不是位置过于偏远，就是太过老旧。我顶着酷暑，跑了大半天，但一无所获。

就在灰心丧气的时候，我看到了一个出租房屋的广告，那广告是手写的，贴在一根电线杆子上。我按照上面的电话打过去，问了房子的情况，觉得位置、房型都不错，尤其价格便宜得让我难以置信。房东是一对中年夫妻，妻子姓李。我立即赶了过去，看了房子，不觉满心欢喜。我一口一个"李姨"，叫得亲亲热热的，我再次和她确认了租金，当即拍板成交。

走出李姨的家，我立刻激动万分地打电话告诉了苏梦。苏梦刚和单位签了约，之后便回了老家，打算从老家一回来就上班。接下来的日子，我一边上班，一边有了空闲就收拾房子。

星期天，苏梦从老家回来了，进了房子就这看那看，笑逐颜开。房子不大，但一室一厅、一厨一卫，家电、炊具样样齐全。看过房子，两个人刚搂到一起，"嘭嘭嘭"外面有人敲门。我放开苏梦把门打开，站在门外的是房东李姨。不等我让，李姨就进了屋，她看见苏梦，就像看到情敌一样对我说："不是你一个人住吗？这个女人哪来的？"

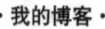·我的博客·

我赶紧解释说："我可没说过一个人住，再说你的房屋招租广告上也没有规定'仅限一人'啊！"李姨被堵得张口结舌，瞪了苏梦一眼，甩门出去了。

李姨一走，苏梦不干了："我招她惹她了？怎么这样对我？哎，我说，她是不是对你有那意思？我说房租怎么会这么便宜，天下就没有免费的午餐！"

我恼了，瞪了苏梦一眼："说什么呢你？她年纪都快赶上我妈了，有这么糟蹋人的吗？"

苏梦想想也是这么回事，"噗嗤"一声笑了。

随着这一声笑，热恋中的我们也和好了，马上又抱在了一起……

挂 钩

朝九晚五，早出晚归，日子过得波澜不惊。又过了几天，苏梦出了趟差，出差回来时间尚早，她便去超市采购，之后又是洗又是收拾，打算做几样可口的菜等我回来给我个惊喜。我回来后，见苏梦在厨房忙活，打了声招呼就去卫生间冲凉了。

我刚进卫生间，就听见"嘭嘭嘭"有人敲门，我没看见外面的情景，但估计应该是这样的：苏梦去开门，来的是李姨。苏梦对这个李姨本来就没好感，打算给她个冷脸的，谁知李姨把苏梦当成了空气，直奔卫生间而

来。苏梦急了，嘴上"哎哎哎"地嚷着，李姨却如入无人之境，拉开门已经闯了进来。我听见有人开门，以为是苏梦，没料到进来的竟然是李姨，我大吃一惊，立即拿毛巾将下体遮住，然后大声嚷着："出去，出去，没看见洗澡吗？"

李姨根本不理我的茬，将卫生间一处瓷砖上的水擦干，从兜里掏出两个大号挂钩，揭掉挂钩粘贴板上的纸，粘在瓷砖上，然后像是要试试粘得牢不牢，随手拿起我的内裤挂在其中一个挂钩上，之后一边欣赏一边说："往后你们挂个衣服、毛巾什么的就方便了。"她一边说，一边走了出去，看得我和苏梦大张着嘴，半天合不上！

李姨一走，苏梦好像回过神来，说："好呀，我几天不在家，你们就好上了是不是？就是嘴再馋也不能饥不择食啊！"

我哭笑不得，说："你不在的这几天，我们连面都没见过。"

苏梦哪里肯信，说："骗鬼去吧你，要是你们没好上，她敢这样？"

我正不知说什么好，李姨又走了回来，刚才李姨并没走远，听见苏梦那样说才回来的。李姨说："你这闺女怎么说话呢，我这把年纪都能做他妈了，什么好不好的？"

李姨的举动虽然怪异，但说我和她做了什么出格的事，连苏梦也都

18

不会相信的，于是，她就没话说了。我却不饶李姨，说："你这人也太不讲规矩了，就是年纪再大，人家洗着澡也不能随便进啊！男女有别懂不懂？"

李姨叹了口气，像是非常无奈，又一脸真诚地说："我是为你们好。"她丢下这句话就走了。

油 画

虽说李姨的做法让人很不舒服，但人家毕竟白送了两只挂钩，用处也许不大，但总不是什么坏事，这事我们也就没再追究了。

一个周末，我和苏梦刚上床，衣服刚脱了一半，"嘭嘭嘭"外面又有人敲门。那时快11点了，我虽然有点恼火，但还是去开了门。门外站着的又是李姨，我不高兴了，说："李姨，房子是你的不错，但房租我们没少缴一分，你这样一次次打扰我们是不是有点太过分了？"

李姨却一点也没生气，说："小伙子，别生气，我是真心为你们好，看我给你们带来了什么？"

李姨手里拿了幅油画，这幅画我不陌生，而且挺喜欢的，是法国著名画家安格尔的《泉》，虽是

复制的，但十分精致。

不等我再说什么，李姨就直接进了卧室，苏梦见是李姨，想阻拦还没来得及，李姨已经在墙上"砰砰砰"砸了颗钉子——原来她另一只手里还有把锤子呢，然后就把油画挂了上去。

苏梦再也忍不下去了，彻底爆发了，她一把将油画从墙上扯下来，对李姨说："我们不稀罕你的东西，请把画拿走，往后不要再打扰我们好不好？"

见苏梦真的生了气，李姨赔着笑脸说："姑娘，对不起，对不起，我这就走，这就走。你看这画买都买了，你们就留下吧。"

苏梦不依不饶，说："往后再私

闯民宅，我就对你不客气了。"

就在这时，门外又进来一个人，是房子的男主人董北风。董北风进来后抓住李姨就往外拽，一边拽一边对我们说："对不起，对不起，我老婆精神有点毛病，打扰了，打扰了。"

李姨刚要开口，却被董北风一把捂住了嘴，李姨"呜呜噜噜"的，听不见她说啥。见这样，我和苏梦也不好再说什么了。

眼看李姨被拖了出去，不料在门口董北风被绊了一跤，捂着李姨嘴的手也松了，李姨终于有了开口的机会："你个死不要脸的，你变态……"李姨话没说完，嘴又被董北风捂住了，连拉带拽地被拖了出去。

我们租的房子与李姨家相邻，不一会儿，隔壁就传来了李姨凄惨的哭喊声和骂声，显然那边两口子打起来了

马　脚

我和苏梦正议论着李姨是不是真的精神有毛病，"嘭嘭嘭"，又有人敲门了。苏梦顺手操起一把鸡毛掸子，说："看我怎么收拾这个老妖婆。"

苏梦把门打开，说："你还有完没完……"一句话刚说了一半，噎了回去，原来门口站着两个警察。

苏梦结结巴巴地说："你、你们走错地方了吧？"

警察说："刚才有人报案，说有人在你们房间里装了针孔摄像头，我们过来看看。"

听说房间里被人装了摄像头，我肠子都悔青了，千不该万不该，不该图房租便宜租了李姨的房子，一次次被打扰不说，还什么什么都被曝光了……但现在也不是后悔的时候，苏梦把警察让进屋，然后我们就和警察一起，满屋子找起摄像头来。找了一会儿，一无所获，两个警察正诧异，我突然想起什么来，我先打开卫生间的门，将两个挂钩从瓷砖上抠下来，墙里便露出了一个针孔摄像头。我又走进卧室，把那幅油画摘下来，仔细一看，墙里也有个摄像头，无线的，十分隐蔽。

我和苏梦顿时面面相觑，两个警察找到摄像头后，又去李姨家，我们站在门口，听得很清楚——

警察问："刚才谁报的案？"

李姨说："是我。"

董北风说："她精神有毛病，别听她胡说！"

李姨反驳董北风："你个臭流氓，变态！"

董北风又要对李姨动手，被警察喝住了……

揭　密

董北风和李姨被带进派出所调查，为了取证，我和苏梦也被叫去了。

·敞开心扉　诉说真情·

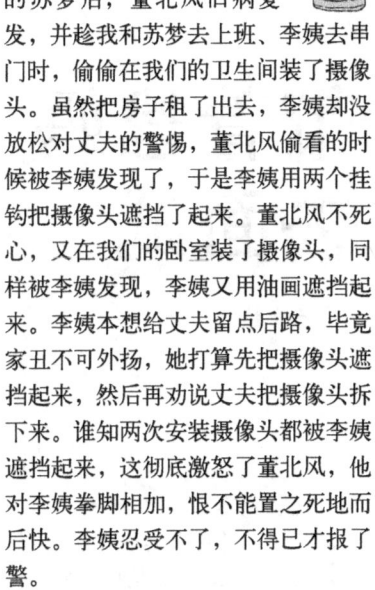

经过审讯，很快就弄清了事情的来龙去脉。

原来，在我租这套房子之前，已经有两个女大学生租过，董北风为了偷窥别人的隐私，偷偷地在房间里装了摄像头，结果被那两个大学生发现，两个大学生不仅退了房，还要去派出所告发董北风。最后，董北风赔了一笔钱，才算息事宁人。

为防止丈夫再做那种丢人的事，李姨本打算不再出租房子了，但经不住董北风又是拍胸脯又是写保证书，李姨觉得房子闲着也是闲着，就又租了出去，但她打算只租给男人住，房租便宜点也没关系。起初，李姨以为只有我一个人住，就爽快地答应了，还把房租压了不少。苏梦的出现，让李姨大感意外，因此看到苏梦的时候，她像看到了情敌一样。

开始，李姨还抱有希望，以为丈夫能像保证过的那样痛改前非，谁知狗改不了吃屎，看到漂亮的苏梦后，董北风旧病复发，并趁我和苏梦去上班、李姨去串门时，偷偷在我们的卫生间装了摄像头。虽然把房子租了出去，李姨却没放松对丈夫的警惕，董北风偷看的时候被李姨发现了，于是李姨用两个挂钩把摄像头遮挡了起来。董北风不死心，又在我们的卧室装了摄像头，同样被李姨发现，李姨又用油画遮挡起来。李姨本想给丈夫留点后路，毕竟家丑不可外扬，她打算先把摄像头遮挡起来，然后再劝说丈夫把摄像头拆下来。谁知两次安装摄像头都被李姨遮挡起来，这彻底激怒了董北风，他对李姨拳脚相加，恨不能置之死地而后快。李姨忍受不了，不得已才报了警。

种瓜得瓜，种豆得豆。董北风因为窥探别人隐私，最终被拘留了……

（题图、插图：陆小弟）

·本刊信息传真·

法律知识故事征文

本刊推出的"法律知识故事"，通过发生在我们身边的、短小而具体、在法理上容易混淆的个案，生动、形象地宣传法律知识。为鼓励作者深入生活，写出高质量的法律知识故事，我刊决定面向全国征文。本次征文也欢迎读者和法律界人士提供相关素材、案例，一经录用，即付稿酬。

来稿方法：1．从邮局寄发，请在信封上注明"法律知识故事"字样，本刊地址：上海市绍兴路74号《故事会》杂志社，邮编：200020。2．从网上传递，可寄以下信箱：fabianji@126.com，请在主题上注明"法律知识故事"字样。凡已和我刊编辑有联系的作者，稿件可继续投给原编辑。

父母之恩，水不能溺，火不能灭……

带着爸妈去面试

□杨 格

找工作

这一天，老赵夫妻俩在看电视，电视上说，今年是史上最难就业的一年。老赵自豪地看了一眼老伴老郑，说："咱们家玫玫不愁找不到工作。"

老郑的老脸笑成一朵花，说："那是！咱玫玫找不到工作，天底下就没人能找着喽！"

老两口如此自信不是没有原因的，他们的女儿叫赵玫，从小就是读书的好手，本科读的是南京大学新闻系，研究生读的是复旦大学新闻专业，今年毕业。这样的学历背景，找工作确实有底气。

不过，老两口高兴得太早了，现实给了他们当头一棒。

这天中午，赵玫没给爸妈打招呼，忽然回到家里，一副心事重重的样子。老赵和老郑敏感地觉察出女儿低落的情绪，都小心翼翼地问她怎么了。

赵玫扭捏了半天，才说："爸，妈，女儿没出息，对不起你们，我找了好长时间工作，都找不到。我不想再去丢人现眼了，我想回家里侍奉你们。"

老两口差点吓得摔一个屁股蹲儿，老赵嚷道："怎么可能？"

老郑也瞪大眼睛张大嘴巴，问："玫玫，你读了这么多书，人家为什么不要你？"

赵玫叹了口气说："就是因为书读得太多闹的，读成了书呆子。我不敢和人打交道，面试的时候，头几句还能应付，几句话后，我就止不住浑身紧张，话也说不明白了。好几次，面试的人都别有用心地问我——学历证书是不是从地摊上买的？爸、妈，我受够了白眼和讽刺，我再也不抛头露面找罪受了！"

老赵想发火，老郑偷偷地向他使眼色，意思是女儿够痛苦的了，这个时候别再埋怨她，老赵只好把话咽了下去。

晚上的时候，赵玫接到一个电话，电话是北京一家公司打来的，说看到了赵玫的简历，觉得条件不错，要赵玫尽快到北京去面试，赵玫不置可否地挂断电话。老赵一直竖起耳朵在一旁听看，问："玫玫，这家单位怎么样？"

赵玫说："比我前面应聘的公司都牛，我更没有信心去面试了。"

老赵说："那不能错过啊，无论如何要去试试啊！"赵玫摇摇头说："我心里没底，白跑一趟做那些无意义的事情，我不去！"

老赵说："玫玫，你怎么能这样没自信呢？你是名牌大学的毕业生，硕士生，怕个啥？"

赵玫说："爸，你是不知道外面的形势，'海归'的博士都不稀奇了，硕士生算个啥！"

老赵要发火，老郑又使眼色，老赵按捺住不快，找了个借口回到内室。老郑说："老头子，你别发火，咱闺女性子扭，要迂回战术。"

老赵闷声闷气地说："怎么个迂回法？"老郑说："你不是一直想回北京看看吗？咱们就对她说，你想去北京旅游，要和她一起去，顺带陪她去面试。"

老赵皱着眉头，满脸犹豫，老郑说："老头子，我知道你心疼钱，可有什么事情比玫玫找工作更重要呢？去，必须的，不仅你去，我也去！玫玫不是说她面试的时候心里没底吗？咱们去给她摇旗呐喊，让她心里有底，说不定女儿就能把工作找好啦！"

"成！"老赵一跺脚，"就这么定了！"

上北京

老赵和老郑一起来到女儿身边，老郑说："玫玫，妈想求你一件事，陪你爸回北京看看。你爸爸年轻时在北京当兵，复员后就再也没有回去过，他念着那里呢，你就和他一起去北京……"

"可是……"赵玫想说什么，老赵打断她的话："爸爸为了供你读书，烟都戒了，爸爸这点小心愿，你不能不满足吧？"

赵玫的脸上有了愧色，想了一会儿，说："爸爸，明天咱们就去北京，我陪你去旅游，顺带去面试。"

老两口相视一笑。

就这样，一家三口踏上了开往北京的火车。

到了北京后，赵玫要带爸爸妈妈去旅游，老赵说："先去面试，爸爸妈妈陪着你，给你壮胆，面试完了后，咱们开开心心玩。"赵玫同意了。

第二天，赵玫去一家电视台人事部面试。赵玫坐在面试官面前，老赵、老郑则躲在窗户边，打着手势使着眼色，给她加油打气。

面试官没有发现这一幕，否则还不当场取消赵玫的面试资格呀？

面试官说："你的专业知识我想没有问题，但我们看重的不仅仅是文凭，而是能力。给你一天的时间，在北京转悠转悠，写一篇游记之类的东西，一是考核你的文字功底，一是考核你的新闻意识。就这样吧，明天交卷。"

赵玫出来后，老赵说："玫玫，面试官的话我听得一清二楚，北京可是爸爸战斗过的地方，我熟。在北京旅游，第一个要看的是天安门的升旗仪式，第二个是长城故宫，现在又有了'鸟巢'、'大裤衩'，你把这几个点写透了，保证没问题。"

"爸爸，看来把你这个老北京带来是带对了！"赵玫的脸上有了喜色，也自信起来。

随后，老两口带着女儿到这几个景点旅游，老赵还当起了向导，兴致勃勃地介绍着，提醒女儿要写哪些内容。

那天，赵玫满怀信心地去交卷，可面试官的答复是：总体不错，但由于竞争太激烈，有了更合适的人，还是要抱歉。

赵玫又像霜打的茄子，闷闷不乐地回到旅馆，说了情况。老赵和老郑当然失望，但还是一个劲地打气："没事的，人家不是说了吗，你已经很好了，不过不是'最好'，离'最好'就差一个人。"

好女儿

这天，赵玫又接到一个电话，是深圳一家媒体人事处打来的，通知她明天去面试。赵玫说不想去，再加上时间又急，赶到深圳，要坐飞机，花那么多钱，又保证不了成功，干脆算了。老郑听了，说："玫玫，你满足了你爸爸的愿望，陪他来北京，你能不能满足我的一个要求？让我坐一次飞机？妈妈想看看天上的云彩大不大，地上的山水小不小，深圳的海水蓝不蓝。我年轻的时候，本来是有机会去深圳打工的，可是为了陪你，妈妈留下来了……"

赵玫说："妈妈，我知道你们想用这种办法逼我去面试，可是花这么多钱做没把握的事情，我不忍心。"

老郑说："玫玫，妈妈这些年省吃俭用，供你上大学，读研究生。你在学校时，妈妈想你，可连你们的学校都没去过，就是舍不得花钱。现在妈妈想通了，你就满足我一回心愿吧。"

赵玫的眼泪下来了，哽咽着说："妈，你受苦了。咱们这就去深圳，坐飞机！"

赵玫当即买了机票，带着爸妈飞到深圳。老郑坐在飞机上，那个兴奋劲哟，脸上红扑扑的，像是回到了少女时代。

飞机降落在深圳机场，一家三口打车前往市区。

半个小时后，他们来到那家报社，可让老赵、老郑大跌眼镜的是，新闻中心的几个职员看到赵玫，全是满面春风的，有人嚷着："赵组长，回来了？"

赵玫笑嘻嘻地说："嗯嗯，休假结束，从明天开始正式上班。给大家介绍一下，这是我爸妈。"

老赵和老郑傻了，怎么回事？女儿早找到工作了？

看见父母呆若木鸡的样子，赵玫小声地说："爸、妈，我早就找到工作了，上班都一个月了，这下你们高兴了吧？"

老赵埋怨道："那为什么还要骗我们到北京找工作？又从北京坐飞机到深圳，多浪费钱！"

"我就知道你们舍不得花钱，才这么做的。"赵玫说着，眼眶里湿漉漉的，"爸、妈，你们为女儿作了那么多牺牲，从来没有考虑过自己。我知道爸爸一直想到北京故地重游，但舍不得花钱；我也知道妈妈想坐一次飞机，但也舍不得钱，所以，我就和几个同学演了一出戏，让你们自投罗网、心甘情愿地花钱，因为只有把钱花在女儿我的身上，你们才心甘情愿。放心，这笔钱是女儿的第一份工资，没借债。"

老赵和老郑老泪纵横，赵玫悄声说："爸、妈，别哭哟，我的同事看着咱们呢……"

（题图、插图：谢　颖）

老雕匠

□ 邱求清

老雕匠的雕技在当地怕是无与伦比了，他雕出来的梅兰竹菊，要神有神，要韵有韵；飞禽走兽，更是栩栩如生，神态活现。不仅这些，雕刻庙里的神像更是老雕匠的一大绝活，出自老雕匠手下的神像五官端庄，眉须分明，更可贵的是神像一摆到神案上，就不怒自威，让那些龌龊小人心生畏惧。

不过老雕匠很久不雕神像了，有人问其原因，老雕匠说，雕神像要心静，心不静会有风险。至于雕神像的风险，当地人是知道的。雕匠师傅如果心神不静，将神像的面相雕刻得像哪一个人，那神像一旦受了香火之后，那个人就会大病一场，严重的还会得病而死。所以，

老雕匠为了慎重起见，对于前来要求雕刻神像的总是一概婉拒。

这一次老雕匠是不可不雕了，因为他们村子里的一座庙宇遭了火，把神像给烧了。庙里没有了神像，村民们都言不妥，说什么社庙无神，福不进门，老人无处求寿，青年无处祈福，五谷不丰，六畜不旺……于是，便自发地来到老雕匠的家中，请他再展雕技，为村里做件好事。老雕匠再三推辞，但村民不依不饶，最后他没办法，只好答应下来。

且说老雕匠养好了精神，磨好了刀具，把家人都打发走了，然后关上自家的大门，力求没有一丝干扰，一个人躲在木楼上准备雕刻。老雕匠心里明白，一定不能分心，雕出

来的神像绝对不能像自己认识的人。

老雕匠开始忙碌起来，按照比例裁料，打胚，然后进行粗雕。正忙得起劲，"嘟——嘟——嘟——"电话响了。老雕匠只好放下工具，去接电话。

老雕匠问："喂，是谁呀？"

"哦，是我。"

"哦，你是……"

"呵呵，我是高脑门，长脸，大鼻子……"

"哦——哦——哦——你是村支书呀？"

"对对对，我是村支书，你老还很精明的嘛！"

"村支书呀！你的声音怎么变了呢？是不是感冒了？"

"哦　对对对，最近感冒了，所以声音变了，变了，你老能听出来就好。"

"有什么事情吗？"

"老师傅呀，其实没什么事情，听说你老为乡亲们雕神像，问候一下。挺辛苦的，不要累着了。这不，我给你买了一条好烟，给你提提神，放在你家大门口的凳子上，下来拿去吧，我就不上来了　"

"喂！喂！喂……"

老雕匠放下电话，百思不得其解，这村支书，平日里都是别人给他送好烟，今天怎么感冒了还想着给我送烟来了？老雕匠下了楼，打

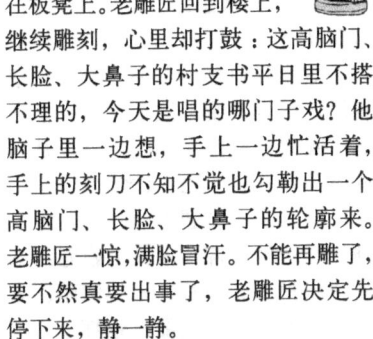

· 大千世界 众生百相 ·

开大门，果然，一条香烟搁在板凳上。老雕匠回到楼上，继续雕刻，心里却打鼓：这高脑门、长脸、大鼻子的村支书平日里都不搭不理的，今天是唱的哪门子戏？他脑子里一边想，手上一边忙活着，手上的刻刀不知不觉也勾勒出一个高脑门、长脸、大鼻子的轮廓来。老雕匠一惊，满脸冒汗。不能再雕了，要不然真要出事了，老雕匠决定先停下来，静一静。

第二天，老雕匠重新整理毛胚，想挽回前一天的失误。正准备动手用刀子，电话铃又响了。

老雕匠问道："喂！你是谁呀？"

"哎呀！你老真是贵人多忘事呀！我是村里凸眼睛、高颧骨、肥耳朵的那位呀！真忘记了？"

"哦，你是村长？"

"是呀是呀，我就是村长。"

"哎呀，你声音怎么变了呢？怎么也生病了？"

"是呀是呀，这几天真生病了。一病呀，嗓子就变了。"

"哦，是这样呀！村长有什么事情找我吗？"

"没有没有，就是打个电话问问你，为乡亲们雕神像，那是体力活，还吃得消吗？我知道你好那一口，特意给你买了一瓶上好的白酒，搁在你楼下的木架上了，给你喝了解解渴。"

烦恼不是惩罚，而是结果；快乐不是奖赏，而是回报……

大黄狗
还债

□ 芦宏伟

小镇老街上有两户关系很好的老邻居，一家姓钱，一家姓耿。两家的家庭情况很相似，都是一个五十多岁的父亲，带着一个十七八岁的儿子过日子。

老钱家养着一条大黄狗，取名大黄。大黄不是什么稀罕名贵的狗，好养，你喂它东西它就吃，你不喂它，它就去菜市场、夜排档这些地方自己找东西吃。别看大黄其貌不扬，却很聪明，看家护院自不必说，它还会帮人买东西。

比如，老钱的烟没了，把大黄喊过来，把一张10元钞票朝狗嘴里一塞，狗便叼着钱买烟去了。杂货店老板认识大黄，见它叼着钱过来，便伸手从狗嘴里抽出钱来，将一盒豫西烟朝大黄嘴里一塞，再一拍它的脑袋，那狗便叼着烟回去了。老钱、老耿两家是隔墙邻居，老耿也常常让大黄帮他买烟。同样是买烟，大黄叼了谁的钱，就会把烟给谁送去，从不弄错。

却说这天，老耿出了院子，忽见大黄正在地上痛苦地打滚，嘴里还吐着白沫呢。老耿一看不好，隔壁老钱家又没人，他便叫来了儿子小耿，父子俩用家里的电动三轮车，把狗送到了镇上的兽医老韩那里。

到了诊所，老韩诊断后，说是可能误食了老鼠药之类的毒药，连洗胃再吃药，得30块钱。小耿给小钱打电话，问他们要不要给大黄治病，电话没人接，而老钱不用手机，自然联系不上。

那大黄虽然是老钱家的狗，老耿、小耿和它也很有感情，于是就让老韩先给大黄治病，不料忙了好一阵子，大黄却不见好转。父子俩一个劲地要老韩想想办法，老韩说，他这里有一种进口药，要300块钱一瓶，或许管用。

一听300块钱，父子俩不敢贸然决定了，于是再给小钱打电话，可还是打不通。老韩说，这种土狗，最多卖个100块钱，花300块钱治病，划不来，劝他们算了。

小耿用乞求的眼光看着老耿，说："爸，大黄跟一般的狗不一样，大黄聪明，通人性啊！"

老耿有顾虑，如果花了几百块，过后老钱不情愿给钱，怎么办？可他拗不过儿子，最后一摆手，说："老韩，你治吧！"

于是，老韩就给大黄挂起了点滴，一瓶点滴打完，大黄不抽搐了，四肢轻轻动了起来。老韩说："把狗带走吧，能不能活下来，就看它的造化了。"

老耿父子把大黄抱上三轮车，回到家门前一看，老钱家开着门，父子俩就把大黄抱进了他家，并把大黄中毒、给它看病的经过说了一遍。老钱听了连声道谢，但听到花300块钱给

· 大千世界 众生百相 ·

狗挂进口的点滴，一下傻了，以为自己听错了，好一会儿才缓过神来，他的手原本是插在兜里准备掏钱的，很快又抽了出来，讪讪地笑了笑，说："身上还没带那么多钱呢，这事儿弄得，等改天……"老耿忙道："没事儿没事儿，等大黄好了再说吧。"

老耿和小耿走了，老钱转身进了屋，嘀咕道："这个老耿，脑子进水啦？给条狗看病花了300块，哼！"这时候，大黄摇摇晃晃地站了起来，它一摇一晃地来到了老钱跟前，老钱正烦着呢，一脚把大黄踢倒在地。

以后的几天里，大黄的精神一天比一天好，但老钱的心情却一天比一天纠结，他心疼钱，就是舍不得把三张老人头送过去……

就这样过了几天，有一天，小钱说："爸，我发现大黄的眼睛出毛病了，它好像看不清楚路了，走路时总是撞东西……""真的？"老钱一愣，喊了起来，"大黄，过来！"那大黄正卧着打瞌睡，听到喊声就站起来，朝老钱走去，它走着走着，竟然把脑袋撞到椅子上了！

"大黄这眼睛，就算没全瞎，也是半瞎了，这狗算是废啰！"老钱皱着眉头思索着，突然，他打定了主意，说："儿子，大黄反正是条废狗了，不如弄死它吧！"

"啊……"小钱吓一跳，"爸，再

等等看呀，说不定大黄的眼睛慢慢自己就好了。"

老钱摇摇头，说："好不了啦！"其实，他心里有自己的算盘：如果现在大黄死了，就说明大黄没被老韩治好，那300块嘛……嘿嘿，老耿也就不好意思要了。

小钱见父亲执意要杀大黄，呜呜地哭了起来，老钱被小钱哭得心烦，喝道："这样吧，现在我给大黄钱，让它去买烟，如果它还能像以前那样把烟顺顺当当地买回来，咱们就不杀它；如果大黄连烟都不会买了，咱们就杀了它……"

小钱抹了抹眼泪，坚定地说："大

黄一定能把烟买回来的，我相信它！"于是，老钱掏出10块钱塞进大黄嘴里，喝道："大黄，买烟去！"看着大黄转身离去，老钱眼中闪过一丝杀机，他已经在心里盘算好了，即使大黄把烟买回来了，他也要趁小钱不在家时把大黄弄死，为了那300块钱，大黄必须死！

再说那狗叼着钱出了院子，没有直接去杂货店，而是进了老耿家的院子。说来也巧，那会儿，老耿正巧烟抽完了，于是他拿出10块钱，塞进了大黄嘴里，说："大黄，给我买盒烟去，你啊，也该给我服务服务了！"老耿说这话，是想着那300块钱，老钱还没还呢，可大黄哪里能懂老耿的心思，它叼着钱便走了。

大黄出了老耿家，很快来到它之前买烟的那家杂货店。店老板见大黄叼着两张10元钞票进屋，伸手从柜台上拿了两盒烟，然后，一只手把大黄嘴里的钱抽出来，另一只手就朝大黄嘴里塞烟。可说来奇怪，大黄扭着头躲避着店老板塞来的烟，塞了几次，大黄都不去叼烟。

店老板暗暗纳闷，心想大黄这是怎么了，听说前段时间这狗中毒了，难道脑子被毒傻了？

大黄不接店老板的烟，却绕过店老板，进了柜台里面。大黄伸嘴在一个纸箱里一探，便叼起了一瓶"吕平王"。吕平王是当地的一种白酒，20

块钱一瓶。大黄咬着一瓶吕平王，转身便走。店老板诧异了，以前大黄都是来买烟，敢情今天大黄是来买酒的啊！

大黄叼着酒，一路往回跑，很快来到了老耿家。大黄一进院子，老耿、小耿愣住了，小耿笑道："爸，你看，大黄买了一瓶酒回来！"老耿哭笑不得："大黄这家伙，是病傻了吧？"

大黄把酒放在老耿家，转身走了。这次，大黄回到了自己家，也就是老钱家。老钱父子看到大黄回来，嘴里什么东西都没有，小钱急了，跑到大黄跟前，说道："大黄，你买的烟呢？"老钱冷笑几声，说："大黄真成废狗了，不会买烟也就罢了，还把钱也弄丢了！"小钱暗暗感到不妙，对老钱说："爸，大黄的病还没好呢，你别怪它……"

过了一阵子，小钱有事出去了，他刚走，老钱便进屋找出了一根钢管。老钱手操钢管，朝大黄走去，把声音放得柔柔的："大黄，过来……"没想到大黄竟好像看出了他的心思，不但没有靠近老钱，反而退了几步，嘴里"呜呜呀呀"地哀叫着。老钱把钢管藏在身后，慢慢走向大黄，终于将它堵在了墙边，使它无路可走。紧接着，老钱一咬牙，使出浑身力气，猛然间从身后抽出钢管，砸向大黄的脑袋……

第二天，老钱见到老耿，就说大

黄"病"死了，然后像是突然想到了什么似的，抱歉地说："你给大黄治病那300块钱，这么长时间了，一直忘了给你，你看我这记性……"老耿说："不用了，大黄都死了，还说什么钱啊！"老钱说："话不能这么说嘛……"他说着话，很快从兜里抽出了一只空手，后来就没再提钱的事情。

大黄死后两个月，这天，老耿家来了个朋友，中午吃饭时，老耿拿出了上次大黄买的那瓶酒，朋友看了看酒盒，说："哟，这酒还在搞抽奖呢。"原来，生产这酒的商家为了搞促销吸引客户，设置了现金奖：三等奖10元，二等奖50元，一等奖100元，特等奖300元。这些中奖款，便藏在纸盒顶部一块标着虚线的地方。虽然中奖的概率不高，倒也因此多卖出不少酒，小镇上这两年很流行喝这种酒。

那朋友扯开纸盒，老耿也没太在意，随手一撕，却从纸盒内掉出叠在一起的三张百元钞票来。嗨，这瓶酒，竟中了特等奖！

老耿眼神直愣愣地瞅着那三张百元钞票，心里突然冒出一个有点荒诞的想法：难道大黄以前见过别人从这酒盒里拿到了现金，它这是在还它治病的钱？他想着想着，眼圈有点红了，感慨地说道："大黄这狗，真是仁义……"

（题图、插图：张恩卫）

□ 韩春玲

如果没有那些事儿

白辛良是公司的一个普通文员，这天，他上班后，照例坐在电脑前查看邮箱。第一个邮件是一个视频，看着看着，他的心一下揪了起来——

那视频是一个车祸现场，而这场车祸，两天前就发生在公司西面的十字路口，被撞的人白辛良认识，是同事大刘的父亲，可直到现在为止，肇事车辆还没找到。刚才来公司的路上，白辛良还看到车祸现场的隔离栏上挂了一个条幅，上面写着："悬赏一万元寻找目击证人"，而白辛良现在看到的这视频中，肇事现场居然有一辆车，车牌号依稀可辨……

白辛良顿时满腹狐疑：这视频是谁发来的？发视频的人要干什么？他把唾手可得的一万块钱悬赏金拱手让给我，这是为什么？

这么想着，白辛良就重新打开了视频，一会儿，画面中出现了那辆车的后备箱，他马上按下了"暂停"，在定格的画面中，白辛良看到昏暗的路灯下，车牌号不是很清晰，再加上拍摄角度的因素，那组号码稍微有些变形，即使这样，大致上还是能辨认出来。很快，白辛良的眼珠子差点掉下来了：这个车牌号，正是自己公司郑经理的呀！

白辛良感觉这事儿绝非简单，他点了"回复"："你为什么要发给我这个视频？能简单说一下原因吗？"

邮件发出后，一上午过去了，并没有收到回复。

下午，白辛良去医院看望大刘的父亲，在和大刘单独说话的时候，他提到了车祸现场的那个条幅，问："有进展了吗？"

大刘摇头叹息道："还没有，交警队那边也没啥消息。人家说，那条路，还有附近几条路上都没有摄像头，如果没有目击证人，想找出肇事车辆无异于大海捞针，太难啦……可你也知道，凌晨五点多钟，这大冬天的，天还没亮，路上哪有个人影？唉，这事儿……"

白辛良头脑一热，就想把视频的事儿告诉大刘，可转念一想，视频的事儿自己还弄不明白呢，现在冒冒失失地说出来，谁知道会是什么结果呢，于是，他就打消了这个念头。

回到公司，白辛良打开邮箱，还是没见回复，不仅如此，一直到下班回家，依旧没有回音，白辛良想了想，决定重新看一遍视频，于是他点击了"播放"——

夜色中，一辆轿车开得很慢，慢慢地开到了一个黑色的物体跟前，那物体长长的，横在马路上，仔细辨认可以看出是个人。轿车停在那个躺着的人跟前，大概过了半分钟左右，轿车才开走了……

白辛良一连看了几遍，发现除了那辆轿车的车牌号是郑经理的以外，

其他根本无法证明什么：无法证明车祸就是这辆车造成的，无法证明司机就是郑经理，甚至无法证明这辆车就是郑经理的，因为还有可能是套牌……但是，毫无疑问，如果把这段视频提供给警方，肯定对大刘有用。

就在这时，老婆贾丽回来了，进了家，就喊道："老公，我买来胶了，你过来把我的鞋粘一下吧。"

白辛良赶紧关了视频，走过去给贾丽修鞋。鞋一拿到手，白辛良的心就酸了：这双鞋贾丽穿五年了，中间修修补补好多次了，每次让贾丽买一双新鞋，她都舍不得，还开玩笑说："等你当上主任我就买。"白辛良也多次信誓旦旦地说尽快实现老婆的心愿，可三年过去了，他还是个平头百姓，负责公司的一份报纸，平时也就是看看邮箱里的稿件，有时还要去干别人都不愿意干的杂活。如果郑经理真是肇事者，那机会不是来了吗？

就在这一瞬间，白辛良打定了主意：把视频发给郑经理，看看他有啥反应。

晚饭后，白辛良进了书房，打开电脑，重新注册了一个信箱，然后把视频发给了郑经理。十分钟不到，回复到了，上面内容是："你没有把它发给警察，说明你有所求，说吧，只要不过分，我会满足你的。"

读完这句话，白辛良激动不已。

·大城小事·

这么说，郑经理应该就是那个肇事者；还有，如果自己顺利坐上主任的位子，这可比那一万元悬赏金实惠多了。白辛良没有犹豫，马上回复了这么一句话："我没有什么要求，只要你让白辛良当上办公室主任就可以了，这点要求不过分吧？"

这一次，对方的回复明显慢了许

多，大约半个小时后，邮件才姗姗而来，打开一看，果然是郑经理发来的，信中就四个字："我答应你。"

第二天下午，郑经理打来了电话，通知白辛良去他办公室。到了那里，郑经理问了一下工作上的事情，然后突然问道："小白，你往我邮箱里发什么东西了吧？"

这之前，白辛良已经做了充分准备，所以此时他并不慌张，而是故作惊异地说："没有啊，郑经理，有什么事吗？"

郑经理倒是有点慌乱，说："也没什么，就是昨天，我和董事长在一块儿吃饭时，我还提起了你。今天我喊你过来，就是想提前给你透个信儿，如果没什么意外，再过一段时间，你就升任办公室主任了。"

白辛良马上表露出一副受宠若惊的神情，然后信誓旦旦地表示以后要努力工作。

一个礼拜后，白辛良的任命书就下来了，他果然当上了梦寐以求的办公室主任。

下班后，白辛良坐公交车去了一家商场，在这里，有一双皮鞋，白辛良和老婆看了好多次，老婆都没舍得买，今天就是买这双鞋最名正言顺的日子。白辛良连眼皮都没眨一下，就爽快地买了鞋，然后坐公交车返回。一下车，他看到了大刘的父亲，挂着根拐杖，走路一瘸一拐的，整个人仿

36

佛一下子老了十多岁。

这几天，从同事们的议论中，白辛良也得知了一些关于大刘父亲的消息，大意是说，因为没有钱，大刘将父亲转到了一家私人小医院，并接受最保守的治疗，最后导致他父亲落下了个残疾的结果，而这个结果，有没有他白辛良的责任呢？如果白辛良及时把那段视频交给警方，郑经理被绳之以法，又拿出钱给大刘的父亲看病，老人家是不是就不会成为瘸子？这让白辛良的心里有股说不出的滋味。

回到家，贾丽不在，白辛良做梦都没有想到，此时，贾丽正和大刘在一家饭馆里，两人四目相对，谁也没有说话，他俩谁也不会忘记一个月前的那一次邂逅……

一个月前，贾丽一人去KTV唱歌，生活的不如意，丈夫的碌碌无为，令她愁绪难解，想来这里排遣一下。她没有想到，在这里遇到了大刘，大刘也是一人。彼此原本就熟悉，于是两人合租了一个包间，一块儿聊天，喝酒，唱歌。那个夜晚，两人都喝醉了，还去宾馆开了房。事后，贾丽很后悔，觉得对不住老公，大刘就劝贾丽，说以他对白辛良的了解，白辛良根本就不值得贾丽去托付一生。可不管大刘怎么说，贾丽就是觉得亏心，这次出轨的负罪感一直折磨着她。后来，大刘的父亲出了车祸，大刘挂出悬赏告示后，还真有人给他发了个视频，可

大刘并没有报警，而是把视频发给了白辛良，他要让贾丽亲眼看看白辛良的人品。人哪，有时还真会为鬼迷心窍的地步，为了一个女人，大刘居然置父亲于不顾……

现在，"检验"结果出来了，大刘说："就这样的人，你还有必要为他而感到愧疚吗？"

贾丽没有回答，而是从挎包里取出钱夹，拿出一沓钱，说："悬赏的钱不能让你出，这是一万块钱，你收好。"说罢，贾丽站起来就走。

大刘慌忙起身，喊了一声，说："你就不能考虑考虑咱俩的事吗？"

贾丽想，白辛良为了办公室主任的位子而隐瞒了车祸的真相，这固然不齿，可你大刘，不是同样隐瞒了车祸的真相吗？而且车祸的受害者是你的亲生父亲，你还是人吗？贾丽想到这里，停了下来，回过头，说："不管我和白辛良怎么样，我和你……是不可能的。"

贾丽回家后，白辛良欣喜万分地拿出了那双皮鞋，贾丽看着，一点也高兴不起来。她想，如果没有她和大刘之间的那个事儿，如果白辛良收到视频不那样做，那么，此时此刻，这双皮鞋将会给她带来多大的惊喜啊！可贾丽知道，生活中没有"如果"，有的只是赤裸裸的现实，既然你做了，就必须承受由此带来的一切……

（题图、插图：丁德武）

半截石碑

□李春晓

发现了宝贝

这天一大早，挖砂船的老板刀疤刘，突然接到手下打来的电话，说是"河底挖出了大宝贝"，工人们为抢夺宝物打了起来。刀疤刘赶紧扔下电话，急急忙忙朝挖砂船跑去。

赶到船上时，几个工人已经打得头破血流，活儿早就停了，再一看，那所谓的"大宝贝"，其实是一块黑色的石碑，大约十多公分厚，六十公分宽窄，碑面是阴刻的篆体书法，有几十个字，落款还有石刻图章。可能是一直保存在泥沙中的缘故，磨损并不严重。此碑字迹不全，有明显断痕，显然只是下半截。

这家伙，一看就不是个凡物。对这类古董、文物，刀疤刘虽然是个

白痴，但他明白这石碑比平时打捞上来的那些铜板、瓷片稀罕多了。他仔细抚摸着这石碑，问道："碑的上半截呢？捞起来没？"工人们摇摇头，刀疤刘马上喝令开动机器打捞，并下了死命令：今天这事，不许泄露半个字，否则严惩不贷！

刀疤刘本是个社会混混，但他脑瓜子好使，他知道，眼下迫在眉睫的是要弄明白这石碑是哪年哪朝的，到底值不值钱。他翻着白眼想了半天，认为只有博物馆或者文化局的人才弄得明白。可是怎么才能去问询他们而又不引起怀疑呢？他眼珠子一转，想到了一个好办法，立刻找来一张大白纸，覆盖在石碑上，用铅笔轻轻描。描好一看，呵呵，描得还真不

赖！刀疤刘随即将纸揣在兜里，出门去了。

在朋友的帮助下，刀疤刘找到了市博物馆退休的老馆长，老馆长把纸打开一看，立马就叫出声来："这不是《石鼓文》的宋拓本吗？怎么，你想练书法啊？"

"啊……对，对！"刀疤刘觉得这理由很好，"我是想练书法。"老馆长听了，十分赞许刀疤刘这么一把年纪还想学书法的念头，接着，刀疤刘小心翼翼地问这东西值不值钱，老馆长说，如果是宋拓本，那是无价之宝，可原物早就失传了。

从老馆长家出来，刀疤刘兴奋得直想跳街舞。老馆长说如果是宋拓本，那就是无价之宝，他哪知道，我这是原碑啊，比宋代还早了去啦！呵呵，如果我把石碑找完整了，那就大发喽！

刀疤刘一回到船上，立即动员全船工人搜寻上半截石碑，还说，谁第一个找到，奖金一万元，放假三天！

探寻另一半

刀疤刘平时很抠门，今儿个简直下血本了，再说这奖励也确实诱人。就这样，一连好几天，大伙儿加班加点，眼睛都不敢眨一下，挖上来成千上万吨砂卵，筛选了每一堆砂石，可就是不见那上半截石碑的踪影。这天

晚上，实在坚持不住了，在大伙儿的强烈要求下，刀疤刘才同意暂停一夜，休息休息。

第二天清早，刀疤刘刚刚起床，一个贼眉鼠眼的家伙就悄悄溜了进来。这人有个外号，叫"瘪二"，是个赌鬼，欠了刀疤刘不少赌债，还不起，只好上了挖砂船当民工。瘪二点头哈腰地站在门口，轻声对刀疤刘说："老大，我有个重要情报向您汇报。"

刀疤刘起先还不以为然，可瘪二一开口，可把刀疤刘吓着了："我知道那上半截石碑在哪儿！"

"什么？"刀疤刘几乎要跳起来，"你真的知道石碑在哪儿？"瘪二严肃地点点头，刀疤刘狠狠地瞪了瘪二一眼，说："奶奶的，那你为什么不早点说？"

"巧合，纯属巧合。"瘪二涎笑着说，这几天加班，好几天没回家了，昨晚回家，老婆逼问他是不是又去赌博了，瘪二被闹得没办法，只好把打捞石碑的事儿说了。"老大，您可别怪我没保密啊，我也实在是没办法，再说，要是我不对老婆说，这半截石碑的下落还不知道呢，您说，不是吗？呵呵……"

刀疤刘有点不耐烦了，喝道："别啰嗦，快说，半截石碑到底在哪里？"

瘪二的老婆是这样说的：她曾经在一户人家看到过同样的石碑，只

有半截，刻的也是歪歪扭扭的字，而且供奉在祖宗灵位上。那碑的大小、形状，和下半截完全一样，于是，瘪二一大早就赶紧过来报信了。

刀疤刘一把抓住瘪二的手腕，急切地要他带路，这一回瘪二倒不急了，磨磨蹭蹭的，刀疤刘知道他的意思，赶紧拿来一个秘藏的小盒子，把借条撕了，把债务免除了。瘪二高兴极了，他带着刀疤刘赶紧上岸，一路赶去……

两人七弯八拐，足足走了四五里地，才来到一家破旧的农舍前，门前，一个老汉正陪着小孙子写作业。瘪二喊道："老李，在家啊，有客人来了！"刀疤刘一看，脸上顿

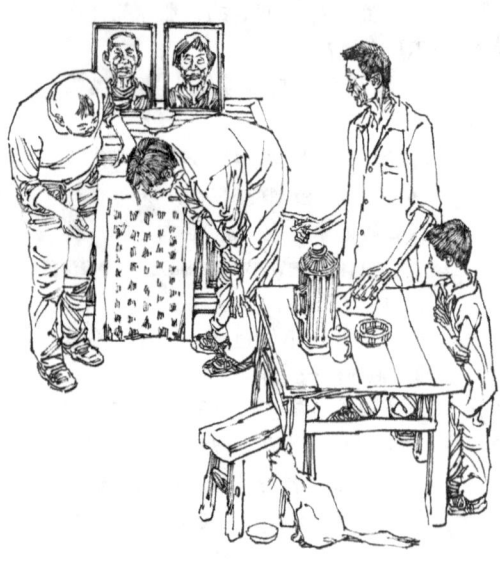

时显出了尴尬模样，原来，不是冤家不聚头，他们都认识！两年前，老李并不住这儿，他是砂场的老职工，一直住在砂场边上。刀疤刘接手了砂场后，不但解聘了老李，还要征用他家的地皮扩大经营，为此双方多次发生纠纷，老李一家没少吃亏。后来在当地派出所的介入下，刀疤刘才答应出资三万元作为搬迁费，先付两万，等老李搬走后再付一万。老李一家万般无奈，只好搬到了这儿，搭起两间破瓦房。可没想到的是，当老李再去找刀疤刘索要剩下的一万元钱时，他翻脸不认人，立马不认账了。为这事，老李没少找刀疤刘和派出所，甚至起诉到法院，但总没个结果，两年下来，拖得老李的心都寒了。今日相见，虽说不上是仇人，但也算得上是个"冤家"，老李自然是分外眼红。

石碑不能卖

刀疤刘没想到要找的人居然会是老李，心里也直叫苦，但看在石碑的份上，必须马上修复关系，他眼珠子一转，就撒开了谎："李大伯啊，以前的事是我不对，不是我赖账，实在是资金上有困难呐，我心里一直很过意不去啊，这不，我今儿个不是亲自上门赔罪了吗？"

刀疤刘巧舌如簧，一会儿猫脸，一会儿狗脸，老李是个实在人，哪斗得了刀疤刘？没十分钟，气氛就和谐了，刀疤刘心头暗喜，说："李大伯，能到你屋里看看吗？我还想深入了解一下你们家的实际情况，这样心里也好有个数。"老李毫无戒备地说："一穷二白的，想看就进去吧。"说完，他就开了门……

老李的家本来就不大，摆设还很简陋，一眼就能看遍整间屋子。刀疤刘心怀鬼胎，眼睛贼溜溜的，一进门就盯上了堂屋的正墙——那里供奉着两位老人的照片，靠墙的桌子上果然置放着半截黑色的石碑，这石碑约有七十公分长，保存良好，上面雕刻的篆文数量、形态、断缝的接口形状，和已经找到的下半截丝毫不差、完全吻合！

刀疤刘两眼放光，他装着很随意的样子问老李："李大伯，这块石碑怎么断了？这是上半截吧？还有下半截呢？"老李终于感觉到刀疤刘的异常了，他有些愠怒地说："这关你们什么事啊？你们到底来干什么？"

话已至此，刀疤刘也觉得没什么好隐瞒的了，反正今天自己是志在必得，他对老李说："我们索性挑开了说吧，我想买下你这块石碑，你出个价吧！"老李一听，明白过来了，气得立马下了逐客令："我就知道你

没安好心，我说狼怎么不吃肉了？石碑不卖，你们快滚蛋！"

刀疤刘嬉笑道："你先别激动啊，我告诉你吧，我找到了这块石碑的下半截，你有上半截，难道你不想让它们团圆，合成一整块吗？"

老李一听，答道："合成一整块？我想啊，做梦都想。既然你们找到了下半截，那好啊，你们卖给我吧，我买！"老李还说，如果刀疤刘把下半截石碑给他，欠他的一万元就算清了，他立马向法院撤诉。

此恩重如山

"一万元？哈哈哈……"刀疤刘和瘸二笑得差点背过气去，瘸二说："李老头啊，你的钱是美金还是欧元啊？这样的宝贝，你就开口一万元？"

刀疤刘赶紧打断了瘸二的话，说："那是，那是，这石碑只有半截，值不了几个钱的。可是李大伯，我真的很喜欢这块石碑，我想练书法，陶冶情操，我以前不学好，就是书读少了，现在就是想用书法来改变自己，你就帮帮忙吧！"

瘸二也回过神来，帮着腔一起软磨硬缠。

双拳难敌四手，老李经不住两个人轮番磨蹭，口气渐渐有点松动了，刀疤刘连忙趁热打铁："这样吧，

你那块，我出两万元，怎样？"老李诧异地望着他说："这不是钱的问题，真不能卖……"

刀疤刘见老李推诿，赶紧加码："五万，一口价，怎么样？马上银货两清。"

老李摇摇头，说："我再次告诉你们，这石碑放我这里是宝贝，价值万贯，放其他人那儿就一文不值。我是告诉你们大实话，免得你们买了上当！"

谁知道刀疤刘是王八吃秤砣铁了心，他从包里掏出五万元钞票，强行一把塞进老李的怀里，说："不管是不是宝贝，反正这块石碑我买定了，我绝不会再来找你麻烦！"说完，刀疤刘和瘪二抬起那半截石碑，一溜烟地跑了，气得老李在后面追着骂："强盗，土匪，你们要遭报应的！"

老李到底没有追上，他悻悻地回到家里，望着那堆钱发呆，不知不觉地想起了往事：

六年前，市里决定在江边修建一所公园，其中一个工程项目，就是在防洪堤的墙面上镶砌各种石刻、壁画，这些作品都是仿古的。由于要预制，而老李工作的砂场因为离公园近，被市里定为主要预制场，不少工程师和雕刻家日夜在这里工作。

一天傍晚，一个姓王的青年雕刻家在加班仿刻一个碑文，老李拉着才一岁半的小孙子在一边观看。小王告诉他，那是篆刻的宋拓版《石鼓文》，还教老李认字，两人谈得很投机。等到碑文完成时，老李才突然发现小孙子不见了，他们急忙寻找，忽然听到堤岸下传来小孩的哭声。他们跑去一看，顿时吓得魂飞魄散，原来小家伙乱跑，不慎掉下了堤坝，但万幸的是从堤坝中伸出的一长溜排水铁管挑住了孩子的衣裳，把孩子挡住了，没掉下堤坝，而下面地形复杂，暗流涌动，一旦落水，九死一生。

情势万分危急，小家伙随时有可能掉下去，老李和小王赶紧去救，可是高度够不着。老李急得才差往河里跳了，小王说必须找块跳板，他看见不远处刚完工的那块仿古雕刻石碑，长短刚合适，马上和老李一起合力把石碑抬过来，架在排水管上。小王年轻，顺着石碑滑下去，小心地一把抓住了小家伙，再踩着石碑往上递给老李。眼看救援就要成功，不料就在老李接到孙子的瞬间，那石碑由于承重强度不足，突然从中断裂，小王猝不及防，与石碑一起坠落江水。

两天后，小王的尸体才用渔网给拉起来，当时他怀里紧紧抱着的就是这上半截石碑。老李家四代单传，不是小王舍生援救，老李家就会从此断后，此恩之大，如同再造。因此，老李就郑重地供奉起这块石碑……

（题图、插图：陆小弟）

杀手律令
第三条

□童树梅

李一刀是个职业杀手，右手持刀快如疾风，杀人夺命直取喉管，一刀致死，从不失手，所以外号"李一刀"。身为职业杀手，须心如刀锋冷酷无情，眼睛只认金银不认人，可李一刀却有些例外，他心中自有规则：有所杀有所不杀，罪大恶极者，即使无一文钱入账，也必手起刀落；不该杀者，虽万两金银堆放眼前，他也不动心、不出手。时间一长，他既是令人闻风丧胆的杀手，更是让人仰慕的侠客。

李一刀是"天地鹰雄会"的成员，这可是天下第一的杀手组织，对李一刀此等放荡不羁的行为，组织上备感头痛，经关门磋商，专门向江湖宣布

了两条"杀手律令"：一、一旦接了业务，必须不折不扣、无条件地执行；二、为上游客户绝对保密，并保证安全。若有杀手违背上述两条，组织将严惩不贷。

制定这两条律令，一是为了树立诚信形象，二是为约束李一刀这样的杀手。果然，"天地鹰雄会"的生意兴隆，而李一刀却接不到业务了，谁让他对要诛杀的对象总是明查暗访、唯恐杀错呢？不过，这样一来，他倒是有时间纵情山水了。

这一天，李一刀到了古城安宜。这城里有个出名的恶霸，叫"黑面虎"，当天夜里，李一刀就一刀割了这厮的喉管，算是给这里的百姓一个见面礼。

次日，李一刀走进大运河畔的一家酒楼，面窗而立把酒临风，不由得连连举杯痛饮。心情正舒畅着呢，忽

听得隔壁有老者哭泣之声，听上去十分凄惨。李一刀平生最见不得老弱病残之人哭泣，当下一皱眉头，高声叫过店小二，问道："小二，什么人在哭？快叫过来！"

小二见李一刀这等大马金刀的样子，便知此爷不好惹，忙转身领了一个老者过来，原来是个要饭的。李一刀问道："你要饭便要饭，如嫌要饭下贱改行就是，哭什么？"

那老者忙擦了一把眼泪，说："这位爷，我并不是个天生要饭的，实际上一个月前我还住着不错的屋子，只恨我那邻居看中了我家地产，便买通官府强行拆了我家，我这才流落街头以要饭为生。刚才偶然想起自己的冤屈，不由得悲从中来，落泪哭泣，不想打扰客官兴致了。"

李一刀听了牙齿咬得"咯咯"响，问："你那邻居叫什么？"

谁知老者听了一脸的惧容，不敢回答，李一刀还要逼问，那店小二先伸头出去四下打量一下，再掩了门，这才压低声音胆怯地说："那人叫翁一汤，开着安宜城中最大的药房'平易堂'。甭看他只是个开药房的，可神通广大黑白通吃，欺行霸市欺男霸女，连三岁小儿听了他的名字都不敢啼哭，哎哟，我多嘴了，客官你只当没听到。"

李一刀听了早已怒火万丈，酒也没心思喝了，扔下一个银锭给那老者，便起身大步离去。

正走着，李一刀忽然停住了脚步，他的目光落在路旁一棵大柳树上：那树身被剥去一大块皮，上面烙着一只展翅欲飞的鹰，旁边还烙着一个数字：13。

那只鹰正是杀手组织"天地鹰雄会"的徽记，这表示有生意上门了，旁边的数字"13"，意思是该由组织内第13号杀手接受任务，而13号正是李一刀！

李一刀当即赶到郊外一间破庙内，在一尊菩萨像下取了密令：有客户指名道姓要你出手，猎杀者，为安宜城中"平易堂"老板翁一汤。

李一刀大笑起来，多行不义必自毙，自个儿正要动手杀了翁一汤，不想有人竟和自己的主意不谋而合，哈哈……

李一刀返身赶到那大柳树旁，在树干上鹰形徽记的下方，用刀刻了一个三角形，这意思是：我接受任务了。按杀手律令，接了任务必须不折不扣完成。

这一天深夜，风急天高、星月无光，"平易堂"老板翁一汤领了老伙计悄悄出门，不多远，便是城中一处最甜最清的水井，每天到这儿取水的人络绎不绝，是城中百姓日常生计的第一个紧要处。两人在井边停下后，翁一汤命令老伙计："把药倒进去！"那老伙计听了不敢怠慢，忙取下肩上

44

褛裢，"呼啦"一声，把里面的东西全倒了进去。

两人只顾忙，不提防暗中一双雪亮的眼睛早把这一切瞧了个清清楚楚，此人正是李一刀。先前他正要进"平易堂"杀人，谁知深更半夜的这翁一汤不睡觉，而是外出做此勾当，李一刀只得跟了来想看个究竟，再寻机动手。此刻，李一刀不由大怒，难怪近日城中瘟疫渐渐蔓延开来，却是此等黑了心肠的人在井中下药，不除此妖孽，天地不容！

李一刀当即拔出刀来，要立取那姓翁的性命，这时那老伙计忽然开口了："东家，恕我多嘴，好几天了，咱都这样在井中倒解药，花费也太大了，再这样下去，只怕支撑不了几天了。咱为什么不明着给病人治病抓药呢？这样即使少收些银两，也好贴补贴补啊！"

朦胧星光下，翁一汤摇摇头，说："危难当头救死扶伤，正是医家本色，若明着抓药，一是怕病人挤破了门也治不过来，不如在井水中下药来得快；二是我们这里的百姓这几年旱涝不断、十室九空，如果我们收钱，只怕他们病死也不敢来。至于我嘛，即使散尽家财也是应该的，医者如果借病发大财，有悖天理啊！"

老伙计听了心中激动，喉咙也有些哽咽，他想了想，又说："既然这样，那干脆明白送汤药岂不更好？我们

还落个人情哩。"

翁一汤听了正色道："我只求心安，要什么人情？再说已有同行对我十分忌恨了，我若明着白送汤药，他们更要怪我沽名钓誉、砸他们的饭碗了，唉，做人难啊！"

望着翁一汤和老伙计慢慢走远，李一刀不由得发起愣来：自己行迹隐秘，那翁一汤和老伙计肯定不知我在暗中偷听，所以绝无演戏的可能，那么，酒楼里遇见的老者说翁一汤强拆民居、欺男霸女，又是怎么回事呢？

李一刀想了想，有主意了，他当即在那井中取了一壶水，再在街上寻

了一个患了瘟疫、奄奄一息的乞丐，把那壶水当场给他喝了，不一会，乞丐竟神智清楚起来。

第二夜，李一刀神不知鬼不觉地来到了一个地方，那是全城数一数二的大药房："济世堂"。此刻，"济世堂"暗室之中灯火通明，药房老板吴济世正在配药，那药腥腥扑鼻，仔细看去是一粒粒绿莹莹的草籽。

突然，吴济世感觉身旁有轻微的异常，他猛地抬起头来，却见李一刀鬼魅般地出现在眼前，吴济世大惊："你是谁？"

李一刀一笑，说："杀手李一刀。我问你，出钱雇我杀翁一汤的人就是你吧？"

吴济世听了一脸的茫然，说："这是怎么说？我干吗要杀那姓翁的？"

李一刀一声冷笑，说："你就别装了，我全明白了！"

原来，李一刀目睹了昨夜的怪事后，思前想后，觉得蹊跷，便在今天白天找到酒楼伙计，略一吓唬，他便全招了，说那老者是事先安排好、专门演戏给李一刀看的，而幕后主使就是吴济世。吴济世为什么要杀翁一汤？其实原因很简单：翁一汤一心为善，瘟疫来袭之际只想着救人，这样一来他便砸了吴济世想大捞一把的机会，吴济世便起了杀心。

李一刀随身带了一只猫，紧接着，他让猫喝几口吴济世配的汤药，不大工夫，那猫竟然口吐白沫动弹不得，而这药，正是吴济世要倒入井中的！

正在这时，吴济世笑了，他脸上并没有一点阴谋被揭穿后的胆怯，说："不错，正是我要杀那可恶的翁一汤。这姓翁的，平时处处跟我作对，卖的药，若我要价一两纹银，他便只索价八钱；我若要八钱，他便五钱。这次我不惜冒风险进得深山，找到有毒草籽投放井中，使得瘟疫流行，然后斥巨资购进解药，原本想大捞一把，不想他同样不惜血本拼命解毒。若再任他所为，我破产只怕是早晚的事。"

李一刀恍然大悟："原来瘟疫是这样流行开来的……对了，我有一事不明，我一来安宜，你便在我面前演戏，你到底如何认出我的？"

吴济世一听面露得意之色："阁下记得'黑面虎'吧？他是我的好友，我看了那刀伤，便知晓你来了，这世上只有你能把刀使得那样快；再说，安宜是个小地方，客栈就那么几家，来了你这么个气度不凡的陌生人，要知道你住在哪里，还不容易？"

李一刀又问："我还有一事不明，你为何偏偏指名道姓要我下手杀了翁一汤？"

吴济世一听，更得意了，说："自你来安宜城中后，我便又多了一个心腹大患，因为我早听说你有所杀有所不杀，万一你在本地待长了，听说了我这么个人，肯定会对我下手的，我

·烟雨长海 朝花夕拾·

必须设法保全自己……"

吴济世的算计十分阴险：他指名道姓要李一刀杀了翁一汤，这样一来，他就成了"天地鹰雄会"的上游客户，按照颁布的"杀手律令"，李一刀就不得杀他；而李一刀已接受了杀翁一汤的任务，所以必须动手。这是一箭双雕之计，既除了翁一汤，又保吴济世不死；反过来，如果李一刀不杀翁一汤，那就违反了"天地鹰雄会"的律令，他就得死；若是杀了吴济世这样的"客户"，他也得死，吴济世料定李一刀是不屑因此而自己送命的。

"啪啪啪"，李一刀听了，鼓起掌来，脸上满是钦佩之色，说："好厉害，你算把我们的规矩琢磨透了，这下子我是非得听从你不可了。可是，有一点你不知道，我们'天地鹰雄会'还有一条折中之法，那就是'律令第三条'——杀手万一违约，右手持刀者，自断右手；左手使剑者，自残左手；无刀无剑者，自废手脚。这样，即可认为已自废武功，并自行退出组织，便可免于组织惩罚。而你，身为医者，不想着悬壶济世，反而蓄意制造祸乱、大肆敛财，对你这样的恶徒，我即使成为废人也必杀之！"说完，刀光一闪，那吴济世嘴巴里只挤出一句话——"可恨的第三条"，便倒地而亡，眼睛瞪得大大的，脖子间的伤口细如一线。

也就在这时，李一刀咬紧牙关，左手持刀，刀光一闪，右手落地，顷刻间，只见血光中他脸白如纸，喃喃自语道："翁一汤，你会收我这个废人为徒吗？"说完，他大步走了出去……

（题图、插图：谢　颖）

阿加莎·克里斯蒂（1890—1976），英国著名作家，擅长推理、悬疑类小说的创作。本文根据他的短篇推理小说《梦》翻译、改编。

梦的谋杀

□ 温 荣 编译

怪 梦

普罗是一位著名探长，这一天，他收到一封信，是发礼先生的秘书寄来的。关于发礼，普罗早有耳闻，他是一个富翁，脾气很怪，还有就是他有一个近乎病态的毛病：非常厌恶黑猫。

信是由一个男佣送来的，信的大致内容如下："发礼先生最近有点琐事要打扰您。如果阁下方便的话，请于明天（周四）晚上9时30分来访。"

信上写明了地址，还特地关照来访时务必带着此信。信末署名是秘书考沃西。

普罗的时间观念一向很强，第二天晚上9时30分，他如约来到发礼的住处。

这是一座高大雄伟、表面陈旧的中古时代的私人住宅，它和繁华热闹的伦敦形成了很大的反差。此时，一个门卫出来核实了普罗的身份，随后带着他走进一间昏暗的房间，只见一个老头坐在椅子上，发礼的长相跟传闻中的没什么两样，穿着缝缝补补的睡衣，鹰钩鼻子上

48

架着一副厚厚的眼镜。

老头和普罗聊了几句，随后，他就说了这么一件事：他最近总是重复地做一个梦，每天晚上梦到自己坐在办公室里，看到桌子上的时钟指向下午3时28分……接着，他就从办公桌的第二个抽屉里拿出手枪，上好子弹，走到窗户前，把手枪对着自己，开枪自杀，紧接着，他就被惊醒了……

普罗点了点头，若有所思："似乎很有趣，那么，您真的把枪放在抽屉里吗？"

老头说："当然。对于有钱人来说，时时保护自己以防不测，那是不容置疑的，不是吗？为此，我还咨询过三个医生，可他们给我的解释都毫无道理、荒唐透顶。听说你办理过很多离奇的案子，所以，我想问你，是什么人想利用这个梦来杀死我？或者说，他们采用什么方法让我每晚都做同一个梦？我担心，这个梦困扰到我无法忍受的时候，我真会按照梦境那样开枪自杀……"

这可是个奇怪的案子，普罗说想去发礼的办公室，想看看办公桌、闹钟和手枪。

老头理了理睡衣，显得有些不耐烦，他突然又坐回到椅子上，咆哮起来："那儿没什么可研究的，该说的我都向你说了，你却无能为力，看来人们真是高估了你，还是请你

离开吧。"

普罗站起来正要离去，那老头突然叫住他："请把那封信还给我！"普罗从衣袋里掏出一封信，递给了他。老头看了一眼后，把它放在一边。

普罗正准备离去，突然，他想起了什么，返身回来："对不起，刚才给您的信是洗衣店给我的致歉信，他们弄坏了我的衣服……这封才是您的！"老头没好气地抓过信，看了看。普罗优雅地道了个歉，拿回自己的信，转身离去。

应 梦

一周之后，普罗突然听到发礼开枪自杀的噩耗，等他赶到那里时，房间里还有五个人：警官巴奈特、医生约翰、发礼的太太露易丝、发礼的独生女琼娜、秘书考沃西。

发礼太太显然比丈夫年轻好多，而且有着乌黑的头发、漂亮的脸蛋。她神情木然，表情倔强，不言不语。秘书考沃西，普罗以前没见过，他穿着得体，显得很精明。

普罗了解了一下情况，他很纳闷：那个奇怪的梦，发礼太太说，丈夫向她提起过，而女儿琼娜却表示从未听说；还有，发礼太太建议丈夫去约翰医生那里咨询一下，可约翰医生却说发礼先生从未找过他。

普罗皱了皱眉头，转向巴奈特

警官，说："那我们谈谈发礼先生死亡时的情况吧。"

警官看了看几个人，说是今天下午，发礼先生要接受两位记者的采访。记者3时15分如约到达，可此时发礼接到路政公司的一份紧急文件，急于处理，就让记者们在他办公室的楼梯口耐心等待。发礼先生随即走回办公室，关上门就再也没有出来。4时多一点，考沃西看到记者还在等着，便推门走进发礼的办公室，发现他已经倒在地上，一动不动，手边还有那把手枪，他已经死了。

此时，普罗突然问道："听到枪声了吗？"

考沃西回答说："没有听到，这儿紧挨着喧哗的大街，楼上的房间都开着窗户，汽车来来往往，汽笛声不断，所以不会听到枪声。"约翰医生接着说："我赶到这里检验尸体，当时是4时32分，发礼先生已经死了一个小时。"

普罗探长面色凝重地说："因此，他的死亡时间和他梦里的时间3时28分基本吻合。那么，手枪上有没有指纹？"

巴奈特警官说，枪上有指纹，而且确定是他自己的。发礼太太说，这把枪一直放在丈夫的抽屉里，而且发礼先生一直一个人呆在办公室里，没有任何人进去过，那两位记者也可以证明，因此他应该是自杀。

此时，女儿琼娜却冷冷地说："爸爸绝对不可能自杀，他对自己的身体健康一向很谨慎……"

琼娜还没说完，发礼太太突然伤心地哭了起来："……原来还是因为那个可怕的噩梦，让他作出了这种选择，怪不得他的行为越来越反常……"

普罗站起来，说："让我们上楼看看他的办公室，毕竟那里是事发现场。"

解 梦

发礼的办公室装饰豪华，室内陈设都很讲究。室内只有一堵墙上安装有窗户，窗户敞开着。普罗向外探出头，他注意到窗户下面没有窗台，也没有任何可靠近的装置能够让人攀援，甚至连一只猫都不可能爬进来。

普罗转过身，发现办公桌上还有一把很大的夹子，他试着用了用夹子，它可以把椅子旁边几英尺远的东西轻松地夹过来。普罗若有所思，他用手指弹了弹桌面，然后要求和琼娜小姐单独谈谈。

不一会儿，琼娜走了进来，她很直率，再次强调没有听父亲说做过任何怪梦，也不相信父亲会在抽屉里放一把手枪，更不相信他会自杀。她还说父亲很有钱，作为独生女当然是父亲的合法继承人。发礼太太露易丝是她的继母，父亲留给她 25 万，剩余的财产都归自己。

普罗指着那个夹子问："它是用来干什么的？"

琼娜说："父亲用它捡拾远处的东西，因为他的腰不好，不喜欢弯腰；还有他的视力，小时候就很差，不戴眼镜什么也看不清，如果有了眼镜就和正常人一样了。"

琼娜出去后，普罗再次把头探出窗外，看到窗户下面狭窄的胡同里有一个黑色的东西，他笑了笑，然后走下楼。

其他的人，都等候在楼下的书房里。普罗要求秘书考沃西讲述一下那封他代写的邀请信。考沃西说："上个星期三下午5 时 30 分，发礼先生口述那封信，由我代写后，让男佣送给您。星期四，你们会面的时候，我去看电影了，直到晚上才回来，那天发礼先生给我放假了。"

普罗突然问道："那天，发礼先生为什么不在自己的办公室见我？"

考沃西说："我是按照他的吩咐办事的，别的我不敢多问。"普罗看着发礼太太，问起了发礼的眼睛，发礼太太说丈夫的眼睛确实不好，配有好几副眼镜。

普罗似乎已经得出了结论，这会儿，他的神情显得很惬意，他往后靠在椅子上，说："这案子已经能够了结了——发礼先生死于谋杀，而不是自杀！"

在场的人都很惊奇，警官巴奈特更是焦急："明明是自杀，怎么会是谋杀？"

普罗用手指弹了弹桌子，说："这是策划已久的谋杀！"随后，他就有板有眼地说出了整个案情的可疑之处：发礼先生既然让他带上邀请信来，之后为什么还要收回去？答案就是凶手故意让大家知道发礼所谓做恶梦的事，而且还是通过普罗，让大家知道他自杀的原因就是无法忍受那个怪梦。

那天，普罗要求到发礼的办公

室看看，他竟不安地断然拒绝，并且让普罗马上离开。这突然的变化显得很奇怪，为什么？很简单，因为真正的发礼先生就在自己的办公室里！更重要的是，当普罗离去时，故意给错了信，而发礼先生亲自看了，竟然没有发现这是洗衣店的致歉信，而不是邀请信！既然他戴上眼镜跟正常人一样，怎么不会发现普罗给错了信呢？这恰恰暴露出会见普罗的这个"发礼"是个冒牌货——他的视力正常，却戴上了厚厚的眼镜，当然看不清楚拿错了信！

所以，这个怪梦完全是凭空编造的，目的正是为了造成假象，似乎是发礼先生忍受不了恶梦的困扰而自杀身亡。

普罗停顿了一下，瞟了发礼太太和考沃西一眼，继续说："除了发礼太太，没有别人知道发礼这个梦和手枪的故事。那么，发礼太太就是编造谎言者之一！究竟是谁和发礼太太实施了这一骗局呢？我想，考沃西应该一清二楚，因为信是他写给我的！"

紧接着，普罗分析了案情：他到访那天，也就是上个星期四，考沃西谎称去看电影，实际上却化了装，扮演了发礼的角色接待了普罗。今天下午，两位记者可以证明事前没有人到过发礼的办公室，可是

不要忘了，考沃西的房间正好在发礼隔壁，所以，他将身体探出窗外，用事先偷来的那个长夹子，把一个黑色的东西故意举到发礼先生办公室窗户前来回晃动，以此来吸引对方的注意力。果然，发礼先生走到窗户前，探出头来看个究竟，就在这时，考沃西用手枪打死了他。4点多，考沃西到发礼办公室为记者传话的时候，他快速擦去夹子和手枪上的指纹，伪造了发礼先生的自杀现场，然后慌慌张张地跑出来喊出事了……

说到这里，普罗轻松地耸了耸肩，微微一笑，说："你们不妨可以过来看一下，窗户下面那个胡同里的黑色东西，就是考沃西当时用来逗引发礼先生、然后扔下去的，现在还留在地上呢！"

此时，发礼太太面色苍白，一下子瘫倒在地上。

巴奈特警官则急忙跑下去，来到胡同，捡起了那个东西——一只黑色的玩具猫！

有传闻说，发礼最为讨厌的东西，就是黑猫！

经过检验，上面真有考沃西的指纹。面对这一证据和发礼太太的供述，考沃西彻底崩溃了，他承认和发礼太太有着不可告人的秘密，为了早日得到那25万遗产，两颗跳动在一起的心，谋划了这场噩梦……

（题图、插图：佐　夫）

□九斗

茶女也知亡国恨

靖康三年，金兵一路南下，把当时的南宋政权逼得节节败退。高宗赵构如丧家之犬，连夜奔逃，在到达长江北岸时，他已经和部下失散，只留下孤家寡人，苦于奔命。

这天赵构又饥又渴，已经再也走不动路了。他跌坐在地，想到前是长江，后是追兵，只怕这里就是葬身之地了。正在心灰意冷的时候，忽然传来一阵悠扬的琴声，赵构心神一振：附近还有人家？那就先讨些吃食再作打算。于是，他撑着最后一口气，跌跌撞撞地顺着琴声一路寻找，原来，密林深处竟然隐匿着一间茅舍。

赵构挣扎到门口就一头栽在地上

屋里人闻声开门，忙扶他进去。赵构一看，屋中有一男一女，都是村人打扮，面容相似，都是眉清目朗，应该是兄妹。

男子开口道："现在是战乱，粮食难得，只得一碗薄粥，先生将就喝了吧。"

赵构哪里还顾得上客气，把粥一口喝光，还是意犹未尽，看得出，他没吃饱，还想吃点什么。男子叹口气，家里再没什么可充饥的了，一旁的女子想起了什么，说："哥哥这次要投军，只怕一时也找不到朝廷的队伍，不如把那茶饼煮了，也能待客。"

男子听了，顿时神色黯然，说："那是先皇赐予父亲的，如今父亲不在了，留个念想儿也好。"

女子道："哥哥愚钝了，原来的万贯家财都在兵荒马乱中毁了，这块茶饼如果不此时用了，还不知便

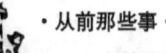

宜谁呢。"

说完，那女子也不理会哥哥和赵构，自己去准备茶具了。

赵构从他们言语中知晓，眼前这兄妹应该是官宦之后，又想投军报国，不由得安下几分心来，坐着看那女子行事。

只见女子从后面搬出一个竹箱子，看着不起眼，打开来却是琳琅满目的一套茶具，共有十二件。要知道宋高祖十分喜爱斗茶，不论宫中还是民间，斗茶之风都很盛行。此女拿出的十二件茶具，正是俗称的"十二先生"：茶炉、茶臼、茶碾、茶磨、茶杓、茶罗、茶帚、茶托、茶盏、茶瓶、茶筅、茶巾，虽算不上极品，却也不俗。

一会儿，女子拿出一块茶饼，只见上面用金箔包着，金箔上压着团龙图案，栩栩如生，正是北宋时盛极一时的北苑贡茶团龙茶饼。女子把茶饼敲碎，放入紫金瓮中细细研磨，接着又用细绢过滤几遍。此时水已煮沸，女子把茶的细末调成牛乳样的茶膏，然后缓缓倾入。顷刻间，满屋内香味扑鼻，袅袅不绝，赵构脱口叫了一声"好"。

更让赵构想不到的是，这女子竟然是"分茶"的高手。分茶也叫点茶，就是在煮沸的茶中用手法使茶汤上形成图案或是花纹，这是斗茶中的最高境界。

一会儿，女子拿出一只斗茶时用的"兔毫盏"，抬起纤纤玉手，执着茶壶，将水注入兔毫盏，用茶筅搅拌，随即一层白色泡沫浮起，她的口中轻轻吟道："茶女也知亡国恨，纤手依旧弄新茶。"随着她的声音，凝乳般的茶汤上竟然真的出现了这样的两行小字，笔画清晰娟秀，宛如女子手书一般！

赵构曾见过许多茶戏，没有一人能做到如此极致，他不由得狂喜过望，忘乎所以地脱口而出："此女技艺甚妙，特录用进宫伴驾！"兄妹俩听了这话猛吃一惊，对视一眼，再细看赵构，忽然明白了，于是双双跪地磕头谢罪。

赵构心情极好，顾不得许多，亲手拉他们起来，细细一问，原来男子叫李马，女子叫李萤，他们的父亲生前官拜校尉之职。赵构正要跟他们细说，突然，李马起身说道："不好，外面有声音——"说着，他俯身伏地，把耳朵贴紧地面，听了片刻，随即跳起身来，说："糟了，有金兵！"

三个人急忙出门，往黄河岸边跑去。原来，李马今天弄了一条小船，隐藏在芦苇丛中，打算带着妹妹渡江，把她安置停当后自己就去从军，没想到突然杀出一个赵构来。眼看着后面追兵越来越近，而船又极小，像个大水盆，哪里容得下三人，怎么办?

这时,赵构已经手忙脚乱地爬上了船,李马看着妹妹心乱如麻,李萤一咬牙对哥哥说:"国不可一日无君,有皇上在才有大宋在,你们走吧。"

说完,李萤纵身一跃,一头扎进了水里。

李马见妹妹投江,便想跳水救人,没想到赵构这边一动,差点把船翻过去,赵构吓得大喊"救命",他一嚷,引得金兵一窝蜂过来了。李马无奈,只好撑船向江中心划去。金兵到了江边,只能望江兴叹,眼巴巴地看着赵构逃脱。

李马强忍着悲痛,载着赵构渡江而去。

到了江边,天已放亮,有渔夫路过,把他们救了回去。这里已是南宋辖地,地方官听说皇上落难于此,马上前来接驾。

接风宴上,官员们一齐庆贺赵构鸿福齐天,能横渡长江大难不死。赵构此时心情已是大好,加上喝了几杯酒,不由得信口开河起来,他说,当日行到长江边上,前无道路,后有追兵,正为难间,寺庙里的泥马突然复活,驮上他横渡长江。

众人一听都说是奇迹,全都跪拜在地高呼:"天佑吾主,吾主为真龙化身,这才有泥马渡江的千秋佳话。"

一番话恭维得赵构得意洋洋,就在这时,赵构猛然回头,却见一旁的李马满脸的迷茫,这才想起自己失言了。几天后,赵构命人赐李马御酒,李马因为李萤之死心有愧疚,端起酒来也不多言,一杯又一杯地喝着,想借酒解愁。不料这酒喝下去,李马突然发现自己张开嘴却说不出话来,原来赵构所赐的酒掺了药,就这样,李马成了哑巴,不久便暴病身亡了。

李马一死,赵构去了心病,可是另外一件事让他耿耿于怀,那就

是李莹的分茶绝技，如此的绝世妙技，自己却不能享用，岂非枉为天子？于是他广招天下能士，却没人能及李莹一二。

转眼间，赵构当上皇帝已经十几年了，这期间，他对金国委曲求全、言听计从，丧尽天朝威严。没有多久，又迎来了金国的使臣，无非是又要提出种种苛求，让宋国多多供奉。赵构虽然头疼，可是不敢不以上宾之礼相待。

这一天，赵构亲自设宴，请金国使臣用膳，金国使臣挑三拣四，百般挑剔，赵构不敢有一丝不满，赔笑附和。

酒过三巡，金国使臣突然开口说道："久闻宋国有百茶戏，不知可有什么好看的。"赵构一听忙命身边人准备，身边的宫人训练有素，马上抬出茶具表演起来。因为赵构素日里喜好这一口，宫中分茶高手很多，很快点出一幅"江天一色图"。

金国使臣看着不以为然，挥挥手，让随行的一个白发女人走上前来。白发妇人手艺娴熟，抬手执壶，将水注入茶盏，搅拌一番，随即白沫泛起，凝乳般的茶汤上很快显出一幅图来，众人一见不由得叫绝，原来金国使臣暗自带着分茶高手，前来挑战宋国！

赵构被白发女子的绝世茶艺吸引，不由得离开龙座，走近观看。

这时候，只见茶面平复，四句诗缓缓浮了上来：

> 茶女也知亡国恨，
> 纤手依旧弄新茶。
> 可恨昏君负恩义，
> 只将李马作泥马。

赵构看罢心里一惊，死死盯着白发女子问道："你、你是何人？"

白发妇人抬起头来，赵构心中一惊：当日在茅舍中和李莹见过一面，仅仅过了十几年，李莹应该不过三十，可眼前这女子，面色如灰，就像垂暮老妇一般，怎么会这么老呢？

妇人低声说道："民女李莹，落水后被金兵救起，大难不死，因为茶艺在身苟活性命，今日来为哥哥报仇！"说罢，她随即拿起一只茶碗向地上一摔，拾起其中一块锋利的瓷片刺向赵构。赵构吓得连连后退，没想到脚下一绊，与此同时，李莹的瓷片已经刺下，正中赵构的下体，登时血流一片；紧接着，李莹紧握瓷片，用尽力气，刺入自己的咽喉……

从这以后，赵构成了废人，再也没有生育能力。他纵情声色却落得这个下场，只是从那以后，赵构看到茶具就会惊恐万状，不许宫中再做茶戏，就这样，分茶绝技慢慢失传了。

(题图、插图：黄全昌)

相传"幸福"是一个美丽的玻璃球，破碎后散落在世间的每个角落。有的人捡到多些，有的人捡到少些，却没有人能拥有全部……

神奇水晶球

□ 老 三

命运诊所

瑞丝是个心地善良的姑娘，家住新西兰的奥克兰。她在经历了一场痛彻心扉的失恋后，对爱情彻底绝望了，决心从此不再恋爱，一个人终老一生。

一年后的一天，瑞丝偶尔驾车郊游，见路边一幢住宅的墙上，挂着块大招牌，招牌上画着一个金光四射的水晶球，下面有一行红色大字："命运诊所"。

瑞丝知道，这应该是用水晶球算命的。反正闲着没事，她停了车，走到门前，按响了门铃。

开门的是个胖胖的老妇人，满脸皱纹，神情阴郁，她是个白种人，穿着装扮却像印第安女巫一样怪异。两人互通了姓名，老妇叫芭芭拉。

她们在一张桌子前相对而坐，芭芭拉摆弄着桌上一个蓝色水晶球，那球直径有碗口大小。瑞丝是第一次目睹这玩意儿，好奇地端详了一番。她原以为水晶球应该晶莹剔透、闪闪放光才对，可这个水晶球颜色灰暗，像是个玻璃球。

芭芭拉开门见山地说道："姑娘，说吧，想问什么？水晶球会告诉你答案的。"

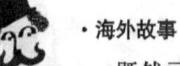

　　既然已经进来了，又是花钱算命，那就认真点儿吧，瑞丝便将自己痛苦的失恋过程，以及对爱情的绝望，细细地说了一遍。

　　芭芭拉听完，一声没吭，开始一本正经地观察水晶球。瑞丝也盯着水晶球，可她看到的还是一个普普通通的蓝色玻璃球，什么玄妙之处也没有，她有些疑惑地问："请问，您……真的能从这球里看出什么来吗？"

　　芭芭拉瞪了瑞丝一眼，不满地说："这还用问？你以为这是普通的水晶球？这是我师傅临终前传给我的，已经传了不知多少代，是价值连城的无价之宝。"

　　瑞丝听了，心里顿时有了几分敬

畏，她不再言语，耐心地等待着。

　　漫长的五分钟过去了，芭芭拉突然眉毛一挑，眼睛一亮，说了声："有了！"

　　瑞丝坐直了身子，虔诚地倾听，芭芭拉说："根据水晶球里的显示，你的心上人将在网络上出现，你们将通过网络结识，相知相恋。"

　　瑞丝回到家，跟小她一岁的妹妹蕾西讲了芭芭拉的"水晶预言"，蕾西一听，立马打开电脑："姐姐，那你赶快行动吧，为我找个好姐夫！"蕾西实在是盼望姐姐能早日从失恋的痛楚中解脱出来，重新开始幸福的人生。

　　几周后，瑞丝告诉妹妹，她从中国一个英语学习的网站上，认识了一个叫路舜的小伙子，他准备移民过来，正在网上找英文老师。两人很谈得来，非常来电。

　　从那后，瑞丝一下班，就迫不及待地上网给路舜授课。渐渐的，两颗年轻的心擦出了火花，但瑞丝从不与对方视频，也拒绝相互传送照片，她十分珍惜这份感情，想把神秘感保持到相见的那一天……

乐极生悲

　　半年后，路舜顺利地以"技术移民"的身份，来到了奥克兰。这时，路舜反倒不急着见面了，他说自己是个十分传统的中国人，要先立业再成

家，等他有了一份稳定的工作后，再与心上人相见。

瑞丝每天都默默地向上帝祈祷，祈盼着路舜能尽快如愿以偿。终于，这天晚上，瑞丝接到了梦寐以求的电话，路舜说他已找到了固定的工作，已经正式上班了。明天傍晚，他约瑞丝在一个公园的纪念碑下见面。

放下话筒，瑞丝激动得浑身颤抖。第二天，她给公司打电话，请了一天事假。妹妹蕾西也请了假，要给姐姐当参谋。

到了下午，瑞丝还没打扮好，总觉得镜子里的自己，这儿也不满意，那儿也不顺眼。她突然记起街对面的超市里，有一种银色的头花跟自己的金发很匹配，便连跑带颠儿地出去买。

从家里拐出来有一条十几米长的胡同，出了胡同就是马路。瑞丝太兴奋了，哼着歌冲到了马路上，就在这时，意外发生了：一辆车开了过来，随后瑞丝听到一阵刺耳的刹车声，她整个身子腾空飞了出去，接着就什么也不知道了。

肇事的是一辆市内公交车，司机吓傻了，坐在驾驶座上一动不动。一位路过的便装妇女迅速跑到倒地的瑞丝跟前，蹲下身子，摸了摸她脖子左侧的脉搏，掏出手机，一边打电话叫救护车，一边上了公交车，拿出一个证件亮了亮，安慰司机说："我是便衣巡警，我都看到了，责任不在你，

你放心！"司机这才喘出一口长气。

蕾西闻讯跑了过来，痛彻心扉，放声大哭，她指责着司机："你没长眼睛吗？"司机耷拉着脑袋，一声不敢吭。

很快，救护车赶来，送瑞丝去医院抢救。

黄昏时分，路舜在那个公园的纪念碑下，焦灼地等待着瑞丝。他按照约定，手中捧着一束鲜艳的康乃馨花。

一会儿，一辆小车飞快地驶来，下车的是蕾西，她一看对方，大惊失色，瞪了路舜几眼，放声大哭："上帝啊，你让我姐姐和这人相恋，他从中国千里迢迢来这里，就是为了开车把我姐姐撞成植物人吗？"

原来路舜，就是那个肇事的司机，他对瑞丝说找到了工作，其实就是开公交车！

终成眷属

这时，路舜也恍然大悟了，他晃了晃身子，同手中的康乃馨一起，瘫倒在地。

几天后，一个响晴的下午，蕾西开车来到市郊，敲响了芭芭拉的宅门。她阴沉着脸，恼怒地盯着对方，真想狠狠在老太婆的肥脸蛋上甩几个耳光。可是，芭芭拉得知了蕾西的来意后，毫不理会她的质问，而是旁若无人地坐着，聚精会神地盯着水晶

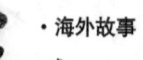

球……

这一次，时间短了点儿，才两分钟，芭芭拉就惊讶地叫道："显示了，显示了！"她抬起头来，"水晶球告诉我，上辈子你姐姐是你的情敌，她把你害死，夺走了你的未婚夫——就是那个叫路舜的！这辈子，她是来赎罪的，自己成了植物人，好成全你和路舜。"

蕾西怔住了，久久没有回过神来。回到医院，蕾西正在走廊上走着，忽然瞧见姐姐病房门口站着个手足无措的女医生，紧接着，又跑来两个身材魁梧的保安，冲进了姐姐的病房。蕾西慌了，不知发生了什么事，跑进病房才知道，原来路舜不知什么时候，悄悄摸进了姐姐的病房，跪在床头拉着她的手哭。医生撵他，他无动于衷，保安只好前来支援。

保安架起快哭昏过去的闯入者往外拖，被蕾西制止了。路舜无力地靠在蕾西的肩膀上，发出撕心裂肺的哀号。蕾西不由自主地抱紧了他，两人哭成了一团。

从那以后，路舜只要一下班，就来陪伴瑞丝，给她喂食、擦身、料理卫生。护士不让他插手，他就急得掉眼泪。护士们可怜他，只好允许他干点儿力所能及的。没旁人的时候，路舜告诉蕾西，他不会再结婚了，就这样陪瑞丝过一辈子。

这一番痴情深深打动了蕾西，两

年后，真的就像水晶球预言的那样，蕾西和路舜结合了。新婚之夜，蕾西将芭芭拉的"水晶预言"告诉了路舜，令路舜对人生的无常与命运的莫测，感慨了良久。

不久，蕾西有孕了，B超显示，是个女宝宝。这天，蕾西不知出于什么心理，和路舜一起，开车去找芭芭拉。

芭芭拉认真观察了水晶球半天，深沉地一笑，对蕾西说："我从水晶球里看到，你生产前，你姐姐会咽气，她将投胎做你的女儿。"

老实说，蕾西现在对芭芭拉，已经从最初的仇恨和怀疑，变成了敬畏和信任。她晓得姐姐是永远不可能苏醒了，与其一辈子躺在床上不省人事，还不如早点儿投胎转世；若是真做了自己的女儿，自己会好好地疼她爱她，让她幸福、快乐。

临走前，芭芭拉叮嘱道："等你小孩半岁时，别忘了给我挂个电话。"

事实又一次印证了水晶球的灵验，蕾西分娩前半月，瑞丝在一个深夜里安静地离世。十五天后，蕾西在妇产医院生下了一个可爱的女婴。

美丽谎言

女儿半岁的一天，蕾西忽然记起了芭芭拉的叮嘱，便给她打去了电话。芭芭拉要蕾西方便的时候，一家人一起去她那儿一趟，她免费为孩子用水晶球算一下命。

周末的下午，蕾西一家三口，驱车前往。

在屋子里，芭芭拉抱过小姑娘亲了又亲，喜爱之情溢于言表，一会儿，她把女孩还给妈妈，坐下，全神贯注地观察起水晶球来。蓦地，芭芭拉的眉头紧锁起来，面颊上的肥肉怪异地抽搐着，脑袋上冷汗直流。蕾西一看，心猛地抽搐起来，紧张地盯着她。

半天，芭芭拉抬起头来，颤抖着说："我从水晶球里，看到了非常非常糟糕的影像……"蕾西和路舜一听，脸都急白了，异口同声地问："快说，是什么？"

"你们一会儿回家的路上，将遭遇车祸，一辆16轮的载重大卡车，将与你们的车相撞，两个大人将受重伤，可怜的小姑娘将不幸夭折！"

蕾西和路舜互相看了一眼，难以置信，路舜说："那我们怎么办？要不把车放这儿，我们打的回去？"

芭芭拉连连摇头，说："水晶球显示了，不管你们坐什么车回去，结果还是一样。唉，怎么会这样在劫难逃？"

蕾西说："不行的话，我们住汽车旅馆去，明天再回去……"还没讲完，她就从芭芭拉的表情中看出，这样也行不通，蕾西绝望了："天啊，我们的命怎么这么苦！"

两人把目光投向了芭芭拉，带着乞求的神情，请她帮忙。

芭芭拉的表情也显得十分痛苦，她抱头沉默了良久，终于一拍大腿，下定了决心："罢了，解决的办法只有一个，就是把这水晶球送给你们。有了这个魔力水晶球，你们就可以一路平安；把这个魔力水晶球放在家中，还可保孩子一世的平安！"

路舜听了，嚷了起来："我们怎么能白要你的？多少钱，我们买！"蕾西点头同意："只要能保孩子无恙，多少钱我们都舍得。"最后，路舜用芭芭拉家的电脑登录网上银行转账，往芭芭拉的账户里打进了2万元。

一家三口带着水晶球开车离去了，芭芭拉抽了根烟，喝了杯红酒，艰难地将肥胖的身子从椅子上挪动出来，摇晃着笨重的身躯，走进小卧室，打开一只大木箱，木箱里有七八个蓝色的"水晶球"，同她刚才卖给蕾西家的那个一模一样。

这种大玻璃球，是芭芭拉从一家工厂里，花89块钱一个批发来的。每年都会有许多人找她用"水晶球"算命。其实，芭芭拉用的是一种古老的骗术：凡是算错的人就"淘汰"，算对的她才会继续骗，所以，最后留下来的这些人，对芭芭拉都深信不疑，她说错了，忽略不计；说对了，奉若神明……

（题图、插图：佐　夫）

平安是幸，知足是福，寡欲是寿，清心是禄……

当好亲戚是学问

□ 方冠晴

1.狗闹出的事

祥瑞小区当初选址就选错了地方，一个很普通的居民小区，却建在市里有名的"富人区"对面。这且不说，小区的大门，就正对着最豪华的一幢别墅，两者之间相距不到30米。

那幢别墅里住着一对夫妇一只狗，那可不是一般的狗，不仅仅是它名贵，还因为它会欺负人。它家的主人每天上午和傍晚给它放风两次，它每次从别墅大门出来，就会兴冲冲地跑到祥瑞小区的大门口，首先抬起后腿，冲大门的立柱撒泡尿，然后开始遛达：跑进小区，这里嗅嗅，那里闻闻，逛够了，临离开时，会在大门正中间的空地上拉泡屎。

一般情况下，狗屎会被小区的保安收拾掉，但有时也会疏漏，会被哪个倒霉的居民踩着了，居民就会骂保安。还有那狗屎的臊味始终有，大热天的太阳一烤，那味儿就特浓烈，弄得小区的住户都对保安有意见，一只狗都拦不住，还当什么保安？

保安队里有个叫赵继良的，三十来岁，蔫不拉叽的一个人，平时连话都不多说，有一天，被住户们骂得受不了啦，就要去找狗的主人谈谈。保安队长拦住了他："甭去，谈不拢，人家根本就不是个讲理的主。"

赵继良显然动了气，说："不讲理？不讲理咱就将他的狗给收拾了！"

保安队长直摇头："你知道人家刘老板是干吗的？全市中小学生喝的早餐奶都由他经销，没点后台咋行？实话跟你说吧，白副市长是刘老板的小舅子。"

赵继良还认死理："白副市长也得讲道理呀，何况只是他的亲戚！"说着，他埋着头，"噔噔噔"地奔别墅去了，队长在他的身后无奈地摇着头。

赵继良到了别墅门口，刚好刘老板准备出门，被他堵上了，他说："刘老板，我得跟你说件事儿，你家的狗天天到我们小区门口拉屎撒尿……"他的话还没说完呢，就被刘老板拨拉到一边去了，刘老板说："你们打扫一下就得了，和狗较什么劲？难不成你还和狗一般见识不成？"

赵继良被噎得直翻白眼，想要与对方理论时，对方已上了车，发动车子走了。赵继良气得脸都青了，这回呀，他还真跟狗较上劲了，他去外面买了个铁笼子，回来等着。傍晚的时候，狗又来了，正抬起后腿撒尿呢，赵继良悄悄走过去，猛地一扑，将狗逮住了，塞进了铁笼里。

狗在铁笼子里关着，"汪汪"地叫个不停，刘老板的老婆听到叫声，奔出来，指着赵继良就骂："你活腻

·社会长廊 生活广角·

歪了，敢动老娘的狗？"赵继良说："你家的狗随地大小便呢，既然你没空教它，我帮你教它。"

女人要赵继良将狗放了，赵继良不放，女人来了火，打了个电话给老公。没三分钟，刘老板开车回来了，车刚一停稳，人就奔过来，指着赵继良的鼻子，问："是你将我家的狗关起来的？"

赵继良刚一点头，"啪"的一声，刘老板一个耳光甩过来，打得赵继良眼冒金星。保安队长吓得赶紧跑到两人中间，将两人隔开，低三下四地对刘老板说尽好话。

赵继良挨了打也没还手，他是蔫巴人呢，蔫巴人没啥大脾气，他只是掏出手机打了110报警。一会儿，警察赶过来了，警察显然认识刘老板，只是和稀泥，先批评刘老板，说："你打人可不对。"接着，他批评赵继良："你关人家的狗也不对，你将人家的狗给关进笼子里，难怪人家生气。俗话说，打狗欺主嘛，还是放了吧，放了狗就没事了。"

赵继良虽然没脾气，但执拗，就是不放狗，说："他不愿教狗怎么大小便，那么，我来帮他教。我什么时候教会这只狗该在哪儿大小便了，我再将狗还给他。"

刘老板盛气凌人："那是狗，你教得会它该怎么大小便？就像你只

是个穷保安，我能教得会你该怎么做生意赚大钱吗？这道理是一样的嘛！"

这话太侮辱人，连警察都听不下去了，叫刘老板说话注意分寸，但赵继良倒没见怎么恼，还是心平气和的，说："不就是做生意吗？谁只要教教我，我就会，所以，你家的狗，也应该教得会！"

按理，赵继良都这么放低姿态了，将自己和狗相提并论了，刘老板该得势饶人吧，但刘老板不，还撇着嘴角奚落道："就你？也学得会做生意？学得会做生意还穿着这身狗皮

在这儿挣一个月万把大毛？你还真不知道自己是谁了！"

赵继良不卑不亢："人不可貌相。我真要做生意，说不定比你强哩！"这句话一说完，刘老板听了"哈哈"大笑，周围的人也觉得赵继良这是说大话，哪知道赵继良挺认真的，说："你还别不相信，就你做的那点生意，我还真看不上眼。要我做，我真比你强，要不，咱俩打个赌？"

刘老板一听，"扑哧"一笑，乐了，说："就你？跟我打赌？"

赵继良却挺认真的，说："咱这事也得有个解决，你有钱，又有当官的亲戚，咱怎么都斗不过你。要不这样，咱俩就来打赌解决这件事。你说你教不会我做生意，我说我做生意比你强，既然这样，咱就比做生意，我比你强了，你家的狗今后就得拴在家里，不准再到我们小区门口来随地大小便。"

两人在理论时，正是下班时间，小区里的住户回家时见到这场景，都停下来瞧稀奇，连对面的几个老总也过来看是怎么回事，大家里三层外三层地围着。刘老板被一个小保安叫板，说是要和他比谁会"做生意"，感觉扫了颜面，有些恼了，当下唬着脸，问："你要比不过呢？"

赵继良还是那副不紧不慢的语气："如果比不过，小区门口随便你的狗怎么拉，而且，你的狗拉完屎，

我还保证给你的狗揩屁股。"

刘老板指着赵继良的鼻子，狠狠地嚷着："这话可是你说的！"

赵继良说："空口无凭，我可以跟你立字据。"赵继良当下就去保安室找来纸笔，保安队长拽着他的胳膊，晃了又晃，不停地朝他眨眼睛，小声说："好了，话说说就得了，真跟人家打什么赌？"

赵继良却大声说道："就他那点做生意的本事，我还真瞧不上眼，要打赌哇，他稳输。"他问刘老板："你说吧，你做生意一个月能赚多少钱？"

刘老板当着这么多人的面，被一个小保安小瞧，已是恼火至极，但当着这么多人面发作又有失风度，于是压着性子："每年也就挣个两百多万吧，够你当保安干两辈子的。"

赵继良说："就算你每月挣20万，行不？"

刘老板冷冷地"哼"了一声，算作回答。

赵继良说："我对做生意没兴趣，不可能长期跟你赌，咱就赌个短期的，你一个月能挣20万，我呢，20万半个月就给你赚回来。我半个月做生意没赚到20万，算我输，我给你的狗揩屁股；要是我半个月赚着20万了……"

刘老板发了狠："那算我输，我的狗不再踏进你们小区半步，而且，

我个人还赔给你20万！"

赵继良不急不忙地说："我对钱没兴趣，也不稀罕你赔钱给我，我只要你家的狗不再来拉屎撒尿就行了。"说着话，赵继良一本正经地在纸上写起字来，写完了，念给大家听，然后对大家说："这就是我和刘老板的赌约，在场的有警察，有平头百姓，也有当老板的，大家给做个见证，人活一张脸，谁输了，要愿赌服输，说话算数。刘老板要是没异议，就请签字。"

事情到这地步，就像真的了，小区里的人都为赵继良捏着一把汗，怕他难收场，一个当保安的，做得了什么生意哟！那几个对面来的老板，则饶有兴味地看看赵继良，又望望刘老板。刘老板脸上扛不住，气呼呼地走过去，"哗哗"几笔，在赌约上签了字。

既然这个赌当真了，刘老板就不能不认真对待，他想到了一种可能，说："这年头，借个20万也不算难事，到时你别一分钱没赚到，到哪里借来20万，说是你赚的。"

赵继良说："这样吧，这小区5号楼底楼有户空置房，我没钱租门面，这租金你帮我付了。我租用半个月，你可以监督着我，我当着你的面做生意，是赚是赔，凭账目说话，让你一目了然！"瞧，这话说的，好像他胜券在握似的……

2.生意这样做

一个小保安要与大老板比做生意，这是笑谈也好，趣闻也罢，一时间在祥瑞小区和对面的富人区传开了，大家议论纷纷，而且第二天，大家还饶有兴味地来保安室看情形。

赵继良已经不在保安室呆着，他向保安队长请了半个月的假，看来，这事儿他还当真了。

几天后，赵继良扛回来一块招牌，像模像样地挂在5号楼底楼那空置房的门边，那招牌倒挺像回事的，上面描着"继良白酒销售公司"的金字。赵继良弄了一挂鞭炮，点着了，"噼噼啪啪"一阵过后，他就冲围过来看热闹的人连连拱手："继良白酒销售公司今天就算开张了，我就是董事长了，大家同喜同喜。"

看的人直乐，这怎么看怎么像个玩笑，挂块牌子就算公司了？刘老板夫妇也在人群中看热闹，他铁青着脸，没好气地问赵继良："这就算你的公司？一块牌子？"

"什么叫一块牌子？我有经营许可证呀，刚注册的。"赵继良拿出许可证来，摆在茶几上，"我这可是正正当当的公司，不比你的乳品销售公司差。"

刘老板冷冷地"哼"了一声，不再理赵继良，刘老板老婆可没这样的气量，她撇着嘴角，冷笑着问赵继良："有牌子有许可证就算公司了？你的货呢？"

"货？有哇！"赵继良从包里拿出一叠纸来，"我刚在打印店花50块钱印的。"

刘老板和老婆双双凑过头来，看那叠纸，只见上面印满了一张张小票，每张小票上有这么几行字："中秋节礼品券，价值125元白酒一瓶，继良白酒销售公司，地址……"赵继良拿出刚刻好的公司公章和自个儿的私章来，像模像样地在每张小票上盖上两个章。

刘老板实在看不下去了，他怎么看都觉得赵继良在搞恶作剧奚落他，发作吧，赌约还没到期呢，反而会留了话柄，于是心里嘀咕着：我就等着吧，等半个月后赌约到期了，看怎么收拾你！

刘老板夫妇俩走了，赵继良将那些小票盖完章，累出一身汗来，两万多张小票呢。他将那摞纸装进包里，背上包，就准备出门，刚骑上电动车，还没发动呢，保安队长跑过来，拦住了他："你这是开开玩笑呢，还是真和人家赌？"

赵继良正儿八经地说："当然是真赌。"

队长指着那块牌子，一脸担忧："要真赌，你就真得天天给狗揩屁股了！'白酒销售公司'，现在什么季节？大热的天，谁买白酒喝？大家要喝也是喝啤酒呀，你这半个月怎么赚钱？"

赵继良胸有成竹："再过几天就是中秋节呢，白酒卖不掉，我让人家单位发给员工当礼品总成吧？"说完这句话，他骑上车，就奔市钢铁厂去了。市钢铁厂是国营企业呢，里面有两万多名员工，如果给每人销一瓶酒，就差不多能赚20万了。

赵继良骑车来到钢铁厂大门口，门口有限制出入的栏杆横着呢，他见了也不减速，连人带车闯过去，"咣当"一声，电动车的把手刚好撞在栏杆上，木栏杆当即就断了，他也连人带车摔了个仰八叉。

保安赶紧跑过来，先将他从地上扶起来，问他伤着没有，他说："我有准备呢，没伤着。"保安的脸当即黑下来："你有准备？成心撞我的杆子是吧？现在杆子撞断了，你说，怎么办吧。"

赵继良说："按理该赔，但我身上没带钱，下次吧。"说着，他扶起车就要走，保安赶紧上前，将他的车给锁了，说："下次？下次我哪里逮你去？回去拿钱来取车，也不要你多赔，300块得给吧？"

"300块不多，我这就回去拿钱去。"赵继良倒干脆，空着双手就往回走了，但他并没回家，而是直奔市政府去了，径直来到了市长办公室。市长正在办公呢，一抬头见了他，有些不悦："我跟你说过多少回了，没事别往这儿跑，这是政府办公的地方。"

赵继良说："当然是有事。姐夫，这次你可得帮我。"他将骑车撞断了钢铁厂门口横杆的事说了，市长一听不高兴了："这多大点事，你赔钱不就得了？"

赵继良苦着一张脸，说："我愿意赔钱呀，可人家讹上了，说要赔1000块，不就一根木杆吗？顶多值300块，他这不是讹人吗？你得给我说句公道话。"

市长手一挥："我跟你说过多少

次，你是我的亲戚，就要当好这个亲戚，在外面不能打我的旗号，我也不会以市长的身份出面为你说话。"

赵继良上火了："我不打你的旗号占便宜，可也不能因为是市长的亲戚，就任由人家欺负呀！"

市长秘书看不下去了，说："要不我出面调停一下？"

市长断然阻止了："不能出面，让他自己解决去，保安要是为难你，你找他们厂的李厂长，李厂长人还正直，我相信他会公平处理的，该赔多少是多少，不会向你多要的。"

赵继良装着很不满的样子，走了。一会儿，他来到钢铁厂门口，赔给保安三百元钱，然后说是要找李厂长。保安开了收据，又让赵继良在来访登记本上登记了，这才放他进去。他见了李厂长，连忙自我介绍："我是霍友华的小舅子，是他让我来找你的。"

霍友华？这不是市长吗？李厂长不敢怠慢，连忙让座，但心里还有疑问：霍市长从来不出面为亲戚办事呀，怎么现在让小舅子上门来了？这个小舅子是真的还是假的？赵继良看出了他的心思，说："这年头，打着领导的旗号出来办事的一定不少，所以，我姐夫说了，我到了，就让你给他打个电话，好证实一下。"

李厂长当然巴不得，就拨打座

机。电话通了，是秘书接的。秘书将电话转给霍市长，电话里立即传来霍市长的声音："我是霍友华。"李厂长立即恭恭敬敬地说："霍市长，我是钢铁厂的李东平呀，这里有个叫赵继良的来找我，说是您让他来的。"

赵继良贴近旁边听着，就听话筒里姐夫说："是的，是我让他去找你的，但是，你别因为他是我的亲戚，就放弃原则，该怎么办就怎么办，是多少钱就多少钱，别……"赵继良赶紧接过话筒，说："我给我姐夫说几句。"他一接过话筒，霍友华就不满了，冲他吼道："说了叫你别打我的旗号呢！"赵继良挺委屈的："是你叫我找李厂长的呀，我不说出你的名字，人家也不相信呀，你总是怕犯错误，多大个事嘛……"说了一通，他将电话挂了。

证实了赵继良的身份，李厂长立即殷勤起来，问赵继良，霍市长让他来有什么事。赵继良这才拿出了他的公司营业执照，诉起了苦："刚办了个公司，没做过生意，也就没经验，这季节开个白酒销售公司，大家都喝啤酒，白酒销不出去呀！也是走投无路了，去求我姐夫，你知道我姐夫那人，总怕犯错误，我好说歹说，他才松了口，说你与他关系不错，外人不能找，也只能来找你。你们厂端午节时就没给职工发什么礼品呢，兴许中秋节时可以发给职工们一点福利。"

李厂长心领神会，但也马上叫起苦来："端午节是没给职工发什么，主要是这几年钢铁厂效益不好啊，既然是霍市长出了面，再难，这事儿也得办，只是厂里经济困难，霍市长也是知道的，所以……"

赵继良说："我知道你为难，我不是也为难嘛，所以我现在是赔钱赚吆喝。酒都是品牌酒呢，明码标价，这点您放心。李厂长帮了忙，也不亏着，我给你算九折……"

酒市的行情，大家都懂，销售公司也就百分之十的利润，赵继良将利润全给了李厂长，这生意哪有做不成的？到了这会儿，赵继良才适时从包里拿出了礼品券，说："我只有一个要求，让员工们拿礼品券上我那里领酒去，这样省了你们的麻烦，也免得让我再花钱往这里运不是？"

李厂长得了这么大的好处，当然也得为赵继良着想呀，更何况，发礼品券比发酒还省事，酒搬运过来，破了瓶什么的，还有损耗呢！

3.钱要怎么赚

赵继良将两万多张礼品券给了李厂长，李厂长让财务将货款打进赵继良的账号，赵继良再返还给李厂长一成的提成，这笔生意就轻而易举地做成了。当天，钢铁厂的员工们就都领到一张价值125元的礼品券，全乐

呵呵的。

赵继良回到5号楼自己的"公司"，给刘老板打了个电话，临近下班时，刘老板就急冲冲地赶来了。赵继良拿出了和钢铁厂签订的白酒销售合同，往刘老板面前一摆。刘老板傻眼了，他不敢相信这是真的，连忙打电话去查证，查证的结果自然证实了这件事是真的，这一来，刘老板一头雾水，他对着赵继良，从上看到下，问："你有什么背景，钢铁厂的生意你居然都揽得下来？"

"我就是一个小保安，会有什么背景？"

刘老板急了："你别唬我，谁都清楚，做成这样的大生意，没后台办不成。"

赵继良轻松地一笑："鱼行鱼路，鳖行鳖道，各有各的路数。我只问你，这笔生意我能不能赚20万？我们的赌约，我是不是赢了？"

刘老板冷冷地一笑："我不管你是哪路神仙，揽得了这么大的单，但你要说这单生意就能赚20万，你就太自欺欺人了。都在江湖混，谁不懂个规矩？你不给钢铁厂的头头们提成，你签得了这份合同？"

赵继良腼腆地一笑："都是明白人，也不用藏着掖着，是给了提成。"

"多少？"

"一成。"

"白酒销售的利润？"

"也是一成。"

刘老板"哈哈"大笑起来："你销售白酒是有一成的利润，这一成的利润给了钢铁厂领导做提成了，你还赚个屁呀？20万？你是一分钱都没赚着呢！"

赵继良还是那副不紧不慢的样子，直等刘老板取笑够了，他才冷不丁地问："谁说我销售白酒了？"这一问唬得刘老板一愣一愣的，好半天才指着销售合同，问："白纸黑字呢，不是白酒，你又是销售了什么？"

赵继良笑了笑，又问："你见到我这里有白酒吗？"

刘老板懵懵懂懂地看看四周，还真没见到一瓶酒。赵继良所谓的白酒销售公司，就是一块牌子一张许可证而已，说白了就是个空壳子。

赵继良这才从包里拿出还剩下的几张礼品券，扔在了茶几上，说："我销售的只是这些白纸。我不用进一分钱的货，只要花50块钱印这么些礼品券，这就是我做这笔生意所有的成本，50元，就可以让我赚回20万。"

刘老板的脑子还一时转不过弯来："你这礼品券上印的就是白酒呀，你还是要给人家酒呀，你怎么不要成本？你怎么赚得了钱？在我面前玩什么虚头巴脑的东西？"

赵继良摇了摇头，叹了一口气："你还自称什么大老板，就你这点智商，也做生意？我今天就教教你，告诉你钱要怎么赚。你跟我来，我让你输得心服口服，也顺便让你长长见识。"

说罢，赵继良大大咧咧地坐进刘老板的小车，指挥刘老板往钢铁厂开。两人来到钢铁厂门口，下了车，赵继良往钢铁厂大门对面一指，在那儿，有一间门面房，屋门口挂着一块大牌子，牌子上是这么几个字："礼品券回收处"。门外，排起了一队长龙，都是钢铁厂的工人。

刘老板疑惑地跟在赵继良的身后，往那间门面房走，近了，才看到祥瑞小区的一名保安

在那里呢，他手持话筒，对工人们喊话："125元一瓶的白酒，批发只需要112元一瓶，你去赵继良白酒销售公司领酒，来回也得花上10元的交通费吧？这样一算，你手中也就剩下100元的酒，对不对？我们以八折回收礼品券，你给我们一张礼品券，我们给你100元现钞，你多省事，多方便！这大热的天，喝什么白酒，你用这100元，扛上几箱啤酒回家，喝得多舒坦。愿意折现的，我们给你折现；愿意换啤酒的，我们给你换啤酒……"

刘老板愣了好一会儿，像发呆了一样，磨磨蹭蹭地走进屋内，他看到屋内码了一大堆的啤酒，祥瑞小区的那个保安队长坐在一张桌子后面，正在给工人们兑换礼品券，大多数工人递上礼品券，换回100元钱走人，也有工人要啤酒的，保安队长收了礼品券，就让人家扛走三箱啤酒……

4.教你一门学问

夜深人散，赵继良的几个同事帮着清点回收到的礼品券，保安队长欣喜地报喜："今天回收了15630张礼品券，估计明天还回收一些，就差不多了。"

赵继良说："就算不能全部收回，那些去领白酒的，我们再进一点白酒给他们，事情也就差不多了。"说完

这句话，他回头朝刘老板看了一眼，问："刘老板，你现在觉得我赚足20万了没有？"

刘老板张口结舌，一时间说不出话来。

赵继良伶牙俐齿地算起账来："每张面值125元的礼品券，我给了钢铁厂领导12元5角的提成，还剩112元5角，我以100元的价格回收，是不是每张礼品券我赚了12元5角？2万多张礼品券，我是不是就可以赚25万？当然，刨去一些不愿意拿来回收、执意要到我那里去领白酒的，这些人我赚不了他们的钱，但是，也有些人不要钱，宁愿换啤酒的呀，我们销售啤酒，又可以赚一笔，可以弥补那些差额。你说，我只花几天时间是不是就赚了20万？我们打的赌，我赢了没有？"

刘老板是聪明人，这账当然会算，赵继良说了这番话后，他只能点头。

"既然是我赢了，那你愿赌服输，你家的狗……"赵继良的话还没说完，刘老板低下了头："我输得心服口服，我家的狗，再不会去你们小区大门口拉屎撒尿，我保证。"顿了顿，他还是不死心，问："但你能不能告诉我，你是怎么揽上钢铁厂这笔生意的？"

赵继良笑了笑："霍友华这名字你听说过吗？"

"霍、霍市长？"

"他是我姐夫。"

刘老板听了，那个意外啊，他一把握住了赵继良的手，一迭声地说："大水冲了龙王庙啊，我怎么和你扛上了？你是霍市长的小舅子，怪不得，怪不得。"说着说着，他又疑惑了："你有这么硬的靠山，你干吗不做生意、何苦当个小保安？"

赵继良"哈哈"一笑："我说过，我对做生意没兴趣，但是，我要是做生意，比你强不？"

刘老板连连点头："强，强了去啦！老弟呀，你这是给我上了一课呀，我还巴巴地办什么乳品加工厂，折腾来折腾去，一个月也就赚那么点钱，你倒好，拿几张白纸印几张礼品券，50块钱的成本，就换回那么大的利润，轻轻松松，简简单单。你这头脑，不做生意，真是白有了。你有那么硬的后台，不拿来做生意，也是白有了啊……"

自此之后，刘老板家的狗真的没再到祥瑞小区门口来过，即使遛狗，刘老板或他的老婆也用绳子牵着，而且他们见了赵继良都十分恭敬。这种恭敬，一方面是因为赵继良的姐夫比他的小舅子官大；另一方面，是因为他们佩服赵继良有头脑，赵继良做生意确实有一套，不服不行。

刘老板觉得没白打这场赌，他真的学了不少东西，既然钱可以这么空手套白狼地赚，何苦要经营什么乳品加工厂呢？所以，他也开始印票了，像赵继良那样，拿一摞白纸，印上"学生奶饮品券"的字样。各个学校交来学生奶的钱后，他不像过去一样派车送奶了，他给各个学校发下"学生奶饮品券"，学生可以选择用券兑换牛奶，也可以选择用券八折兑现。

像赵继良一样，这是最省事的赚钱方法。

然而，刘老板没有想到的是，"学生奶饮品券"发下去没几天就出事了，几百名学生家长拥到市教育局去抗议。市教育局也没辙呀，摊派学生奶是白副市长的指示，于是，几百名学生家长又拥到了市政府。

这件事情很快发酵，家长在市政府里闹，网友将事儿捅到网络上去，四处传播。终于，省里下来了调查组，查这学生奶是怎么回事，这一查，查到了白副市长头上。

很多事情都是连环套，查出一件事，就会套出另一件事，这就像抓住链子的一头，就能将整条链子给牵出来。结果，很快查出白副市长有严重的贪污腐败问题，白副市长被双规了。

白副市长一落马，刘老板就不能独善其身，这么多年来，他是和小舅子绑在一起的呢，结果，刘老板也被逮捕了。

没多久，赵继良专程到看守所

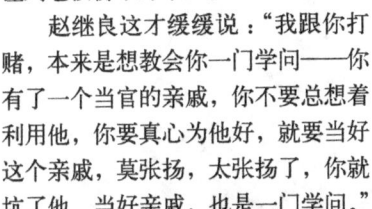

去看望刘老板，刘老板红着眼睛，恶狠狠地说："这不公平！你也借助霍市长这一后台倒腾礼品券呢，怎么你没事，霍市长没事？"

赵继良微微一笑，问："你知道我姐夫霍友华为什么没被双规么？"

"为什么？"

"因为我将倒腾礼品券赚到的那些钱，第二天就主动送到纪委去了。我一分钱没留，我也跟纪委说清楚了，这事跟霍友华没关系，是我借了他的名头。"

"你这么折腾来折腾去，不图一分钱，为什么？"

"不是为了跟你打赌吗？你忘了？"这一句话，让刘老板愣了好半天。

赵继良这才缓缓说："我跟你打赌，本来是想教会你一门学问——你有了一个当官的亲戚，你不要总想着利用他，你要真心为他好，就要当好这个亲戚，莫张扬，太张扬了，你就坑了他，当好亲戚，也是一门学问。"

刘老板歇斯底里地吼叫起来："什么教我学问，你是故意害我对不对？你故意教我空手套白狼，好让学生家长告我，是不是？"

赵继良无奈地摇了摇头："你呀，怎么不想想？钢铁厂不给员工们发礼品券，员工们就不会有这份福利，现在给他们发礼品券，哪怕打个八折，终归到手了一百块呀，这是比平时多拿的，大家高兴还来不及呢，谁会有意见？可你搞的学生奶就不一样，硬性规定学生要喝学生奶，家长们本来就有意见，现在倒好，你让学生不喝学生奶，只管掏钱让你提成，大家还不反了天啦？我是让大伙儿拿钱，你是让大伙儿掏钱，这道理能一样吗？你呀，这样的脑子，这样的得瑟，白副市长摊上你这么个亲戚，哪能不倒台的？"

赵继良摇头叹气一番，走了，只留下刘老板呆在看守所里发呆，他的脑子，就是转不过弯来……

（题图、插图：杨宏富）

一个人的快乐，不是因为他拥有得多，而是因为他计较得少……

斗扇

□陈 婧

1·一战高下

陵州地界上有一家大户，姓淳。那一天，淳家公子闲来无事，带着个随从，信马由缰来到乡下，打算看看远房表哥宋三。可他刚到村口，便碰上了事儿。

村口围着一群人，好像有啥事。淳公子有意无意地瞟了一眼，原来是个补扇面的，正在忙活着。淳公子原本不当回事，刚要绕过去，不料无意中眼睛一瞄，呆住了：那补扇面的师傅，正从一把扇子上扯扇面，想是扯掉这老的，再换上新扇面，而那个老扇面，正是他淳公子精心绘制的《举案齐眉》图！那还是半个月前，表哥宋三进城给淳家送了不少新鲜瓜菜，淳公子对这个远房表哥很有亲近感，

便取出一把折扇送给了他。那扇面还是淳公子亲手绘制的呢，可如今竟然遭受到如此的糟蹋，淳公子气炸了肺，他怒吼一声，抢起打马的藤条，劈头盖脸就朝着那补扇面的抽了过去。

补扇面的猝不及防，结结实实地挨了一藤条，疼得他扔掉扇子往旁边一跳，一抬头，淳公子的第二鞭又到了，他一歪脑袋躲过，一把抓住藤条，喝道："你是谁？凭什么打人？"

村民们这才缓过神儿来，"呼啦"一下把这个陌生人围在正中，七嘴八舌地问他为啥动手打人。

淳公子的随从吆喝着："都往后点儿，你们知道这是谁吗？这是我家淳公子！"

"淳公子？就是高衙内也不能这么霸道呀！"众人火气更大了，"绑他去见官！"

淳公子盯着补扇面的，用手一指地上那残破了的扇面："你凭啥扯了那扇子？"

补扇面的一笑："你没看到那扇面既脏又破了吗？人家让我重补一个，我当然要把旧的扯下来。"

淳公子怒目圆睁："你可知道那扇面是我画的？"

补扇面的还没回答，旁边的村民倒接过了话头："原来为这个呀？这你不用担心，佟师傅可是有名的画手，俺们十里八村的都找他画扇面、补扇面，你想要，他一顿饭的工夫就给你画上十幅八幅的！"

"呸！"随从狠狠地唾了一口，"你们真是有眼不识泰山，这可是名震州府的少年画师淳公子，一幅扇面够买一头牛的，你这么个穷补扇面的，还想跟我们公子相提并论？"

众村民顿时鸦雀无声，老半天才有人开了口："一幅扇面够买一头牛？你直接说够买一套三层三进的宅子多好呀，骗钱讹人也不会撒大点儿谎！先把这两个骗子臭揍一顿，然后绑到衙门去！"

一见众人要动手，随从顿时慌了神儿："谁说我们是骗人的，你们要是不信，那就让我们公子画一幅扇面让你们看看，到底是谁画得好！"

众人听了，你望我，我看你，立刻茅塞顿开，有人笑了："我们明白了，你俩也是补扇面的，看到方圆几十里的生意都让佟师傅做了，就想出这个馊主意来抢生意，对吧？好，比就比，等你们输得心服口服了，我们再把你俩送到该去的地方去！"

淳公子的火气也上来了："好，那咱们现在就进城，选一个好地方，公开比试！"

"不成！"有人一摆手，"你们肯定在城里都安排好了，我们不上当，要比呀，就在这里！"

淳公子咬咬牙："行！但我得找几个人来评一下吧？"

"我们不是人呀？再说你找的人，肯定都会向着你说话，我们信不过！"

随从看了看众人："那你们这些人，我们就能信着了？再说你们懂画吗？"

有人刚要辩驳，人群中有几个年龄大一点儿的，他们觉得应该找懂画的人来评判，而这懂画的人，应该选择大家都公认的，想来想去，大家一致举荐文先生，由他任评判。淳公子当然知道文先生，他诗画俱佳，办事公道，让他作评判绝对是最佳选择。于是，他也点头同意，并让随从回府，把自己的画具带来，再去请文先生前来评判。

随从点点头，刚要离开，佟师傅上前一步："慢着，咱俩为啥比赛呀？"

一句话把众人说得如梦初醒，有人对着淳公子嚷道："对呀，你要是输了怎么办？"

淳公子信誓旦旦："我要是输了，我赔他一千两银子；我要是赢了，他把我这扇面捡起来，披麻戴孝，像送先人一样送到我家祖坟上下葬，然后他永远不许画扇面、补扇面！"

众村民听了，顿时群情激愤，佟师傅示意众人安静，盯着淳公子，说："我输了我可以那么做，可是如果你输了，我不要你的银子，我要让你和我一样打扮，走乡串村补扇面一年，你同意吗？"

淳公子脸色发紫，他使劲咬了咬嘴唇："我同意！"

"好，大家作证，一决高下！"

在众人的一片吆喝声中，随从翻身上了淳公子的马，纵马扬鞭，向城里奔去……

2.先声夺人

约莫半个时辰的光景，随从回来了。文先生请来了，他问明了事情的来龙去脉，同意给双方作评判。于是，大家来到村里的祠堂，准备停当，开始比画。

文先生事先说好了比赛的规矩，

然后看了看淳公子，说："既然斗扇由你而起，就由你先定题吧！"

淳公子也不客气，犹豫一下，说："那我们就以'春'为题，各作画一幅，时间为一炷香。"

佟师傅点头同意，于是，文先生双手捧来香炉，亲手把香点燃，两个人提笔在手，凝思片刻，挥毫泼墨，各自作起画来。

一炷香还没燃尽，两个人都停笔交画。文先生首先拿过淳公子的画，只见画面上，近处有几点初蕊桃

花，中间是三只凫水寒鸭，远处，大地透绿，一抹似有犹无的绒绿渐渐散去，文先生点头称赞："好！"

放下淳公子的画，文先生取过佟师傅的画，顿时，他放声大笑，只见画面上，竟是一头驴子，那驴鼻翅鼓起，伸脖向天，肆意仰叫着……

淳公子又好气又好笑，指着画问众人："你们看这是什么呀？这是什么呀？"

众人围上前来，一看，几乎异口同声地回答道："驴，叫春母驴！"

"驴叫春！"文先生看了看淳公子，"听清了吧？乡亲们一眼就看明白了，人家这也是春！"

"这也算春？我说的是一年四季在于春的春，他……"

"可是你命题的时候只说了一个'春'字呀，人家把'春'理解成'叫春'，这又有什么不对呢？"文先生顿了顿，"知道母驴最早什么时候开始叫春吗？"

淳公子一皱眉："文先生，这么粗俗的话题你也说？这也能入画？"

"我说的是常识。一般说来，严冬过后，在三四月份，也就是春天来临的时候，母驴开始叫春。所以，佟师傅用叫春的母驴来展示你所说的四季之首，也是应题之作。"文先生目光炯炯，看了看淳公子，"其实，俗与雅有时候是没有严格界限的，你说驴叫春很俗，那《清明上河图》雅

不雅？可那画里就有叫春的驴，可惜许多人不懂。"

淳公子听了，皱了皱眉，振振有词地说："文先生，你说的这些可能都对，但咱们今天比的是扇面，我还没听说过有哪个人的扇面是驴叫春的！"

文先生点点头："说的不错，这第一局，淳公子赢。现在进行第二局，佟师傅命题……"

3. 步步紧逼

佟师傅没有急着出题，他先讲了自己的一段经历。那还是三年前，他到外地去，碰上了一个富户。佟师傅曾多次给那富户家补过扇面，所以也算是老相识。佟师傅见富户总是一副愁眉苦脸的样子，便追问原因。细问之下，富户说他正为自己的宝贝女儿犯愁，事情是这样的：富户女儿的奶娘是个穷人，家里有个儿子，和小姐年龄相仿，是个放牛郎。由于两人从小就在一块儿，慢慢地日久生情，最后私定终身。富户当然不同意，他不能让自己的宝贝女儿往穷苦人家的火坑里跳，可女儿铁了心非要嫁给放牛郎不可，富户一筹莫展，不知如何是好……

讲到此处，佟师傅停住了，他说，就以此事为内容，画一个扇面，给富户出个主意。

题目一出，淳公子和佟师傅便

在文先生的监督下，开始画扇面。两个人动作都很快，笔如游龙，很快便交卷。淳公子是一幅字，上面龙飞凤舞地题着李渔的《虞美人》："世间欲断钟情路，男女分开住，掘条深堑在中间，使他终身不度是非关……"而佟师傅则是一幅画，画上一条蜿蜒的小溪，缓缓而行，直奔天边，小溪里有几个蝌蚪，河边上，伏有几只青蛙，画面上配有一句诗："蛙鸣一声透天边。"

"好，好一个'蛙鸣一声透天边'！诗中有画，画中有诗，寓意深刻，好！"文先生连声叫好，又回头看着淳公子，"你的词作很好，意思是让富户严防男女大限，不许他女儿再和放牛郎往来，以此了断他们的关系，可是，两情相悦终难绝，这种办法恐怕难有成效呀！"

"是的。"佟师傅点点头，"我当时就是给富户画了这幅《蛙鸣一声透天边》，他也明白了我的意思，而他女儿当时已经有了身孕，他就顺水推舟，把女儿嫁给了放牛郎，并把放牛郎一家接到自己家，现在他们和睦相处、其乐融融。而她女儿说，如果当时父亲要是阻拦，她就决心一死。"

文先生当即宣布第二场佟师傅获胜。

4. 危情时刻

第三场该文先生出题目，文先生刚要说出题目，突然有人撞开大门，慌慌张张地闯了进来，进门便声嘶力竭地喊着："可不好了，宋三老婆要寻短见了！"

原来，那一天，宋三从城里淳公子家回来后，带回来许多东西，当然还有淳公子送他的那把扇子。乡下人没见过什么世面，宋三又不识字，也不知道表弟的画有那么大的名气，以为那就是一把极为普通的扇子而已，就随意扔在家里，谁热谁就抓过去扇扇。昨天，宋三外出办事，至今未归，而一大早，孩子就抓过那把扇子玩儿。小孩子家也是淘气，他弄来灶灰什么的给画上的人描胡

子，最后把扇子描了个一塌糊涂。后来，孩子见扇子太脏了，这才着急，急忙找来一块破布擦拭，结果用力过猛，把扇子弄破了。孩子吓得大哭，惊动了母亲。宋三媳妇见扇子已经不成样了，正好赶上佟师傅进村，就拿过去让他重新换一个扇面。可巧碰上了淳公子，宋三媳妇没去过淳家，不认识淳公子，而淳公子一抢鞭子，宋三媳妇胆小怕事，早已跑回了家。后来她听说淳公子和佟师傅要一决高下，起因就是自家的这把扇子，而淳公子还说输了愿赔纹银千两，她才隐隐约约感觉到这扇子的价值，这下她可吓坏了，价值千两的扇子她都没照看好，丈夫回来可怎么交代呀？

宋三媳妇越想越害怕，就跑到村外那座古塔上，爬到塔顶，准备了此一生。偏巧被人发现，急忙在塔下劝说，还有人把孩子领到塔下，母子相望，眼泪汪汪，现在双方正在僵持着，而宋三媳妇则随时可能跳下来。

众人不敢怠慢，风风火火地跑到古塔下，你一言我一语地劝说着。淳公子制止住众人，向着塔上喊道："表嫂，你千万别想不开，不就是一把破扇子吗？弄坏就弄坏吧，我随时可以画，画上十把八把的，全给你们！"说着，他就地展纸，运笔如飞，很快就画出了一幅《举案齐眉》图，双手举着，展示给宋三媳妇看。可是，宋三媳妇依然摇着头，嘴里在说着什

么，下面的人却听不清……

5.意外结局

这时，佟师傅走了过来，也就地展纸，提笔运腕，很快，一幅画跃然纸上。他双手捧画，向上叫道："宋三媳妇，你好好看看，你傻呀？你要是不傻就赶紧下来！"

宋三媳妇凝视察看，看着看着，浑身颤栗，眼泪像断了线的珠子一样往下滚。她哭了约有半袋烟的工夫，开始渐渐后退，然后慢慢走了下来。村民们一齐拥上前去，孩子抱着娘，哭成一团。

佟师傅的画救了一条人命，他到底画的是什么呢？文先生和淳公子凑过去看画，只见画上是一大两小三个人，大人手拿鞭子作抽打状，大一点的孩子衣衫破碎，有絮状物点点飘飞。文先生看了看宋三媳妇，问："这画上画的是什么？"

"是鞭打芦花……"宋三媳妇来到佟师傅跟前，"佟师傅，谢谢你用《鞭打芦花》的戏文提醒了我。我死了，宋三再娶，后娘要是像《鞭打芦花》里的坏女人一样虐待我儿怎么办呀？所以我不死了，谢谢你，佟师傅！"说着，她就要跪地磕头。

佟师傅急忙扶起宋三媳妇，再三劝慰，淳公子也急忙说自己的画不值钱，是他胡吹乱说，要表嫂千万别

想不开。最后，宋三媳妇渐渐平静了下来，众人把她送回了家。

安顿好宋三媳妇，众人返回祠堂，继续看两人比赛。有人说，其实刚才已经分出胜负，两人都现场作画，佟师傅的画作救人一命，已经不需要再比了。淳公子听了不以为然，他认为是宋三媳妇看过《鞭打芦花》

那出戏，而佟师傅是讨巧画了那内容，实际上应该是戏救了人，而非画救了人。佟师傅也不争辩，文先生见状，点点头："好，那我就开始出题了！"

文先生的要求是：淳、佟两人各用一个字写出自己绘画的目的。于是，淳公子写了一个"雅"字，而佟师傅写的是一个"生"字。

文先生看了，点点头，开始点评："淳公子，你作画遵循的是雅兴，追求的是高雅，欣赏的是雅人，而这一'雅'字，把许多人隔离在外，使作画赏画成了你们一小部分人自我欣赏之事，既然是自我欣赏，那为什么还要和其他人比个高下呢？就这一'雅'，使你拒绝'俗'，甚至鄙视'俗'，你是忘了高雅原本就源于世俗……"

淳公子听了，愣住了，久久说不出一句话来。

文先生接着又开了口："佟师傅，你的画源于百姓生活，老百姓喜欢，你也从中得利谋生，这正体现了你的'生'字。但是，你只想到了作画为'生'，却忘了画其实也有生命，你不探索、不追求，致使你的画只粗不精、只泛不专、只实不深、只俗不雅，你是为了'生活'而忘了'生命'……"

佟师傅听了，也是噤若寒蝉、开口不得。这一番话，点醒了两个人，两人当下握手言和，尽释前嫌……

（题图、插图：黄全昌）

阿P的创意求婚

□ 岩朵朵

阿P开了个创意公司，专门策划各类创意活动。这天，公司来了一个小伙子，想让公司帮他策划一个特别的求婚。小伙子指着自己大方地说："看出来了吧？高富帅！只要求婚能让我女朋友终生难忘，钱不是问题，我女朋友，白富美！"

阿P一听，立马来了精神，拍着胸口打保票："我公司卖的就是创意，最不缺的也是创意，来我这里找创意，算你找对了！"

根据高富帅提供的资料，阿P与员工大东一起，开动脑筋，开始寻求特别创意。根据客户喜欢钓鱼的爱好，大东提出了一个方案，阿P一听，不禁拍手叫绝："我阿P太佩服自己了，眼光真准，招到你这么有才的员工！"

阿P马上把方案传给那个高富帅，高富帅相当满意。为保证效果，高富帅要求阿P必须保密，不能让其他人知道。

心情好胃口也好，中午吃饭时，阿P和大东都多吃了不少。公司里有个员工，叫小兰，除了忙自己的活，还帮忙做饭。她说："你们今天捡着钱了吗？心情看着不错啊！"

阿P和大东对视一眼："保密！"

趁小兰去厨房收拾时，大东小声地问阿P："P总，小兰姐整天在公司忙东忙西，连做饭都包了，你总得有点表示吧？你什么时候向小兰姐求婚啊？到时我帮你友情策划！"

阿P叹了口气，脸上展现出憧憬的神态："我天天都想向她求婚，可是脸皮太薄，怕被拒绝。唉，还是再等等吧，保险起见，等我有车有房了再说。"

很快到了高富帅选的日子，天气非常好，阳光明媚，风轻云淡，创意求婚正式开始了！按计划，高富帅带白富美去堤坝上钓鱼。阿P提前选好了位置，高富帅很配合，站在选定的位置上，甩出鱼钩，开始钓鱼。

此时，阿P也整理好行装，来到江边，换上潜水衣，潜入了水中。

阿P下水时，手里有一样重要的东西：黑头鱼。这是他清晨刚去早市买的，是这场"戏"里的重要道具。阿P把高富帅求婚的钻戒用网线拴牢，放到了黑头鱼的肚子里。

阿P潜入水中后，紧紧地攥着手中的黑头鱼，游到堤坝边，找到了

那个红色线的鱼钩，这也是他们提前定好的，高富帅是绿色线，白富美是红色线。阿P轻轻抓住鱼钩，把黑头鱼挂在了钩上，又用网线绕了几下，这样戒指就掉不了啦！

阿P爬上岸时，看到白富美在欢呼，他长长地出了口气，这颗心总算放下了。随后，他装作游人，走到他们身边，站在那儿看他们钓鱼。高富帅冲阿P眨了眨眼，阿P冲高富帅伸伸大拇指，然后离开了江边，准备回公司。

路上，阿P给高富帅打电话："刚问过大东了，他说鲜花和烟火都安排好了，你们不能玩太久，一切严格按我给你的时间表执行。"高富帅说："放心吧，我比你紧张多了！"

可是，放下电话没有多长时间，阿P又接到了高富帅带着哭腔的电话："坏事了，怎么办啊，鱼不见了，放在桶里，被人偷走了！"阿P不相信："怎么可能？逗我玩吧？"

"真的，我哪有心情逗你玩啊？连桶带鱼都没了！我现在什么心情也没了，你这是什么策划，一点安全系数也没有！我那戒指可要一万多呢，这要让我女友知道了，还不笑话死我！这个求婚没让她终生难忘，倒变成我终生难忘了！我告诉你，这事没完，不解决好，我让你小破公司倒闭！"说完，他扣了电话。

阿P的好心情瞬间跌到谷底，

本想这个策划能赚点钱，打出名声，可是没想到出了这个岔子，高富帅的戒指丢了，虽说不是阿P弄丢的，但他是策划者，不可能没有一点责任的。

阿P情绪低落，一直到天快黑了才垂头丧气地回到公司。办公室没人，阿P坐在椅子上，长叹一声，考虑接下来该怎么办。

这时，厨房里似乎有声音，阿P推门一看，是小兰，他这才想起来，大东提议今天的策划成功后，晚上在公司庆祝一下。小兰问："事情顺利吧？你先去休息一下，我给你们做好吃的。你买的鱼还挺大呢，我先去洗鱼了。"

阿P回到椅子上，坐了一会儿，突然觉得不对，小兰说他买的鱼挺大，他没往公司买鱼啊！

正在这时，厨房传出一声尖叫，

阿P不知出啥事了，赶紧冲进去。

灯光下，只见小兰高高举着一只戒指，大叫："我在鱼肚子里发现一个戒指！"

阿P看到了黑头鱼和戒指，擦了擦眼睛，鱼和戒指太熟悉了，这是要闹哪样啊！

这时，窗外突然响起了"啪啪"声，一个心形礼花在空中绽放，紧接着，"叮咚"，门铃响了，打开门，一个男人手捧鲜花，问小兰："我是花店的，您是小兰？"小兰点点头。男人把鲜花递给她："您的鲜花。"

小兰接过鲜花，只见小卡片上写着："兰，我没车没房，但有一颗爱你的心，嫁给我，好吗？"

小兰激动得哭出了声，她站在那儿，轻声问："阿P，你这是正式向我求婚吗？"

这当口，阿P是彻底晕了，他还没来得及说什么，大东走了进来，说："P总，愣着做什么，勇敢点，go，go，go！"

阿P终于回过神了，他在脑海中练习了很多次的求婚，终于可以实践！阿P单膝跪地，对小兰说："小兰，嫁给我，好吗？"小兰点点头，伸出手，阿P为她把戒指戴上。

小兰让阿P闭上眼睛，等他再睁开眼时，"生日快乐"的音乐响起，小兰捧一个大蛋糕站在他面前。阿P

这才想起来,今天是自己的生日。整天忙,生日都忘了,没想到小兰还记得!

小兰说:"今天我们给你过生日,本来想给你个惊喜,没想到你竟会在今天向我求婚,先给了我一个惊喜。阿P,生日快乐!"

"祝你生日快乐……"大家一起唱起生日歌。阿P激动地说:"谢谢,我幸福得都有点眩晕了,不过……"

阿P想道:我再幸福,总不能把客户的戒指送给小兰吧?他正要说下去,后面响起了"噼噼啪啪"的掌声,阿P回头一看,竟是高富帅和白富美。咦,他们怎么会在这里?大东说:"P总,这是我的朋友,听说你过生日,过来为你祝贺。"

阿P满是疑惑,等小兰去了厨房以后,他悄悄问大东:"到底是怎么回事?"大东得意地说:"怎么样,这是我今年做得最有创意的一个策划。P总,你总是没勇气求婚,我都替你着急了,只好助你一臂之力!哈

哈,感谢的话语无需多,记得下月给我涨工资就好了!"

阿P假装生气地说:"折腾老板还想老板给你涨工资?等着吧!对了,这两位是——"

大东说:"他们是我朋友,学表演的,应我之邀客情出演,怎么样,演得还像吧?"

阿P说:"演技出神入化,把我也骗了,谢谢你们!"

高富帅说:"别客气,不过,我是高穷帅,这是戒指发票和租鱼杆、打车费用,P总什么时候给我报销?"

大东也递过几张单子:"这是鲜花和烟火的费用。"

阿P接过几张单子看了一眼,这会儿是真的眩晕了,不过,今天终于向小兰成功地表白了,用越剧《红楼梦》里贾宝玉的话说,该是——"今天是从古到今,天上人间,第一件称心满意的事……"想到这里,阿P乐了……

(题图、插图:顾子易)

·本刊信息传真·

阿P系列幽默故事征文

阿P系列幽默故事栏目开辟二十多年来,深受读者欢迎。为了把这个栏目办得更好,本刊再次面向全社会征稿,希望有更多的人来关注阿P,把您身边的阿P故事写得更精彩,更有现实意义和典型意义。

来稿方法:1. 从邮局寄发,请在信封上注明"阿P故事征文"字样,本刊地址:上海市绍兴路74号《故事会》杂志社,邮编:200020。2. 从网上传递,可寄以下信箱:wulun54@126.com,请在主题上注明"阿P故事征文"字样。凡已和我刊编辑有联系的作者,稿件可继续投给联系的编辑。

错在哪里

□ 张维超

何金发被调到邻县去当副县长，还没走马上任，他就作起难来。为啥呢？原来何金发早就有所耳闻，邻县的县委书记古月为，他平时的"讲究"不是一般的多，比方说吧，他手下的官员所使用的任何东西，绝对不能比他的高级。可以想想，在这样的人手下当官，那可要赔着十二分的小心哟！

何金发怕出什么乱子，于是就费尽心机，好不容易弄到了关于古月为所用东西的第一手资料，从服装到手表，从香烟到茶叶，凡是能搜集起来的，全都一一记下，保证做到无论什么，都要比古月为降低一个档次。

走马上任这天，恰好县里有个会，何金发也出席了。经过仔细观察，他发现自己做得还真不赖，找了半天也没找出什么漏洞。可奇怪的是，古月为还是对他不冷不热，言谈举止上，好像对他颇为不满。

何金发这就纳了闷：自己连穿的鞋子，都比古月为差了几个档次，还有什么地方"僭越"了呢？

会议结束后，何金发回到自己办公室，想得脑瓜子都快涨裂了，还是想不出来。就在这时，书记秘书小刘来了，送来几份资料，说是县委书记让送来的，让何金发好生看看，熟悉一下县里的情况。

何金发翻了翻，就放到了一边，他呀，哪里还有心思读这种资料呢？

回到家，何金发把今天发生的蹊跷事儿告诉了老婆，老婆满腹狐疑地打开那几份资料，迅速翻了个遍，然后说："我找到问题出在哪儿啦！"

何金发心里一惊，凑过去一看，见资料上有张照片：古月为，还有坐在他两旁的头头脑脑，个个秃顶秃得厉害，而他何金发却是一头黑发、容光焕发。

得，赶紧去剃个光头吧！

各有各的难处

□ 徐军欢

新学期又开始了，程斌送儿子去学校报名。刚走出家门口，过来一个漂亮女孩，递给他一张宣传单，莺声燕语般地说："您好，我们是小状元学习辅导班的，竭诚为您的孩子服务！"

小状元辅导班名气很大，培训质量也很高，就开在程斌家附近，小区里不少孩子都在那里接受辅导。那

漂亮女孩一个劲地介绍小状元辅导班的种种优势，大有你不接宣传单我就不放你走的架势，程斌只好接过宣传单，没走多远就将它扔在地上。

第二天晚上，程斌刚吃好晚饭，就有个陌生电话打了进来，他按下接听键，电话里有个女声唱歌般地说："您好，不好意思打扰您了，我们是小状元学习辅导班的……"程斌好不气恼，"啪"地挂断了电话。

第三天是双休日，可儿子说学校有课外活动。下午，程斌到校门口接儿子，不料左等右等，就是不见踪影，正在着急，那个发宣传单的漂亮女孩又跑过来了，程斌皱着眉："你是不是又向我宣传你们辅导班呀？"

"哦，不是……"女孩诡秘地一笑，"别急，请跟我来！"

程斌跟着女孩走了一百米左右，就看到了"小状元辅导班"的招牌。女孩指着教室里的孩子说："您儿子正在里面呢。我们为了竭诚为您服务，今天下午特地免费让您家孩子听课，让他体验一下我们学校完美的教学……"

程斌有点为难地说："真是难为你们这么用心良苦，不过我儿子真的不能上你们的辅导班，实在抱歉！"

女孩有点失望："为什么呢？"

"说实话，你有你的难处，我也有我的难处呀，我儿子班主任的老公也开了个辅导班，明天开始招生了！"

让你赢一次

□ 李坤学

刘菲有个好友叫晓兰，在外地，几年不见了。这天，晓兰带着老公袁方，出差路过此地。刘菲跟丈夫大陈商量如何接待，大陈摩拳擦掌地说："我记得这个晓兰总跟你吹嘘，说她老公如何如何出色，这次我倒要会会他，给你好好争个脸。"

刘菲知道老公脾气有点愣，忙说："什么争脸不争脸的，最重要的是让人家看出咱们的诚意来。"

大陈唯唯诺诺，连声答应。

第二天，一行四人先是去了游乐场。那里有打靶的，两人各射了十枪，大陈十发全中，袁方却只中了八枪，袁方恭维了几句，大陈更是得意。

一会儿，几个人来到一条铁索桥，几十米长的桥上没有木板，只有几条铁链，桥下是一条小河，过桥的人如果不小心，很容易掉进水里。大陈执意邀请袁方过桥，袁方显然没有这方面经验，被大陈甩了七八米远，又输了这一局。

一会儿到了吃饭的时候，酒菜上齐，刘菲和晓兰说着女人家的悄悄话，而大陈和袁方却拼起酒来。等两个女人发现不对劲时，只见袁方眼睛发直，说话都大舌头了，已经有八分醉意了。

刘菲这个气呀，没好气地拿眼神狠剜大陈，自己这个老公啊，怎么就这么不解人意？又聊了一会儿，时间就差不多了，刘菲和大陈将晓兰夫妇送到了机场，大家挥手告别。

在回来的路上，刘菲生气地责怪大陈不给对方一点面子，大陈急忙辩解："老婆，我也知道我不该总赢，所以，后来我故意输了一次。"

刘菲挺奇怪，问："你什么时候输了一次？"

"买单的时候啊，"大陈得意洋洋地说，"当时袁方一个劲要抢着付账，我琢磨着，也应该让人家赢一次了，所以我就把单让给他了。"

自编自演

□ 日 月

解定英爱打牌，这天打完最后一局已到凌晨一点。她从牌友家走出来，带着满身的倦意回家。子夜时分，万籁俱寂，走着走着，突然，解定英觉得身后像有什么动静，回头一看，是两个鬼鬼祟祟的黑影悄悄跟着她！

不好，解定英吓得毛骨悚然，她灵机一动，猛地抓起身上的手机，扯开嗓子喊了起来："喂，小王吗？这

两天我忙着破南湾子陵被盗铜像那桩大案，忙晕了，走出单位，才发现口袋里的钥匙可能落在办公室，没法进家门了，麻烦你帮我找一下，马上送来好吗？"

两个黑影一听，果然停住了，解定英见把他俩唬住了，正要松一口气，不料两个家伙又尾随而来，她只好继续"打电话"演戏："哟，真找着我的钥匙了？好，好，我等你送来……什么？路上留神坏人？嘻嘻，别看我是女的，来他三五个我还应付得了……"

经她这么一"透底"，这才唬住那两个家伙，两人没敢动手，她成功地走到了自己家门口。不料就在这时，两个跟踪者竟然冲了上来，解定英转身大喝一声："你们两个好大的狗胆，居然敢追到我家来！"

喊罢，解定英再一看，眼前竟是两个年轻女孩，只见她俩把手中一个很大的礼品盒恭恭敬敬地递了上来，气喘吁吁地说："别、别误会，是这样的——我姐妹二人胆小，怕走夜路，刚才接到表姐快要生小孩的电话，叫我们赶快去帮忙。一路上提心吊胆，碰巧听到你打电话，我俩高兴极了，跟着你这警察走，哪个坏人敢上来？这真是遇上保护神啦，因此，我们一定要送你点礼物，向你表示衷心感谢！"

（本栏题图、插图：顾子易　包丰一）